Eifler Neid

Elke Pistor, Jahrgang 1967, ist in Gemünd in der Eifel aufgewachsen. Nach dem Abitur zog sie zum Studium nach Köln. Hier lebt sie mit ihrer Familie und arbeitet als Autorin und Publizistin.

Dieses Buch ist ein Roman. Handlungen und Personen sind frei erfunden. Ähnlichkeiten mit lebenden oder toten Personen sind nicht gewollt und rein zufällig.

ELKE PISTOR

Eifler Neid

EIFEL KRIMI

emons:

Bibliografische Information der Deutschen Nationalbibliothek
Die Deutsche Nationalbibliothek verzeichnet diese Publikation in der Deutschen Nationalbibliografie; detaillierte bibliografische Daten sind im Internet über http://dnb.d-nb.de abrufbar.

MIX
Papier aus verantwortungsvollen Quellen
FSC® C083411

Umschlagmotiv: Bert van Londen, agentur Wort und Bild
Umschlaggestaltung: Tobias Doetsch
Gestaltung Innenteil: César Satz & Grafik GmbH, Köln
Druck und Bindung: CPI – Clausen & Bosse, Leck
Printed in Germany 2014
ISBN 978-3-95451-293-5
Eifel Krimi
Originalausgabe

Dieser Roman wurde vermittelt durch die Autoren- und Verlagsagentur Peter Molden, Köln.

Für
Hannelore und Fred

PROLOG

Als du begreifst, was geschieht, weißt du, dass du in fünfzehn Minuten tot sein wirst.

Du siehst den Himmel und ein Gesicht. Undeutlich. Für einen Augenblick. Ein verzerrter Mund – ein Lächeln? In den Augen Fragen, die du nicht mehr beantworten wirst. Du erkennst deine Umgebung, die sanften Farben, das helle Licht. Nicht hier, denkst du, nicht jetzt. Es ist falsch, es ist ein Irrtum. »Lass mich reden, mich erklären, dir sagen«, willst du dem Schatten zurufen. Zu spät. Die Lippen bewegen sich, du hörst jemanden murmeln, abgehackt. Die Worte gehören zu der Fratze, zu dem Hass, zu der Verletzung, zu dem, was da über dir schwebt.

»Es tut mir leid«, sagt die Stimme. Mehr nicht. Du drehst den Kopf. Weg von den Berührungen. Du schwitzt. Wut überkommt dich. Auf dich, auf dein Vertrauen, auf deine Dummheit. Du windest dich, ruckst hin und her, suchst nach der Schwachstelle, findest keine. Du weißt, was geschehen wird. Willst es nicht glauben. Nicht wahrhaben.

Ich bin nicht gemeint, denkst du. Ruhig. Bleib ruhig.

Rede, denkst du.

Du hast die Toten gesehen. Sie berührt. Hast deinen Blick geschärft für die Arten, wie das Leben weichen kann. Für einen kurzen Augenblick siehst du dich, in deinen hellblauen Kittel gehüllt, mit Mundschutz über einen Körper beugen. Achtsam. Auf der Suche nach den kleinsten Zeichen, nach Spuren und Hinweisen. Du bist so stolz gewesen auf das, was du erreicht hast. Warst die Erste in der Familie. Weil du eine der Besten bist.

Ich bin nicht gemeint, denkst du in einer sekundenschnellen Endlosschleife.

Enge. Der Schweiß rinnt in Bächen über deinen Rücken und deinen Bauch, zwingt dich zur Reglosigkeit. Die Zeit dehnt sich aus. Die schnellen Bewegungen hinter dir, Schatten, zerfließen in deiner Wahrnehmung zu einem Bild, in dem das Jetzt verharrt. Hoffen. Flehen.

Nicht. Nicht ich, denkst du wieder und wieder.

Du weißt, du musst fliehen. Willst weg. Fortlaufen. Wie sie es getan hat, bis zum Ende. Das ist ihr Fehler gewesen. In diesem Augenblick wäre es nicht falsch, es wäre richtig. Doch du erkennst: Es ist zu spät. Du öffnest den Mund. Panik überrollt dich wie eine gewaltige Welle. Du willst schreien. Verstummst. Du atmest flach. Denkst.

Ruhe bewahren.

Deine Großmutter lebte in einer Hütte mit Lehmboden. Ohne Strom, Wasser und jegliche Hoffnung auf Besserung. Du wolltest ein anderes Leben. Dein Fortwollen hat dich hierhergebracht. Nicht das Vordergründige. Du schließt die Augen und erinnerst dich an die Hühner, die sie auf dem Holzblock geschlachtet hat. Manche wehrten sich gegen ihren harten Griff, flatterten und zeterten wild und versuchten zu entrinnen, bis ihr Kopf schließlich auf den Block gepresst wurde. Dann waren sie still. Warteten auf den Tod. Dunkle Pupillen, weit vor Angst. Du wirst sterben. Jetzt.

»Bitte«, sagst du. Atmest es aus, das Wort. »Bitte.« Doch kein Laut kommt über deine Lippen. Du zitterst. Du spürst, wie sich etwas auf deinen Mund legt. Eng. Auf deine Nase. Dein Atem wie warmer Nebel auf deiner Haut. Du saugst Luft, wo keine ist. Deine Augen weiten sich.

Nein. Nicht ich. Ich. Ich. Nein.

Wie du dich anstrengst. Wie deine Lungen pumpen.

Die Bücher sprechen von Euphorie, wenn man so stirbt, wie du gleich sterben wirst. Die Bücher lügen. Du würgst ohne Ton, windest dich und biegst im Todeskampf den Rücken durch. Suchst einen Ausweg. Doch die Gestalt neben dir lässt nicht los, sie hält fest, bis du dich erschöpft hast. Bis es zu Ende ist. Du weißt, ab jetzt bleiben dir noch fünf Sekunden des Denkens. Der Angst. Der Panik. Es zerreißt dich. Dein Puls rast, schneller und schneller und schneller. Schwindel. Das Gesicht weint. Nickt. Im stummen Schrei spürst du die Dunkelheit kommen, die dich mitnehmen wird. Hinabführen in eine Tiefe, in der du nichts mehr fühlst. In der dein Geist verhüllt ist vor den Schmerzen deines Körpers. Krämpfe, Zuckungen, Aufbäumen. Minutenlang. Dann reglose Stille. Nach zehn Minuten ohne Sauerstoff wird dein Gehirn unwiderruflichen

Schaden erlitten haben. Dein Herz schlägt vielleicht noch eine Viertelstunde weiter.

Deine Lungen schnappen aus einem letzten Impuls heraus nach Luft. Ein Reflex. Kein Leben mehr.

EINS

»Hast du wieder nicht richtig zugehört, Helmuth? Die Frau hat dir das doch alles genau erklärt.«

»Natürlich hab ich das.«

»Aber dann könntest du es doch jetzt.«

Helmuth Haubrecht sah seine Frau Irmgard von der Seite an. Unter dem vorderen Rand ihres Fahrradhelms lugten zwei graue Haarsträhnen hervor. Ihre Wangen glühten rötlich und zeigten diese Art der Frische, die ein längerer Aufenthalt mit Bewegung an der Luft hervorrief. Ihre dunklen Augen blitzten. Eigentlich ist sie immer noch eine Schönheit, dachte er, wäre da nicht dieser Zug um ihren Mund. Eingeschlichen über die Zeit hinweg. Unmerklich erst, dann mehr und mehr, bis er ihm aufgefallen war, aber da war es zu spät gewesen und nicht mehr im Rahmen seiner Möglichkeiten, es zu ändern. Konnte man es Verbitterung nennen? Helmuth wusste es nicht. Er hatte es aufgegeben, danach zu fragen. So, wie er schon vor Jahren aufgehört hatte, es ihr recht machen zu wollen. Das ging sowieso nicht, hatte er in über fünfzig Ehejahren gelernt. Er war ihr nicht gut genug, egal, was er anstellte. Es hatte eine Weile gedauert, bis er begriffen hatte, dass sie ihre eigene Unzufriedenheit auf ihn übertrug. Sie brauchte immer einen Schuldigen. Als ob die Energie, die man für die heftigen Wortgefechte mit ihr aufwenden musste, nicht besser bei der Lösung des eigentlichen Problems aufgehoben wäre. Aber auch wenn er sich ausschwieg oder, was er eine Zeit lang praktiziert hatte, einfach den Raum verließ und wegging von ihr, nutzte es nichts. Sie folgte ihm, gab niemals Ruhe, bis sie recht behielt.

Oft war er zu bequem, seine Vorstellungen durchzusetzen. Sie regelte so vieles in ihrem gemeinsamen Leben und immer zu seiner Zufriedenheit. Selbst wenn er sich die Details mal anders vorgestellt hatte, gewöhnte er sich daran und richtete sich darin ein. Trotzdem kam es häufig zu unschönen Szenen wie jetzt. Stets war der Anlass ein nichtiger und keine Katastrophe, wie man aus dem Tonfall ihrer Worte hätte schließen können. Sie regte sich dennoch jedes Mal über alle Maßen auf.

»Darüber haben wir nicht gesprochen«, brummte er und mühte sich mit der Gangschaltung seines Pedelecs ab.

»Doch, sie hat es erklärt.« Irmgard ließ sich zurückfallen. »Ich habe es gehört.«

»Warum fragst du mich dann?«

»Ich habe dich nicht gefragt.«

»Das stimmt. Du hast nicht gefragt. Du hast mir nur wieder einen Vorwurf gemacht.« Helmuth zog beide Bremsen, und sein Rad blieb schliddernd stehen. Er war es leid. Er hatte gehofft, ihr mit diesem Ausflug eine Freude zu machen. Einen Tag in der Natur, die sie genauso sehr liebte, wie sie gern neue Erfahrungen machte. »Das hält jung«, sagte sie immer, wenn sie über solche Dinge mit ihren Bekannten sprachen, und dann hatte sie dieses Glitzern in den Augen, in das er sich vor einer Ewigkeit verliebt hatte und das er unter all dem Schutt eines halben Jahrhunderts Ehe jeden Tag zu finden hoffte. Also hatte er sie am Morgen mit einem Frühstück überrascht und anschließend ins Auto gepackt.

Im Informationszentrum im Nationalpark-Tor in Gemünd hatte ihnen eine freundliche Dame die beiden Elektroräder übergeben, die er reserviert hatte, und ihnen die Funktionsweisen erklärt. Es schien einfacher zu sein, als er vermutet hatte, und schon nach wenigen Metern hatte das Fahren ihm ungeheuren Spaß gemacht. Sein Plan sah vor, mit Irmgard bis an die Staumauer des Urftsees zu fahren, dort einzukehren und später gemütlich die Rückfahrt anzutreten. Die etwas mehr als zehn Kilometer bis zu ihrem Ziel hätten sie ohne große Anstrengung überwinden können. Dass er mit der Technik dann doch nicht so reibungslos klarkam, störte ihn, konnte aber das Gesamtvergnügen nicht schmälern. Bis Irmgard seine Versuche bemerkt und wieder einmal die Gelegenheit genutzt hatte, ihm seine Unfähigkeit vorzuwerfen. Er wollte das klären. Jetzt sofort.

Er schob sich aus dem Sattel und setzte einen Fuß auf die Erde. Den anderen ließ er auf dem Pedal stehen, bereit zu starten, nachdem er Irmgard die passende Antwort gegeben hatte.

Hinter ihm fluchte seine Frau, Kies knirschte, und er hörte, wie sie stürzte. Er wandte sich um. Irmgard lag auf der Seite, das Fahrrad noch zwischen den Beinen. Sie schüttelte erbost den Kopf, stützte sich auf den linken Unterarm und wollte sich aufrichten. Stattdessen stieß sie einen Schrei aus und sank wieder zu Boden.

»Kannst du nicht aufpassen?«, zischte sie. »Jetzt bin ich wegen dir gestürzt.«

»Ich habe keine Augen im Hinterkopf, Irmgard«, entgegnete er und erinnerte sich daran, wie sein Sohn ihm vor Kurzem beim gemeinsamen Bau einer Gartenhütte gesagt hatte, er solle sich wehren.

»Was musst du auch bremsen?« Irmgard wandte unwirsch den Kopf zur Seite und versuchte erneut aufzustehen. Er ging zu ihr, hob das Rad auf und stellte es zur Seite. Er streckte die Hand aus.

»Kannst du aufstehen?«, fragte er, ohne auf ihre Vorwürfe einzugehen. Irmgard griff zu und kam langsam hoch. Ihren linken Arm hielt sie wie einen Fremdkörper vom Körper weg.

»Ich glaube, da ist etwas gebrochen.«

»Lass uns erst einmal eine Pause machen. Dann geht es vielleicht gleich wieder.«

»Ich möchte zu einem Arzt.«

Helmuth seufzte, nahm Irmgards Rad und drehte es gegen die Fahrtrichtung, aus der sie gekommen waren. »Dann los.«

»Und wie soll das deiner Meinung nach gehen?« Anklagend hob sie ihren Arm, wobei sie mit der Rechten den Ellbogen stützte. »Ich kann unmöglich mit dem Rad fahren.«

»Dann gehen wir eben zu Fuß.« Helmuth holte sein Gefährt, stellte sich zwischen die beiden Räder und umfasste die Lenker mit je einer Hand. »Kann losgehen.«

»Das sind fast sechs Kilometer.«

»Was schlägst du als Alternative vor?«

»Ruf jemanden an. Du hast doch ein Handy dabei.«

»Das funktioniert nicht.«

»Warum? Hast du wieder vergessen, es aufzuladen?«

»Es gibt hier keinen Empfang.«

»Wieso nicht?«

»Keine Ahnung.«

»Hast du dir den falschen Anbieter ausgesucht, der hier nicht sendet? Da muss man doch drauf achten, wenn man so ein teures Gerät kauft.« Irmgard giftete nicht, sie stellte fest.

»Wo ist denn dein Telefon? Vielleicht funktioniert das besser.«

»Du wolltest dich doch darum kümmern, hast du gesagt.« Sie verdrehte die Augen. »Aber wenn ich nicht an alles denke.«

»Du hast aber nicht daran gedacht, so wie es aussieht.« Helmuth packte fester zu und marschierte los. »Hinter der Kurve war ein Rastplatz. Dort kannst du dich hinsetzen, und ich fahre in den Ort, um Hilfe zu holen.« Er ging schneller, um einer Antwort zu entkommen, und presste die Lippen aufeinander. In der letzten Zeit hatte er sich mehr als einmal gefragt, warum er nicht schon vor vielen Jahren die Reißleine gezogen und die Ehe beendet hatte. Jetzt war es zu spät. Wenn sie sich jetzt trennten, bliebe von seiner Rente nichts mehr übrig, und sie würden beide ein Alter in Armut verbringen. Er fühlte einen Stich in der Brust. So hatte er sich das nicht vorgestellt.

Er erreichte die Sitzgruppe am Aussichtspunkt »Bird Watching Station«, lehnte Irmgards Rad an den Holztisch und setzte sich auf sein Fahrrad, während er auf seine Frau wartete.

»Bleib noch einen Moment«, sagte Irmgard, als sie zu ihm gestoßen war, und ließ sich auf die Bank fallen. »Vielleicht geht es nach einer Pause ja doch wieder.« Ihr Ton war jetzt deutlich weniger harsch. Sicher fand sie die Vorstellung, hier allein ausharren zu müssen, noch unangenehmer als die, mit dem verletzten Arm in den Ort zu fahren.

Helmuth nickte. Er stellte sein Rad ab und ging zu dem Rechten der beiden Fernrohre, die am Rand des Rastplatzes aufgebaut waren. Von hier aus hatte man einen phantastischen Blick über den Urftsee und die Anhöhen hinauf bis zur Burg Vogelsang. Helmuth beugte sich vor und sah hindurch. Es dauerte einen Augenblick, bis sich seine Augen auf die Schärfe eingestellt hatten, aber schließlich erkannte er ein Stück Brache direkt am Ufer des Sees. Der Widerschein der Sonne auf dem

Wasser blendete ihn. Ein Blitz erhellte den dunklen Waldrand. Helmuth trat einen Schritt zurück, schaute über das Okular hinweg auf den See und hielt Ausschau nach der Stelle.

»Was machst du da?«, fragte Irmgard.

»Ich schaue mir die Umgebung an.« Er zeigte auf eine der Tafeln, die zur Erläuterung am Rand der Brüstung standen. »Mit diesen Dingern hier«, er wies auf die beiden Fernrohre, »kann man die Vögel beobachten. Es gibt an diesem Ort eine Menge Arten, die ich bisher noch nicht bewusst in freier Wildbahn gesehen habe.« Er beugte sich wieder zu dem Rohr hinunter und suchte noch einmal den Punkt von vorhin. Etwas an dem Blitz war ihm seltsam vorgekommen. Erneut bemerkte er eine Bewegung. Helmuth stutzte.

»Siehst du da was?«

»Ich bin nicht sicher.« Er schaute hoch, aber die Entfernung war zu groß, um mit bloßem Auge etwas erkennen zu können. »Vielleicht ein Wildschwein.« Er startete einen neuen Versuch. In dem Gebüsch, das an die Wiese grenzte, entdeckte er durch das Fernrohr einen dunklen Schatten und einen hellen Fleck. Als der Punkt sich rührte, traten die Einzelheiten des Bildes hervor. Ein Mädchen oder eine junge Frau lag dort im Gras. Über sie beugte sich eine Gestalt, schwarz verhüllt und maskiert. Die junge Frau strampelte mit den Beinen und schlug mit den Armen um sich, aber der Angreifer drückte sie mit einem Knie zu Boden.

»Mein Gott«, stammelte Helmuth und suchte hektisch sein Handy in der Jackentasche. »Er bringt sie um!« Hilflos sah er sich zu Irmgard um, die ihn mit verständnislosen Blicken musterte.

»Was erzählst du da wieder für einen Unsinn?«

»Das ist kein Unsinn.« Helmuth schüttelte sein Telefon, doch nichts veränderte sich an den Balken, die den Empfang angezeigt hätten, wenn da einer gewesen wäre. Hektisch blickte er durch das Rohr. Die dunkle Gestalt würgte das Mädchen, dessen Abwehrbewegungen immer schwächer wurden und schließlich erstarben. Der Angreifer löste seinen Griff, stand auf und trat mit dem Fuß gegen die junge Frau, als wollte er sichergehen, dass sie tot war. Helmuth schnappte nach Luft. »Er hat sie umgebracht«, flüsterte er heiser und spürte, wie ihm schwindelig wurde. »Ich muss Hilfe holen. Vielleicht ist es noch nicht zu spät.«

»Helmuth!« Irmgard erhob sich von der Bank und humpelte auf ihn zu. »Du hast bestimmt nur wieder nicht richtig hingesehen. Wie soll denn dort jemand hinkommen?« Sie zeigte auf die Landzunge, die weit in den Stausee hineinragte, bevor sie durch das Fernrohr schaute. Sie schwenkte das Rohr hin und her, drehte an der Schärfeneinstellung. »Ich kann nichts sehen. Hast du es kaputt gemacht?«

»Herrgott, ich habe nichts kaputt gemacht.« Er schob sie zur Seite.

»Das waren bestimmt nur ein paar Schweine, die im Dreck nach Würmern gesucht haben.«

»Das sind ganz sicher keine Schweine gewesen, Irmgard.« Er stieg auf sein Rad, zögerte und griff in seine Jackentasche. »Hier. Das Handy. Vielleicht gibt es ja doch irgendwann wieder Empfang.«

»Du lässt mich wirklich allein hier?«

»Schaffst du es, mitzukommen?«

»Nein.«

»Dann muss ich dich zurücklassen, Irmgard.« Er zeigte mit ausgestrecktem Zeigefinger auf den See hinaus. »Dort draußen ist gerade eine junge Frau umgebracht worden. Ich muss Hilfe holen.«

»Und wenn der Mörder hierherkommt?«

»Du hast eben selbst gefragt, wie man dorthin kommen kann.«

Er wartete ihre Erwiderung nicht ab, sondern schwang sich auf das Rad, schaltete in den höchsten Gang und trat in die Pedale. Sein Gewissen meldete sich. Was, wenn der Täter wirklich kommen und Irmgard etwas antun würde, weil er sie für eine Zeugin hielt? Durfte er sie allein lassen? Auf der anderen Seite konnte es sein, dass jede Minute zählte, um das Leben der jungen Frau zu retten. Er schaute über die Schulter zurück. Irmgard saß hoch aufgerichtet und steif auf der Holzbank und sah auf den See hinaus. Ihren Helm hatte sie abgenommen und hielt ihn wie einen Schutzschild vor sich. Das Handy lag auf dem Tisch.

Er konzentrierte sich wieder auf den Weg. Vorhin waren sie gemächlich gefahren, hatten jede Unebenheit, soweit es möglich war, vermieden. Jetzt holperte er durch Senken und hatte Mühe, das Elektrorad bei dem hohen Tempo unter Kontrolle zu behalten. Einmal ging ein Ruck durch das Vorderrad und schlug ihm den Lenker aus der Hand. Er fluchte, fasste nach und brachte das Rad wieder auf Spur. Ein stechender Schmerz bohrte sich durch seinen Brustkorb. Hatte er sich etwas gezerrt? Er schnappte nach Luft, hob sich ein Stückchen aus dem Sattel und setzte sich wieder. Nacheinander lockerte er seine Arme. Er hustete. Der Schmerz verging nicht. Er wurde intensiver, und ihm war, als raubte er ihm alle Kraft aus den Beinen. Er zog die Bremsen. Das Rad stoppte, und er stieg ab. Mühsam rang er nach Atem. Ihm wurde schlecht, und er übergab sich mitten auf den Weg. Seine Knie zitterten, als er sich von der Stelle entfernen wollte, und er musste sich mit seinem ganzen Gewicht auf das Fahrrad stützen. »Das kann doch nicht sein«, murmelte er, bevor er umkippte und ein Stück die Böschung hinunterrollte.

***

»Nein, Frau Müller, wir haben keine Kollegin dieses Namens hier bei uns auf der Wache«, bemühte ich mich, die aufgeregte Besucherin vor mir zu beruhigen. »Wir müssen der Sache auf den Grund gehen. Was vermissen Sie denn genau?«

»Mein Portemonnaie, eine Kette und das neue Taschentelefon, das mein Sohn mir vor ein paar Wochen geschenkt hat.«

»Sie meinen Ihr Handy?« Ich sah von meinem Notizblock auf. Die Frau tat mir leid. Wie sie dasaß, in ihrem besten Mantel, den sie sonst vermutlich nur sonntags zur Kirche anzog. Zurechtgemacht für den Gang zur Polizeibehörde. Sie hatte die siebzig weit überschritten, bewegte sich aber sicher und machte auch geistig einen fitten Eindruck. Sie war auf eine Trickbetrügerin reingefallen, und man konnte es ihr nicht verübeln. Die Diebin war geschickt. Stellte sich als Polizistin vor und gab an, eine Zeugenaussage überprüfen zu müssen. Frau Müller war die dritte Geschädigte in vier Tagen, die zu uns kam, um Anzeige zu erstatten. Es wurde Zeit, dass wir die Bevölkerung informierten.

»Was genau hat sie denn zu Ihnen gesagt?«

»Ich habe sie darauf hingewiesen, dass es sich um eine Verwechslung handeln muss.« Frau Müller umklammerte ihre Tasche, die sie vor sich auf dem Schoß stehen hatte. Auf ihren Handrücken erkannte ich Altersflecken, die als kleine Sprenkel ihren Unterarm hinaufwanderten. »Sie entschuldigte sich und bat mich, trotzdem kurz reinkommen zu dürfen, damit sie ihren Bericht schreiben kann.«

»Was passierte dann?«

»Ach Frau ...« Sie zögerte und suchte nach einem Namensschild.

»Weinz. Ina Weinz«, half ich ihr aus.

»Frau Weinz, ich könnte mich ohrfeigen. Da hört man immer im Fernsehen von diesen Menschen, und am Ende fällt man selbst auf einen herein. Wie eine alte, dumme Frau.«

»Nein, das sind Sie nicht.« Ich lächelte. »Diese Trickbetrügerin geht sehr schlau vor, und wir müssen versuchen, sie so schnell wie möglich dingfest zu machen.«

Frau Müller erwiderte mein Lächeln und nickte. »Ja.«

»Können Sie mir eine Beschreibung der Frau geben?«

Wieder nickte sie, und ich notierte ihre Angaben auf dem Block, der vor mir lag. Ich würde später alles in das entsprechende Formular eingeben. Jetzt war es wichtiger, der alten Dame das Gefühl zu vermitteln, dass ich oder besser gesagt die Schleidener Polizei ihr helfen und dafür sorgen würde, dass der Gerechtigkeit Genüge getan wurde. Ich musste ihr ja nicht sagen, dass es nur geringe Chancen gab, der Dame auf die Spur zu kommen, wenn wir nicht noch ein paar Anhaltspunkte mehr bekämen.

Mein Telefon klingelte. Eine Kölner Telefonnummer blinkte auf dem Display. Ich kannte sie. Es war meine alte Dienststellendurchwahl aus der Zeit, als ich noch bei der Mordkommission gewesen war, vor mehr als einem gefühlten Jahrhundert. Dabei waren noch keine vier Jahre vergangen, seit ich meine Siebensachen gepackt hatte und in die Eifel gezogen war. Der Kontakt zu meinem damaligen Kollegen und guten Freund Matthias Driesch war seither immer sporadischer geworden, beschränkte sich auf das eine oder andere private Telefonat und gelegentliche, über das Jahr versprengte Kölsch-Abende in unserer alten Lieblingskneipe. Wenn wir uns allerdings trafen, war es, als ob die letzte Begegnung erst ein paar Tage zurückgelegen hätte.

»Sie hat sehr langsam gesprochen. Das ist mir aufgefallen«, ergänzte Frau Müller übergangslos. Ich drückte den Anruf weg. Ich würde mich später bei Matthias melden.

»Hatte sie einen Akzent?«

»Nein. Sie klang nicht so, als würde sie hier aus der Eifel stammen.«

»Gut.« Ich notierte den Hinweis und legte den Stift zur Seite. »Wir halten Sie auf dem Laufenden. Allerdings …« Ich hustete verhalten und stand auf. »Allerdings kann ich Ihnen nicht versprechen, dass Sie Ihre Sachen wiederbekommen. Das Portemonnaie liegt sicher schon in irgendeiner Mülltonne, und das Handy landet vermutlich auf einem Flohmarkt. Haben Sie von der Kette Bilder? Oder eine Rechnung?«

»Nein.« Frau Müller wirkte bekümmert. »Der Schmuck ist ein Erbstück, von meiner Mutter. Eine Perlenkette. Mein Vater hatte sie ihr zur Silberhochzeit geschenkt. Sehr schade um das Erinnerungsstück.« Sie richtete sich auf und straffte die Schultern. »Aber so ist das im Leben, Frau Weinz. Man muss immer Abschied nehmen. Von Dingen und von Menschen, die einem viel bedeuten und ans Herz gewachsen sind. Ob man will oder nicht. Veränderung tut weh, aber man weiß, man wird es überleben. Auch das unabhängig davon, ob man will oder nicht.« Sie lächelte verhalten. »Und vor allem, je älter man wird.« Sie ging zur Tür. »Vielen Dank für Ihre Zeit, Frau Weinz. Ich hoffe, von Ihnen zu hören.«

Ich lehnte mich auf meinem Stuhl nach hinten, hielt mich mit einer Hand an der Schreibtischkante fest und drehte mich hin und her, nachdem Frau Müller gegangen war. Eine Trickbetrügerin also. Ich ächzte leise und hatte Mühe, mich zur Weiterarbeit zu motivieren, obwohl es eine willkommene Abwechslung in meinem täglichen Einerlei bot. Nicht dass wir nichts zu tun gehabt hätten auf der Schleidener Wache. Im Gegenteil. Ich war ununterbrochen beschäftigt. Trotzdem wuchs meine Unzufriedenheit mit dem, was ich tat, von Monat zu Monat, ohne dass ich konkret hätte sagen können, woran es lag. Es war aber nicht nur das. Es war alles in meinem Leben. Meine Wohnung, die immer noch im halb fertigen Zustand verharrte, weil ich ihr nie meinen Stempel aufgedrückt, sondern nur einige meiner Möbel hineingestellt hatte. Meine Unfähigkeit, mich für oder gegen eine Beziehung zu entscheiden. Machte ich mir etwas vor, um mich weiterhin begehrt zu fühlen, wenn ich mal mit Steffen und mal mit Thomas so tat, als wären wir ein Paar? Mein mehr als kompliziertes Verhältnis zu Henrike, meinem Patenkind, die seit dem Tod ihrer Mutter vor zwei Jahren bei mir lebte und zu einem Vollblutteenager mit allen dazugehörigen Problemen herangewachsen war. Ich hatte gerade erst in meine Mutterrolle hineingefunden, wollte Henrike behüten und beschützen. Sie hingegen drängte ins Leben und musste sich bereits wieder lösen. Das Erwachsensein lernen.

Manchmal hatte ich das Gefühl, dass Henrike und ich nur deswegen in manchen Dingen gut miteinander auskamen, weil wir beide in gewisser Weise Opfer unserer Hormone waren. So unterschiedlich schienen Pubertät und Wechseljahre gar nicht zu sein. Ein großes Durcheinander in Kopf und Seele, darüber hinaus Pickel an Stellen und zu Zeiten, wo man sie überhaupt nicht gebrauchen konnte.

Vielleicht verdunkelte mir auch mein bevorstehender Geburtstag die Sicht auf die Dinge. Ein runder, wie man hier zu sagen pflegte. Fünfzig. Mit Glück die Mitte des Lebens, realistisch der Beginn des letzten Drittels. Das nährte meine Unzufriedenheit. Die klassische Frage nach dem »Alles«, das es dann gewesen sein soll. Nach dem Neuen, nach der Veränderung, nach der Entwicklung, die wie nicht eingelöste Versprechen im Raum standen. Jammern als Sinngebung. Selbstmitleid. Lebensmittekrise. Ich war schwer auszuhalten zurzeit. Sogar für mich selbst. Wieder ging das Telefon. Matthias.

»Feierst du eigentlich?«, fragte er, nachdem ich abgehoben und mich mit »Gärtnerei Rosenhügel« gemeldet hatte.

»Falsche Frage zur falschen Zeit.« Ich nahm den Block mit den Notizen meines Gesprächs mit Frau Müller und weckte meinen Computer.

»Ja oder nein?«

»Eher nein. Ich hab mir nur den Tag freigenommen.«

»Um eine wilde Party zu feiern?«

»Nein. Um mich zu verkriechen.«

»Gut.«

»Wieso gut?«

»Weil ich dann eine eigene kleine Festivität begehen kann.«

»Du wirst doch nicht fünfzig«, stellte ich fest.

»Nein. Ich werde befördert.«

»Wohin?«

»Falsche Antwort.«

»Wieso?«

»Im Normalfall beglückwünscht man denjenigen, der eine solche Mitteilung zu machen hat, mit einigen netten Worten, aus denen die Anerkennung und der Respekt sprechen, die man demjenigen für seine Leistung entgegenbringt.«

»Ich gratuliere dir, Matthias«, sagte ich mechanisch, löste ein Stück des Papiers an der Gummierung ab und rollte es mit dem Zeigefinger ein. Ich war nicht fair. Matthias konnte nichts für meine schlechte Laune. Und dass ich sie ihn spüren ließ, machte mich mir noch unsympathischer, als ich es ohnehin schon war.

»Du bist ungerecht, Ina. Ich kann nichts für deine Stinklaune.«

Pause. Ich grinste wider Willen.

»Du kannst meine Gedanken lesen.«

»Nicht erst seit heute.« Es klirrte im Hintergrund, und ich hörte ihn schlucken. Vermutlich trank er Kaffee aus einer von seiner Schwester getöpferten Tassen, von denen ich ebenfalls einige in meinem Büro stehen hatte. »Wie gut also, dass du nicht mehr hier arbeitest, denn sonst wäre ich als neuer Kommissariatsleiter dein Chef. Und wer will schon einen Chef, vor dem man keine Geheimnisse haben kann? Obwohl ich dich mit Kusshand sofort nehmen würde.« Sein Tonfall war wieder ernst geworden. Er atmete in die Pause hinein. »Also, was ist? Kommst du?«

»Zurück zur Kölner Mordkommission?« Im selben Moment, in dem ich das mit vorgetragener Ironie sagte, wurde mir klar, dass es weniger abwegig war, als ich ursprünglich gedacht hatte. Weg von hier. Weg aus der dörflichen Enge. Weg von den Routinen. Weg aus dem Eingebundensein in auferlegte Strukturen, die nicht meine waren. Nach Köln. Die Ruhe und Beschaulichkeit, die ich bei meinem Umzug nach Gemünd gesucht und in übergroßem Maß gefunden hatte, erstickten mich heute. Ich hatte mir etwas vorgemacht.

Statt einer Antwort schwieg Matthias und wartete ab.

»Wann?«, fragte ich nach ein paar Sekunden.

»So schnell hatte ich nicht mit deiner Zusage gerechnet – oder halt. Doch. Natürlich. Meine Überzeugungskraft ist wie immer exorbitant.«

»Ich meine deine Feier.«

»Schade. Aber nun gut. Übernächstes Wochenende hatte ich mir vorgestellt.«

»Da habe ich Geburtstag.«

»Du hast nicht an dem Wochenende, sondern an dem *vor* dem Wochenende stattfindenden Donnerstag Geburtstag. Wenn ich dich daran erinnern darf. Also?«

»Ich denke drüber nach, Herr Erster Hauptkommissar.«

»Tu das. Wenn du fertig bist, sag mir Bescheid. Und bring wegen mir den Förster mit.«

»Mal sehen. Ich glaube, es hat sich ausgeförstert.«

»Was glaubt er?«

»Das werde ich wohl nur erfahren, wenn ich zur Abwechslung mal ein wenig mit ihm plaudere. Das hat zurzeit eher Seltenheitswert.«

»Dann freue ich mich umso mehr, dass du mir deine Zeit geschenkt und wir beiden Hübschen mal wieder so ausführlich miteinander geplaudert haben, liebe Ina. Auf baldiges Wiederhören.« Es klackte in der Leitung. Er hatte aufgelegt.

Ich starrte den Hörer an. Matthias Driesch war der einzige meiner Kollegen, auf den ich mich wirklich immer blind verlassen hatte. Er war ein guter Freund. Trotz seiner Schrulligkeiten, trotz der unfassbar geschmacklosen Sweatshirts mit Bärchenapplikationen, die er von Zeit zu Zeit trug, und trotz seiner Eigenbrötlerei. Seit dem Tod seiner Mutter lebte er allein im elterlichen Haus in einem Kölner Vorort. Solange ich ihn kannte – und meines Wissen auch nicht in den Jahren zuvor –, hatte er noch nie eine längere feste Beziehung gehabt, weder mit einer Frau noch mit einem Mann. Der einzige schwarze Fleck auf der Seele unserer Freundschaft. Zu Anfang hatte ich versucht, mit ihm darüber zu reden, aber er hatte mich nur angesehen, den Kopf gesenkt und so schnell wie möglich das Thema gewechselt. Bei einer anderen Gelegenheit sprach er in dem Zusammenhang von Tauben auf dem Dach und Spatzen in der Hand und sah mich wieder mit dem gleichen Blick an. Als ich es erkannte, beeilte ich mich, das Gespräch in eine andere Richtung zu lenken, um ihn nicht zu verletzen. Er war ein Freund. Der beste, den ich haben konnte. Aber nicht mehr, und es zu versuchen, hätte mit Sicherheit mehr zerstört, als uns beiden lieb gewesen wäre. In dem Moment hatte er begriffen, dass ich verstanden hatte, und wir schlossen einen unausgesprochenen Pakt, der seit vielen Jahren Bestand hatte. So manches Mal hatte ich mich mit einem leisen Bedauern gefragt, was geschehen wäre, wenn wir es versucht hätten. Wo es uns hingebracht hätte. Aber eine Antwort gab es nicht. Und jetzt wurde er Kommissariatsleiter. Er hatte es verdient. Nicht nur weil es an der Zeit war und er das entsprechende Alter erreicht hatte. Darauf kam es zum Glück nicht an. Er hatte es verdient, weil er ein großartiger Polizist war. Trotzdem bemerkte ich den Stich, den es mir versetzte. Die Sekunde, in der ich mich nicht für ihn freute, sondern das Gefühl hatte, mir wäre etwas genommen worden, was mir an seiner Stelle zugestanden hätte. Für diesen Posten war ich während meiner Zeit bei der Kölner Mordkommission eine hoch gehandelte Kandidatin gewesen, und vermutlich hätte ich, wenn ich geblieben wäre, meinen Fünfzigsten zusammen mit dieser Beförderung feiern können. Durch meinen Weggang hatte ich das alles verspielt.

Und wofür? Ich zog genervt die Tastatur zu mir heran und öffnete das Berichtsformular, in das alle Vorgänge eingetragen wurden. Verkehrsunfälle, ab und an einen Hausfriedensbruch und als Highlight des Tages eine Trickbetrügerin. Na toll, dachte ich, ganz toll, Ina, und tippte die ersten Zeilen. Als das Telefon erneut ging, hob ich ab, ohne hinzusehen.

»Was vergessen?«

»Bitte?« Die Kollegin aus der Zentrale.

»Oh, Entschuldigung.« Ich räusperte mich. »Ich dachte, es wäre jemand anderes.«

»Aha.« Sie schwieg einen Moment, und ich hörte den Vorwurf in ihrer Pause. »Ein Arzt aus dem Schleidener Krankenhaus ist am Apparat. Er möchte mit dem diensthabenden Kommissar sprechen.«

ZWEI

Das Geräusch der Säge ist das Erste, woran du dich erinnerst. Es ist da, seit du denken kannst. Begleitet dich durch den Tag. Unregelmäßig. Wie das Knurren eines Wolfes. Lauernd und geduckt. Du nimmst es nicht mehr wahr, weil es Alltag ist. Weil es zur Arbeit der Männer des Dorfes gehört, die dich, deine Schwester und deine Großmutter ernährt.

Du spielst als Kind inmitten von Holzbalken, die sie zu Stücken verarbeiten, zu Brettern, Scheiten und Stiften. Du läufst über Planken, die aus diesen Brettern gemacht sind und das Wasser zwischen Häusern überspannen. Baust Rindenboote und schickst sie durch die Kanäle auf Reisen. Auf Abenteuer, die du bestehst. Mit Schwertern aus Schilfhalmen und Proviant aus wilden Erdbeeren. In deiner Phantasie, die unerschöpflich scheint. Da ist das Glück bei dir, ohne dass du es gesucht hast. Du lachst viel in dieser Zeit.

Du fragst nicht, warum die Männer auf alten Holzbooten hinaus ins Delta fahren. Es gehört zum Strom der Jahreszeiten. Im Frühling wird der Hering in weißen Plastikeimern vor der Haustür geschuppt, geschlitzt und sortiert. Der Rogen für die Restaurants, die Leber für das kleine Festmahl am Sonntag, mit Zwiebeln, so wie du es magst. Die Kiemen für die Schweine. Nach dem Hering, Ende Mai, kommen die Erdbeeren. Gesammelt in Holzkisten auf den Feldern zwischen mäandernden Flussarmen. Die Frauen laden die Kisten auf Boote. Die Männer bringen sie flussaufwärts, wo die Früchte auf den Märkten der Städte verkauft werden und Geld in die Kassen spülen.

»Geld wächst nicht in den Weiden«, bläut deine Großmutter dir über dem ewigen Bücken und Pflücken und Schuppen und Schlitzen ein. Nur zum Fest des heiligen Nikolaj putzt ihr euch heraus. Stellt die Heringseimer zur Seite und holt bunte Kleider hervor. Die Kopftücher umgebunden, wie es sich gehört, folgt ihr den singenden Glocken in die Kirche. Lipowaner seid ihr. Altgläubige. Von alters her. Das Delta ist eure Heimat.

Später, als du größer wirst, sitzt du am Ufer, schaust dem kleinen Boot auf kleinen Wellen hinterher und stellst dir vor, wie es sein wird, wenn du eines Tages fortgehst. Auf einem großen Boot, über große

Wellen, die dich in die Welt tragen. So wie die es getan haben, die erwachsen geworden sind. Weil nicht genug Baumstämme gesägt werden können, um allen Arbeit zu geben. Weil die Netze nicht immer voller Heringe sind. Weil die Fischer immer öfter ohne Fang nach Hause kommen. Trotz der fünf Tage und Nächte, die sie unterwegs gewesen sind. Den Beluga hat schon lange niemand mehr nach Hause gebracht. Den schweren Fisch, den du im Museum gesehen hast und der zu seinen Lebzeiten über dreihundert Kilo gewogen hat. Der Beluga hat Geld im Bauch. Dreißig Kilo Eier, und jedes Kilo bringt so viel wie ein halbes Jahreseinkommen. Er ist der Hauptgewinn. Aber er kommt nicht mehr.

Um ihre Familien satt zu machen, gehen junge Frauen und Männer in die Städte. Oder sie reisen in andere Länder, weil es da mehr Chancen gibt, Arbeit zu finden, und lassen ihre Familien zurück. So wie deine Mutter.

Ab und zu erreicht euch ein Brief von ihr. Oder ein Päckchen mit Geschenken. Sie hat dich und deine Schwester nicht vergessen. Sie liebt und vermisst euch, so wie ihr sie liebt und euch nach ihr sehnt. Du verstehst nicht, warum auf einmal keine Nachrichten mehr von ihr kommen. Siehst nur die Tränen der Großmutter. Weinen kannst du erst, als sie deine Schwester umarmt und nicht mehr loslässt. Sich an sie klammert und dich stehen lässt, mit leeren Armen, keinen Trost für dich hat, obwohl dir mehr Erinnerungen und Schmerz bleiben, weil du die Ältere bist.

Du wirst schnell erwachsen. Weil du es musst. Spielst nicht mehr. Schickst keine Boote mehr über die Wellen hinaus in ein erträumtes Leben. Weil du etwas anderes für dein traumloses Leben willst als die Heringe und die Erdbeeren und das Hoffen auf den Beluga. Du lernst. Du bist fleißig. Ohne nach dem Glück zu fragen, weil das Glück stets dort ist und nie hier. Es liegt in der Vergangenheit oder in der Zukunft. Nicht im Heute. Es ist das Ziel, dessen Erreichbarkeit du nie anzweifelst. Auch wenn es so wirkt, als ob das Glück deine Schwester mehr mag als dich. Sie ist, hat und bekommt immer mehr von allem. Die besseren Noten, die schlankere Figur, die glänzenderen Haare. Du beißt dir auf die Lippen, schluckst Eifersucht.

Neid. Er frisst an dir und in dir, brennt und höhlt deine Seele aus.

Es ist nicht recht, dieses Gefühl, und du weißt das. Sperrst es weg, verdammst es und belügst dich doch dabei.

***

»Sie müssen sich darüber im Klaren sein, dass alle damit verbundenen Hürden mit Absicht sehr hoch angesetzt sind. Pro Jahr gibt es bundesweit im Durchschnitt achtzig Fälle, bei denen die Fallanalyse zum Einsatz kommt.« Der Dozent wies auf ein Diagramm, das ein Beamer an die Wand des Schulungsraums projizierte. »Wer hier sitzt, weil er seine Vorstellungen über das Berufsbild aus amerikanischen Fernsehserien hat, kann direkt wieder gehen. Das ist ebenso wenig vergleichbar wie Cobra 11 mit Streifendienst.«

Einige der Anwesenden lachten verhalten. Judith blieb ernst. Sie wusste, was sie erwartete. Oder besser gesagt, sie hatte von Anfang an versucht, sich an den Realitäten und nicht an den Medien zu orientieren. Seit fast zwei Jahren arbeitete sie nun bei der Bonner Mordkommission. Zuerst mit Horst Sauerbier und dann, nachdem er im letzten Jahr in Pension gegangen war, mit immer wechselnden Kollegenteams zusammen. Je mehr Erfahrung sie sammelte, umso mehr wurde ihr klar, dass das noch nicht ihr endgültiges berufliches Ziel war. Eine Zeit lang hatte sie ihr abgebrochenes Psychologiestudium als Ballast empfunden. Etwas, das sie am liebsten unter den Tisch gekehrt und vor den anderen verheimlicht hätte. Vor allem, weil ihre Karriere aufgrund dieses Sonderwissens deutlich schneller verlaufen war als die ihrer gleichaltrigen Kollegen. Dass sie bei den Prüfungen noch dazu in vielen Fächern als eine der Besten abgeschnitten hatte, eignete sich nicht dazu, die Lage zu verbessern. Sie blieb eine Außenseiterin. Judith hatte sich daran gewöhnt, nur wenig privaten Kontakt im Präsidium zu pflegen. Bis auf den Lauftreff, an dem sie regelmäßig teilnahm und in dem es um Strecken, Kondition und geeignete Ernährung ging, hielten sich ihre Gespräche auf den Gängen an Berufliches. Wenn sie mittags in der Kantine essen ging, saß sie nie allein, war aber auch nur selten Teil einer der Runden, die sich zu verabredeten Zeiten dort trafen. Trotzdem fühlte sie sich wohl und mochte ihre Arbeit. Sie liebte feste Strukturen und konnte sich beim Ausfüllen der endlosen Formulare und Abarbeiten der Aktenberge am besten entspannen. Noch ein Punktabzug auf der Beliebtheitsskala.

Wenn sie nach Feierabend nach Hause ging, wusste sie nie so recht, was sie dort erwartete. Ob sie in eine leere Wohnung kommen oder mit einem Abendessen empfangen werden würde. Kai-Rokke Hornbläser, ihr »partieller Lebensgefährte«, wie sie ihn an guten Tagen bezeichnete, führte ein rastloses Leben. Obwohl er ihr versprochen hatte, stetiger zu werden, verschwand er oft für Tage, ohne sie über das Warum und das Wohin zu informieren. Sie dachte immer wieder, sie hätte sich daran gewöhnt, aber das war jedes Mal ein Trugschluss. Als sie vorgestern ihre Wohnungstür aufgeschlossen und ihre Handtasche abgestellt hatte, dauerte es minutenlang, bis sie die Stille der verwaisten Zimmer richtig verstanden hatte. Einige seiner Sachen waren verschwunden. Zu wenige, um auf einen endgültigen Abschied hinzudeuten. Zu viele, um den Schluss zuzulassen, er sei nur für einen oder zwei Tage mit seinem Wohnmobil unterwegs. Wenn sie jemand gefragt hätte, ob es ihr etwas ausmachte oder wie es ihr damit ging, was sie fühlte, hätte sie keine Antwort gewusst. Sie vermied die Frage nach ihren Gefühlen sogar sich selbst gegenüber. Das Unkalkulierbare als Konstante. Die Unverbindlichkeit ihrer Beziehung mit Kai-Rokke stellte in ihrem ansonsten so strukturierten Leben vielleicht den notwendigen Gegenpol dar. So betrachtet war es gut. Wenn es hieß, dass sie ebenfalls nicht zu einer Beziehung fähig war, war es nicht gut. Sie ließ die Zeit verstreichen, ohne seine Abwesenheit zu hinterfragen, und irgendwann stand er wieder vor dem Haus. Jedes Mal öffnete sie wieder Tür und Herz für ihn.

Die Stimme des Dozenten drang wieder in ihr Bewusstsein. »Nur wer hundertfünfzigprozentig bei der Sache ist, hat eine kleine Chance, in das Fortbildungsprogramm zu kommen.«

Judith zuckte zusammen. Sie war unkonzentriert und müde, obwohl sie eigentlich ausgeschlafen sein sollte. Früh genug ins Bett gefallen war sie auf jeden Fall. Das ärgerte sie. Sie durfte sich von ihrem Privatkram nicht so beeinflussen lassen. Nicht während der Arbeit und erst recht jetzt nicht, wo es um ihre Zukunft ging.

»*Wenn* Sie ausgewählt werden, an dem Fortbildungsprogramm teilzunehmen«, fuhr der Dozent fort, »erwartet Sie ein mehrstufiges Lehrgangskonzept, berufsbegleitend über fünf Jahre hinweg. Und damit nicht genug. Sie müssen zusätzlich eigenverantwortlich Ihre Kompetenzen weiterentwickeln. Früher waren Hospitationen in der Rechtsmedizin oder in der forensischen Psychiatrie Teil des Lehrgangs. Heute nicht mehr. Trotzdem müssen Sie sie am Ende vorweisen.« Er lachte, und Judith hatte den Eindruck, es machte ihm Spaß, möglichst viele der Interessenten abzuschrecken. »Von Ihrer Freizeit können Sie sich auf jeden Fall erst einmal verabschieden, wenn Sie sich auf diese Fortbildung einlassen.«

Judith sah sich um. Sie war eine der Jüngsten hier im Raum, und die Wahrscheinlichkeit, ausgesucht zu werden, tendierte in ihren Augen gegen null. Etliche der Kollegen, die sich hier informierten, waren deutlich älter als sie. Sicher hatten sie sich schon einige der angesprochenen Kompetenzen aneignen können. Und Erfahrung in den fallanalytisch relevanten Einsatzbereichen war sehr wichtig.

»Wenn Sie trotz dieser widrigen Umstände noch willens und bereit sind, sich dem Bewerbungsverfahren zu stellen, füllen Sie bitte den Fragebogen aus, der vor Ihnen liegt.« Der Dozent hielt ein Exemplar hoch und wies auf den Briefkopf. »Schicken Sie ihn an die aufgedruckte Adresse. Die ganz Eiligen unter Ihnen können mir den Bewerbungsbogen im Anschluss an die Veranstaltung auch persönlich übergeben. Wenn ich meinen Job gut gemacht und Sie genügend abgeschreckt habe, gehen Sie nach Hause und denken über mögliche berufliche Alternativen nach. Denn dass Sie etwas in Ihrem Leben verändern wollen, ist klar. Sonst säßen Sie nicht hier.« Diesmal grinste er, und Judith musste feststellen, dass ihr diese freche Dreistigkeit gefiel.

Sie las Fragen und gab Antworten, von denen sie hoffte, dass es die richtigen waren, um sie ein Stück vorwärtszubringen.

Nach einer Weile klappte der Dozent seinen Laptop zu, und die Grafik an der Wand hinter ihm verschwand.

Das Seminar war zu Ende.

Judith stand auf. Sie musste dringend auf die Toilette. Sie raffte ihre Unterlagen zusammen, nahm Tasche und Mantel und wandte sich zur Tür, als ihr Sitznachbar sie ansprach.

»Sie sind sehr jung. Kommen Sie direkt aus dem Studium?«, fragte er mit einem starken Akzent, den Judith nicht zuordnen konnte. Er erhob sich und packte ebenfalls seine Sachen ein.

»Nein.« Sie mochte es nicht, so unvermittelt angesprochen zu werden. Bis auf ein kurz gelächeltes Hallo während des Vortrags hatten sie noch kein Wort miteinander gewechselt, und Judith hoffte, dass er diese Geste nicht missverstanden hatte.

»Warum wollen Sie Fallanalytiker werden?«

»Fallanalytikerin«, korrigierte sie ihn. Er lachte kurz auf.

»Oh. Entschuldigung. Fallanalytikerin. Natürlich.«

»Weil ich glaube, dass ich sehr gut sein werde. Es kommt mir entgegen.« Warum erzählte sie ihm das? Sie wunderte sich über ihre Reaktion. »Was ist mit Ihnen? Warum sind Sie hier?«

»Weil in meinem Land diese Wissenschaft noch gar nicht angekommen ist. Wir sind noch sehr in den alten Methoden verklebt.«

»Verklebt?«

»Ist das nicht das richtige Wort?«, fragte er und hob die Schultern. »Bitte verzeihen Sie mir.«

»Ich verstehe, was Sie meinen. Verhaftet.« Judith betrachtete ihn. Ein Allerweltsgesicht mit vielen Lachfältchen um die Augen und einem bitteren Zug um den Mund, der sich jetzt zu einem Schmunzeln verzog.

»Verhaftet? Ich dachte, ein Verbrecher wird verhaftet.«

»Das Wort hat beide Bedeutungen.«

»Deutsch ist eine komplizierte Sprache. Ich werde mich zu Hause noch besser damit beschäftigen müssen.«

»Mehr. Es ist immer gut, sich *mehr* mit einer Sache zu beschäftigen, die einen interessiert.« Judith lächelte. »Wo ist das?«

»Was?«

»Ihr Zuhause.«

»Ukraine.«

»Und was machen Sie hier beim LAFP?« Er hatte es geschafft, ihre Neugierde zu wecken.

»Eine Fortbildung. Ein paar von uns wurden eingeladen.«

»Gefällt es Ihnen?«

»Das Arbeiten ist anders als bei uns. Wir haben nicht so ein Amt für Lernen.«

»Landesamt für Aus- und Fortbildung der Polizei.«

»So ein Amt haben wir nicht.«

Sie verstummten. Judith hätte ihm gern viele Fragen zu der Situation in seinem Land gestellt, aber sie wusste zu wenig, um tatsächlich eine Meinung vertreten zu können, und so schwieg sie lieber. Am liebsten wäre sie einfach gegangen, aber das wäre ihr sehr unhöflich vorgekommen. Ungastlich.

»Sie beherrschen unsere Sprache sehr gut«, sagte sie deshalb unverbindlich.

»Meine Großmutter ist Deutsche gewesen. Wir sprechen manchmal Deutsch in der Familie. Wenn auch nicht oft genug, wie ich eben bemerken musste.« Er nickte. »Was gefällt Ihnen an der Fallanalyse?«

»Die Arbeitsweise. Die Struktur des Vorgehens. Analytisch. Daten zusammentragen. Auf die Sache konzentriert.«

»Sie haben noch nicht viel Erfahrungen in der Praxis sammeln können.« Wieder musterte er sie. »Ist es unfreundlich zu fragen, wie alt Sie sind?«

»Nein, das ist es nicht.« Judith betrachtete ihn. Er schien deutlich über vierzig zu sein. »Jünger als die meisten hier.« Sie wies auf die anderen Zuhörer, die noch im Raum waren. »Und Sie haben recht. Da gibt es sicher Kollegen mit mehr Jahren auf dem Buckel.«

»Woher haben Sie Ihre Informationen über den Beruf?«

»Es gibt ja nun genügend Sendungen im Privatfernsehen«, erwiderte sie ungerührt und freute sich über seinen verblüfften Gesichtsausdruck.

Er schnaubte.

Für einen Moment fragte sie sich, ob sie zu weit gegangen war. Schließlich war er Ausländer, und so gut er die Sprache auch zu beherrschen schien, Feinheiten wie Ironie oder Sarkasmus verstanden noch nicht einmal alle einheimischen Kollegen. »Entschuldigung. Das war ein Scherz. Ich habe recherchiert, mich umgehört und an den richtigen Stellen nachgefragt.« Sie machte eine Pause und erwiderte seinen Blick. »Vor zwei Monaten habe ich eine Bewerbung nach Knoxville geschickt, um dort ein Gastsemester absolvieren zu können.«

»An der Universität in Tennessee?«

»Ja.«

»Die Bodyfarm.« Er nickte. »Ich habe davon gehört. Viele wollen dorthin.«

»Wenn ich Glück habe, werde ich genommen.«

»Ob es ein Glück ist, darüber kann man streiten. Außerdem wird dort eher forensische Anthropologie gelehrt.«

»Die ich in meinem Wissensportfolio benötige.«

»Wissensportfolio?«

»Ich habe ein Psychologiestudium abgebrochen, weil ich damals dachte, das wäre nichts für mich. Heute weiß ich, es war das richtige Fach. Ich hatte nur nicht den richtigen Schwerpunkt gewählt.«

»Was war es?«

»Personalwesen.«

»Nicht schön.« Er verzog den Mund, als hätte er auf eine Zitrone gebissen.

»Nein. Nicht schön. Ich hätte anders sein müssen, als ich es bin, um gut darin zu sein. Ich sehe es aber als einen Teil meiner Ausbildung an.«

»Gut zu sein?«

»Die Psychologie. Und ja. Auch das In-etwas-gut-Sein.«

»Sie sind gern gut?«

Judith umfasste ihre Tasche und die Jacke fester und schob sich an ihm vorbei. Viel länger konnte sie ihren Besuch auf der Toilette nicht aufschieben. »Ja«, gab sie zur Antwort und schaute über ihre Schulter zu ihm zurück. »Ich bin sehr gern sehr gut in meinem Fach.«

Er musterte sie von oben bis unten und grinste. »Sie sehen aus, als ob Sie es schaffen könnten.« Er reichte ihr seine Visitenkarte. »Es hat mich sehr gefreut, Sie zu treffen.«

Judith trocknete ihre Hände im warmen Luftstrahl und versuchte, den anderen Frauen nicht im Weg zu stehen, die sich an ihr vorbei zu den Toilettenkabinen oder den Waschbecken drängten. Die Zeit zwischen den einzelnen Seminaren war knapp bemessen, und diejenigen, die im Anschluss eine weitere Veranstaltung besuchen wollten, mussten die Zeit nutzen. Nikotingeruch zog in ihre Nase, als sie zur Tür ging und sich an einer Kollegin vorbeischob, die sie aus dem Bonner Polizeipräsidium kannte. Sie nickte ihr zu und beeilte sich, von ihr wegzukommen. Der Geruch verursachte ihr Übelkeit.

»Uups.« Judith wurde mit einem Ruck die Tasche aus der Hand gerissen. Mit lautem Gepolter fielen verschiedene Gegenstände auf den Boden. Die Bonner Kollegin ging in die Hocke und sammelte mit raschen Bewegungen die Sachen wieder ein. »Entschuldigung«, murmelte sie. »Ich muss hängen geblieben sein.«

Judith bückte sich ebenfalls und hob ihr Handy auf. Es steckte in einer stabilen Schutzhülle und war unversehrt. Ihr Portemonnaie hatte sich geöffnet, einige Münzen rollten über den Boden und verschwanden hinter den geschlossenen Toilettentüren. Papiertaschentücher, zwei Kugelschreiber, Pfefferminzbonbons, eine kleine Blechdose. Die Visitenkarte des Ukrainers, die sie achtlos in die Tasche gestopft hatte, war in eine Wasserlache gefallen. Die dünne Pappe sog die Feuchtigkeit auf. *Artem Rudenko* las sie, bevor die Buchstaben verliefen und das Papier sich aufrollte. Er hatte sich ihr nicht vorgestellt. Rudenko. Sie zerknüllte die Karte und warf sie weg. Die kleine Blechdose schepperte, als sie sie unter dem Waschbeckenschrank hervorzog. Der Deckel öffnete sich, und vier Tampons fielen zu Boden.

»Da hatte mein Horoskop heute Morgen ja doch recht, als es behauptete, Geld käme auf mich zu.« Eine ältere Kollegin schloss die Kabinentür hinter sich und hielt zwei Münzen hoch. »Wem habe ich das denn zu verdanken?«

Judith grinste und nahm das Geld in Empfang. Dann sammelte sie die Tampons ein, ging zum Mülleimer und warf sie in den Müll. Sie durfte nicht vergessen, den Vorrat aufzufüllen. Die Dose steckte sie in ihre Tasche, wusch sich die Hände – und erstarrte. Versuchte, sich zu erinnern. Zählte. Das Wasser lief über ihre Finger, spritzte auf ihre Bluse und produzierte kleine Pfützen auf der Ablage.

»Alles okay?«, fragte die ältere Kollegin.

»Nein.« Judith schloss die Augen für einen Moment. »Doch.« Sie lächelte der anderen zu und merkte, wie Panik in ihr hochstieg. Vor wie vielen Tagen hätte sie ihre Periode bekommen müssen? Vor zehn? Vor einer Woche? Wieso war ihr das nicht aufgefallen? »Scheiße.« Sie hob eine Hand und drückte den Mischhebel nach unten. Das Rauschen brach ab.

Judith trat ein Stück zurück und begegnete ihrem eigenen Blick im Spiegel. Bis auf die feuchten Flecken auf ihrem Oberteil sah sie aus wie immer. Sie atmete tief ein, zog ein Papiertaschentuch aus der Halterung und trocknete ihre Hände damit ab.

Mit langen Schritten kehrte sie zum Seminarraum zurück und schaute durch die Tür. Der Dozent saß noch hinter dem Pult und notierte etwas in einer Kladde. Neben ihm lag ein einziger ausgefüllter Fragebogen. Judith holte tief Luft, betrat den Raum und ging zum Pult. Sie nahm ihren Bewerbungsbogen aus der Tasche und drückte ihn ihm in die Hand. »Ich bin eine von den ganz Eiligen«, sagte sie und nickte kurz, bevor sie sich umdrehte und ging.

***

»Nein, Frau Haubrecht. Es ist in Ordnung, wie Sie sich verhalten haben«, bemühte ich mich, die Frau zu beruhigen. Sie saß händeringend in einem Krankenhausrollstuhl. Ihr Gesicht war blass.

»Haben Sie denn schon etwas gefunden?«

»Nein. Bisher nicht. Zwei Kollegen sind rausgefahren und schauen nach dem Rechten.«

Eine Schwester legte die Hand auf die Schulter der aufgeregten Frau, beugte sich zu ihr und ergänzte mit einem freundlichen Lächeln: »Keine Sorge, alles wird gut.«

»Was genau haben Sie denn gesehen, Frau Haubrecht?«

»Nichts. Ich habe am Tisch gesessen und meinen Arm hochgelegt. Helmuth hat es bemerkt. Durch eines dieser Fernrohre.«

»Aha. Und damit hat er beobachtet, wie jemand einen anderen angegriffen und getötet hat?«

»Ja.« Sie verstummte und senkte den Kopf. »Nein. Ich weiß es nicht. Helmuths Augen sind nicht mehr die besten. Und außerdem ist er in letzter Zeit manchmal etwas wunderlich. Er vergisst vieles. Trotzdem …«

»Sie machen sich Sorgen um ihn?«

»Natürlich. Er hatte gerade einen Herzinfarkt. Aber er geht mir auf den Nerv mit seiner Tüdeligkeit.«

Innerlich seufzte ich. Die Hemmungen, die man fremden Menschen gegenüber normalerweise hatte, gab es bei Polizisten oft nicht. Ich hatte schon intime Details gehört, während ich in meiner Uniform steckte, die man mir als Privatperson freiwillig sicher nicht erzählt hätte. »Sie können also die Aussage Ihres Mannes nicht bestätigen.«

»Nein. Das kann ich nicht.« Sie sah mir direkt in die Augen. »Wissen Sie, Frau Kommissarin, wir sind seit fünfzig Jahren verheiratet. Da ist der Lack nicht nur ab, sondern man läuft schon auf den Felgen.«

Das konnte ja heiter werden. Sie traute den Aussagen ihres Mannes nicht von hier bis da. Meine beiden Kollegen turnten draußen durch die Landschaft auf der Suche nach etwas, das sich unter Umständen als die optische Täuschung eines älteren Wanderers herausstellen konnte.

»Wann, meinen Sie, kann ich zu Herrn Haubrecht, um ihn zu befragen?«, fragte ich die Schwester.

»Das kann Ihnen nur ein Arzt sagen. Für heute bleibt er erst einmal zur Überwachung auf der Intensivstation. Morgen sehen wir weiter.« Sie umfasste die Griffe des Rollstuhls und schob Frau Haubrecht zur Tür des kleinen Besucherraums, in dem wir uns getroffen hatten. »Ich muss die Patientin jetzt zum Röntgen bringen.«

Frau Haubrecht drehte sich in ihrem Stuhl zu mir herum, und ich hatte den Eindruck, dass sie mir noch etwas mitteilen wollte. Aber dann schüttelte sie nur verhalten den Kopf und sank in sich zusammen. Die Schwester schob sie aus dem Raum, und die Tür schloss sich wieder hinter den beiden.

Ich stand auf und verließ ebenfalls das Zimmer. Auf dem Flur wandte ich mich in die entgegengesetzte Richtung. Nach wenigen Schritten hatte ich das Treppenhaus erreicht, suchte nach Hinweisschildern und folgte dem Weg in Richtung der Intensivstation. Ich musste versuchen, so schnell wie möglich mit Helmuth Haubrecht zu sprechen. Solange ich nichts Konkretes wusste, konnte ich die Kollegen nicht zurückpfeifen.

»Oh, Entschuldigung!« Ich hatte den Mann, der mir auf der Treppe entgegenkam, nicht rechtzeitig bemerkt und wäre beinahe in ihn hineingelaufen. Im gleichen Augenblick erkannte ich meinen Vater. »Pap, was machst du hier?«, fragte ich erstaunt.

Hermann zuckte zusammen. Auch er hatte nicht auf mich geachtet und war genauso überrascht wie ich.

»Ach Ina.« Er wirkte abwesend. »Kind.« Er lächelte. Dann hustete er. »Bist du krank?«

»Nein. Alles gut. Ich muss hier Zeugen befragen. Und du? Was machst du hier?«

»Ich …« Er zögerte. »Ich besuche einen Freund.«

»Ah. Okay.« Ich nickte. »Wenn ich ihn kenne, bestell gute Besserung von mir. Ich muss jetzt weiter. Die Pflicht ruft.« Ich gab ihm einen Kuss auf die Wange, trat einen Schritt zur Seite und stieg weiter die Treppe hinunter.

»Schau doch bald mal zum Kaffee vorbei. Amalie würde sich sicher auch freuen«, rief er mir hinterher.

»Mach ich gern, Pap. Ich ruf dich an, sobald ich weiß, was in den nächsten Tagen so ansteht. Dann komme ich euch in eurem Bergfried besuchen.«

Hermann hatte nach einem Sturz von der Leiter vor einigen Jahren eine kurze Zeit im Koma gelegen und danach entschieden, dass es besser war, in eine Wohnung im Altenheim zu ziehen. Weil man, wie er sich ausgedrückt hatte, ja nie wusste, was kommen würde. Allerdings hatte sein Einzug dort keineswegs dazu geführt, dass er ein beschauliches Leben führte, ganz im Gegenteil. Er hatte Amalie kennengelernt und sich zum ersten Mal nach dem frühen Tod meiner Mutter wieder ernsthaft verliebt. Die beiden erlebten seither ihren zweiten Frühling. Sogar eine gemeinsame Reise hatten sie unternommen und danach beschlossen, zusammenzuziehen. Ihre ursprüngliche Idee, sich eine gemeinsame Wohnung außerhalb des Altenheims zu nehmen, hatten sie bald wieder verworfen, weil sie die Bequemlichkeiten und die phantastische Lage am Berg oberhalb von Gemünd durchaus zu schätzen wussten. Also hatte Amalie ihr Zimmer aufgegeben und war zu Hermann in den dritten Stock des Heims gezogen. Der Blick von dort über Gemünd war beeindruckend. Amalie hatte die kleine Wohnung als ihren Bergfried bezeichnet, und der Begriff war geblieben.

»Ich bringe Kuchen mit«, versprach ich noch, hörte aber als Antwort nur das Klacken einer ins Schloss fallenden Treppenhaustür. Hermann hatte es eilig.

Als ich die Schleuse zur Intensivstation erreicht hatte, dauerte es eine Weile, bis jemand an die abgeschlossene Tür kam und ich mein Anliegen vorbringen konnte.

»Wenn Sie sich kurz fassen und ihn nicht aufregen, können Sie mit ihm sprechen«, beschied mich die Schwester, und ich folgte ihr.

Helmuth Haubrecht lag halb aufgerichtet in seinem Bett. Kabel und Schläuche führten von seinen Armen und seiner Brust zu verschiedenen Apparaturen und Infusionsständern. Er war wach und lächelte mich zaghaft an, nachdem die Schwester mich vorgestellt hatte und ich zu ihm ans Bett getreten war.

»Ich habe noch Glück gehabt«, sagte er und nickte mit dem Kinn in Richtung seines Herzens. »Kein Infarkt, nur ein Vorbote. Aber wer weiß, wenn ich mich nicht so aufgeregt und anschließend beim Radfahren angestrengt hätte, wäre es in ein paar Wochen vielleicht viel schlimmer gekommen.« Er strich mit der flachen Hand über das gestärkte Laken. »Sie wollen mich zur Beobachtung hierbehalten.«

»Kann ich Ihnen einige Fragen stellen?«

»Haben Sie schon jemanden gefunden?«, wollte er wissen, stützte sich mit seiner kabelfreien Hand ab und rutschte ein Stück höher.

»Nein. Die Kollegen suchen nach Hinweisen, aber bislang hat sich nichts ergeben.« Automatisch zog ich mein Handy aus der Tasche, um nachzusehen, steckte es aber sofort wieder ein, als ich das dunkle Display sah. Hier drin mussten die Telefone abgeschaltet bleiben. »Vielleicht können Sie uns noch mehr Details geben. Konkretere Hinweise. Damit wir gezielter fahnden können.«

Helmuth Haubrecht krauste die Stirn und schloss für einen Moment die Augen. Ohne sie wieder zu öffnen, erklärte er: »Durch das rechte der beiden Fernrohre habe ich das Ufer der Landzunge beobachtet. Es hat ein bisschen gedauert, bis ich etwas erkennen konnte. Das Ufer ist einigermaßen steil mit felsigem Schotter und geht dann unvermittelt in Grün über. An dieser Baumgrenze habe ich sie gesehen. Erst nur einen Arm, dann die ganze Frau. Oder ein Mädchen. Ich weiß es nicht genau.« Er hob die Lider und sah mich an. Ich schwieg. Wartete ab. Oft musste man Zeugen einfach nur laut denken lassen. »Ein Mann war über ihr und würgte sie. Sie hat sich gewehrt. Dann rührte sie sich nicht mehr. Es kam mir alles so unwirklich vor. Wissen Sie, ich hatte Vögel erwartet. Vielleicht ein Reh oder ein Wildschwein. Aber das ...« Die Farbe wich aus seinem Gesicht, und eine der Anzeigen hinter ihm beschleunigte ihr Flimmern. »Ich wollte helfen, aber ...« Er brach ab, und ich erkannte eine Träne in seinem Augenwinkel. »Scheißalter«, fluchte er. »Es nimmt einem so viel weg.« Er ballte seine Hand zur Faust, schlug damit auf das Betttuch und wandte sich ab.

Wir schwiegen einen Moment.

»Sie glauben mir nicht, richtig?«, fragte er unvermittelt und überraschte mich damit. Die Zacken in der Monitoranzeige hinter ihm tanzten, und die Schwester erschien.

»Nicht aufregen, hatte ich gesagt und es auch so gemeint«, rügte sie mich, und für einen Moment kam ich mir vor wie in einer dieser Arztserien, die in der Hauptsache von schlechten Klischees lebten.

»Alles, was Irmgard nicht selbst gemacht oder gesehen hat, zieht sie erst einmal in Zweifel. Das war schon immer so bei ihr. Und wenn etwas schiefläuft, sind stets andere schuld.« Er hustete.

»Herr Haubrecht«, mahnte die Schwester und drückte ihn wieder in die Kissen, während sie mich wie eine Mischung aus Mutter Theresa und Furie ansah.

»Danke, Herr Haubrecht. Wenn Ihnen noch etwas einfällt,

können Sie sich ja melden.« Ich gab der Schwester eine Visitenkarte und ging zur Tür, verharrte aber mit der Hand auf der Klinke. Das war alles sehr unbefriedigend. Keine richtigen Informationen, keine Angabe, mit der man etwas anfangen konnte. Die Sache gefiel mir nicht, sie verursachte das Gefühl, eine Frage vergessen zu haben, ohne dass ich hätte erfassen können, was genau es war. Aber es machte auch keinen Sinn, sie mit Gewalt herbeizwingen zu wollen. Wenn mir später noch weitere Fragen einfielen, konnte ich jederzeit zurückkommen. Ich wünschte dem Patienten gute Besserung, verließ das Zimmer und ging nachdenklich in Richtung Ausgang.

Ich kannte die Landzunge, von der Helmuth Haubrecht gesprochen hatte. Sie zwang die Urft zu weit ausholenden Flussbogen. Wenn man diesen Abschnitt auf einer Landkarte betrachtete, erinnerte die Form des Flusses an einen chinesischen Drachen mit langem Schwanz, dickem Bauch und einem hoch aufgerichteten Schlangenhals. Das Ende der Landzunge lag genau im Übergang des Leibes in den Hals. Der Bereich durfte eigentlich, wie alle anderen Gebiete abseits der Wege auch, nicht betreten werden. Aber wer einen Mord beging, ließ sich von solchen Verboten sicher nicht abschrecken. Wenn es denn einen Mord gab. Oder überhaupt irgendeinen Angriff auf irgendwen. Auf dem Parkplatz holte ich mein Handy aus der Tasche und wählte die Nummer eines der Kollegen vor Ort.

»Habt ihr etwas gefunden?«

»Nein.«

»Keine Spuren, keine Hinweise?«

»Nein. Nichts. An einigen Punkten haben wir niedergetrampeltes Gras entdeckt. Das kann aber auch Wild gewesen sein.«

»Okay. Brecht die Suche ab und fahrt zurück zur Dienststelle. Ich werde morgen noch einmal mit einem der Ranger zu der Stelle gehen und nachsehen.«

DREI

Du gehst in die Stadt, dem Beispiel der anderen folgend, auf der Suche nach dem Glück, und findest ein Auskommen. Eine Wohnung. Freunde. Einen Ort, von dem du denkst, dass er eines Tages zur Heimat werden kann.

Du gehst allein. Ohne deine Schwester. Befreist dich von allem, was dich belastet. Sperrst deine verräterischen Kleider ein. Ganz hinten im Schrank liegen die Stapel, deine Sparsamkeit verbietet dir, sie fortzugeben. Tauschst bunte Blumenmuster gegen elegante Kostüme. Flache Schuhe gegen Pumps. Du fühlst dich schön und erfolgreich und begehrt, bis die Großmutter stirbt und du in das Dorf fahren und alles mitnehmen musst, was sie hinterlassen hat. Auch die Schwester. Da bist du dreiundzwanzig und sie neunzehn. Mit ihrem Einzug werden deine Wohnung, deine Welt, dein Herz kleiner und enger. Deine Last größer.

Sie lässt das Dorf hinter sich, streift es ab wie einen alten Umhang, dreht, tanzt und strahlt im neuen Leben. Du sorgst für sie, ohne dir Sorgen um sie zu machen. Sie ist jung und hungrig auf die Welt, saugt alles auf, nimmt alles für sich in Anspruch, weil sie glaubt, es verdient zu haben, weil sie so ist, wie sie ist. Sie stellt sich nicht in Frage, hat nichts von deinen Zweifeln über Denken, Sein und Leben. Sie existiert, genießt und schillert. Du rückst wieder in den Schatten, trittst einen Schritt zurück. Deine Schuhe glänzen an ihren Füßen mehr als an deinen, deine Kleider schwingen eleganter um ihre Hüften. Ohne Schwierigkeiten findet sie Anstellung im gleichen Krankenhaus wie du, erhält Geld, gibt es mit und zu ihrem Vergnügen aus. Die Leichtigkeit, die sie an den Tag legt, schmerzt dich, aber du sagst nichts. Weil du weißt, was ihre Arbeit ist. Weil es auch deine ist. Ihr redet nur ein einziges Mal darüber. Dann verbietet sie dir, Fragen zu stellen. Sie will nicht reden über die Verstorbenen, die ihr wascht. Über die Leichen, die ihr zusammennäht, nachdem die Ärzte nach der Ursache des Sterbens geforscht haben. Sie sieht die Gewalt der Stadt in den Gesichtern der Toten und schweigt. Verschließt die Augen. Lacht die Bilder weg, die dich bis in den

Schlaf verfolgen. Ist glücklich. Nimmt und bekommt alles. Für dich bleibt das Übriggebliebene.

Das altbekannte gelbe Gefühl in dir erwacht. Es glüht im verborgenen Winkel deiner Seele, nährt sich mit jedem Erfolg, den sie verbucht, bis zu dem Morgen, an dem ein neuer Kollege seine Arbeit aufnimmt und du Hoffnung schöpfst.

Zuerst beachtest du ihn nicht. Aus einer Art Selbstschutz heraus, weil du denkst, ihn nicht zu interessieren. Wer will schon eine, die zweite Wahl ist? Aber er sieht dich, kommt und geht, bringt und holt ab – unter Vorwänden, die dir auffallen, die du nicht mehr ignorieren kannst, auch wenn es dein Wunsch wäre. Aber du möchtest es nicht ignorieren. Du willst es sehen. Wie er dir Blicke schickt. Verstohlen. Neugierig. Du glaubst, Sehnsucht dahinter zu erkennen. Aber es wäre ein Fehler, den ersten Schritt zu tun. Also wartest du und hoffst. Er lässt sich Zeit, nähert sich langsam, höflich und zaghaft, aber unaufhörlich, bis du nickst und ihm einen Besuch im Café zusagst. Der ersten folgt eine zweite, eine dritte, eine vierte Verabredung. Bei der fünften küsst er dich, zieht dich in seine Arme und will mehr. Du denkst an das enge Zimmer, in dem deine Schwester wartet, und willst ihn nicht dorthin bringen. Ihr geht zu ihm, in seine Kammer, die nicht viel größer ist als deine, aber ganz anders, weil er sie mit niemandem teilen muss. Er hat elegante Möbel, alles glänzt und blinkt und spiegelt seinen Ehrgeiz. Ein Zimmer wie das Haus, in dem er später einmal leben will, wenn er zu Geld und Ansehen gekommen ist. Er nimmt dich bei der Hand. Du senkst die Lider. Vergisst deine Ängste und deine Makel, die er wegküsst, jeden Einzelnen. Gibst dich ihm hin, mäanderst wie die Arme des Flusses deiner Heimat. Bist Wasser, Fisch, bist Erdbeere im Mai, und als ihr Atem holt, auftaucht aus dem Rausch, weißt du, dass er deine Heimat ist und du nicht länger suchen musst.

Du willst bleiben, verharren in der Blase, in der ihr einander gehört, aber es gibt keine andere Wahl, als zu gehen. Damit niemand Fragen stellt, nicht nachfragt nach dem Grund für dein Glück. Du willst es wachsen lassen, werden lassen. Es soll Angriffe überstehen, vor denen du dich fürchtest. Er schläft, als du gehst. Du lässt ihm einen Kuss und eine Nachricht mit der Freude auf ein Wiedersehen da.

Am nächsten Tag auf der Arbeit hütet ihr euch und euer Geheimnis, redet mit Blicken, schweigt mit den Mündern. Die Stunden zerfließen bis zum Abend. Dann beeilt ihr euch, in seine Wohnung zu kommen, zueinander, ineinander, entladet euch.

Er fragt dich nach deinem Zuhause. Nach deiner Familie, Mutter, Vater, Geschwistern. Du schweigst. Willst ihn nicht teilhaben lassen, nicht Teil dessen werden, wovon du dich befreien willst.

Du und er. Hier. In seinem Zimmer. Er ist dein Schatz, den du hüten musst, dein Geheimnis, das du nicht teilen willst. Aus Angst davor, es zu verlieren.

★★★

»Wollen wir?«

Steffen nickte und ging los. Ich folgte ihm. An einer Stelle neben dem Weg erkannte ich rot-weißes Absperrband zwischen den Büschen. Bis hierhin hatten die Kollegen das Gebiet gestern abgesucht.

Steffens Laune war nicht die allerbeste. Schon als ich ihn angerufen und über die Sachlage informiert hatte, war seine Reaktion nicht sehr freundlich gewesen. »Warum habt ihr euch nicht sofort bei mir gemeldet?«, schimpfte er jetzt in direkter Fortsetzung unseres Telefongesprächs von heute Morgen, in dem er mir vorgeworfen hatte, dass meine Kollegen sicher wie die Elefanten durchs Unterholz geprescht waren und viele geschützte Pflanzen dabei zerstört hatten.

»Wir sind nicht blöd, Steffen«, zischte ich. »Wir wissen, wie wir uns an einem möglichen Tatort zu verhalten haben, und trampeln nicht wie eine Herde Büffel durch die Botanik.«

»Genauso sieht es aber aus.« Er zeigte auf einen Felsbrocken, der mit einer Art Flechte bewachsen war. An der dem Weg zugewandten Seite hing ein Stück lose zur Seite. »Es dauert Jahre, bis die Pflanze sich so weit ausgedehnt hat. Ein falscher Tritt, und alles ist hin.« Er drehte sich zu mir um, und ich erkannte, wie ärgerlich er war. »Warum, meinst du, darf man im Nationalpark die ausgewiesenen Wege nicht verlassen? Und warum sind hier wohl überall Hinweisschilder angebracht? Weil wir Spaß daran haben, unsere Besucher zu schikanieren? Oder weil wir so gern

Verbotsschilder malen? Sicher nicht.« Er schnaubte wütend und bewegte sich schnell vor mir her durch das Unterholz. Dabei folgte er einem schmalen Pfad, der stetig bergan führte. Den Rest des Weges schwieg er, und ich hörte bei meinem Bemühen, ihm auf den Fersen zu bleiben, nur mein eigenes Keuchen.

Die Landzunge fiel nach links und rechts zum Wasser ab und bildete so einen sachten Hügel. Wir gingen über den First. Erst als wir uns dem Ende näherten, blieb Steffen stehen. Er trat neben einen der Büsche, bückte sich und nahm einen dünnen Ast zwischen die Fingerspitzen. Dann schob er einige Blätter zur Seite und betrachtete den Waldboden.

»Hmm«, murmelte er. Und noch einmal: »Hmm.«

Ich unterbrach ihn nicht. Stand nur neben ihm, wartete auf die Dinge, die da kommen würden, und kam langsam wieder zu Atem.

Ich kannte Steffen sehr gut. Er war mein Exfreund und von Zeit zu Zeit auch heute noch mehr als das. Steffen war acht Jahre jünger als ich, ein Kumpel meines kleinen Bruders Olaf. Wir waren uns auf dem ersten Schützenfest, das ich nach meinem Umzug nach Gemünd besucht hatte, nähergekommen. Wenn ich an diesem Nachmittag geahnt hätte, dass ich damit ohne Umwege in einen Mordfall geraten würde, hätte ich vielleicht nicht mit ihm geflirtet. So aber hatte eines zum anderen geführt, und am Ende waren wir ein Paar geworden. Als er mich Monate später gefragt hatte, ob ich mit ihm in ein gemeinsames Haus ziehen wolle, hatte ich meine Zweifel siegen lassen und ihn abgewiesen. Seitdem war unser Verhältnis auf einem seltsamen halb garen Level, auf dem wir uns weder richtig verkrachen noch zueinanderfinden konnten. Bei ihm und mir gab es neue Beziehungen, aber auch die ordneten sich dem unfertigen Zustand unter, ohne dass wir jemals darüber gesprochen hätten. Jedes Mal, wenn ich über das Thema nachdachte, kam mir in den Sinn, dass diese Situation sehr unglaubwürdig wirken würde, wenn sie sich jemand ausgedacht hätte. Aber so war es nun einmal. Das Leben konnte manchmal sehr unrealistisch sein.

»Haben deine Kollegen gesagt, sie hätten nichts gefunden?«, wollte Steffen wissen.

»Ja. Sie haben alles abgesucht, aber keine Reste, Überbleibsel, Stofffetzen oder Ähnliches entdecken können.«

»Was ist mit dem Boden?«

»Wie meinst du das?«

»Hier sind mehrere kleine Löcher.« Er zeigte auf die Stelle am Boden, die er sich so konzentriert angesehen hatte. Ich folgte seinem Blick, konnte aber nichts erkennen.

»Ich verstehe nicht.«

»Hier.« Er bückte sich und wollte mit spitzen Fingern nach einem Blatt greifen.

»Stopp!«, rief ich hastig. »Warte.« Ich zog einen Plastikbeutel aus meiner Jackentasche. Aus der anderen angelte ich ein Paar Gummihandschuhe. »Hier.«

Er nahm die Handschuhe, streifte sie über und hob das Blatt auf. »Siehst du das Loch in der Mitte?«, fragte er. »Wie eingestanzt. So einen geraden Rand bekommt man nur durch eine runde Spitze. Wie bei einem Skistock. Irgendetwas wurde durch das Blatt hindurch in die Erde gestoßen.« Er wies wieder auf den Boden unter dem Busch. »Da und da sind noch zwei dieser durchlöcherten Blätter. Und direkt daneben noch eines. Die Löcher sind auf keinen Fall von einem Tier verursacht worden.«

»Sondern?«

»Ich bin Förster, kein Polizist, Ina.«

Ich holte mein Handy hervor und schaltete die Kamera ein. Seit ich mehr als einmal die offizielle Dienstkamera im Wagen hatte liegen lassen, worauf ich jedes Mal zurücklaufen musste, um sie zu holen, war ich dazu übergegangen, die Bilder mit meiner Handykamera zu machen. Und der Kauf eines Modells der neuesten Generation hatte mich mit einer besseren Bildqualität belohnt, als die Dienstkamera je ausgespuckt hätte.

Steffen bückte sich, legte das Blatt wieder an die Stelle, an der es gelegen hatte, und trat einen Schritt zurück. Ich fotografierte die durchlöcherten Blätter aus verschiedenen Blickwinkeln. Dann packte ich sie in den Beutel. Steffen ging bis zum Rand des Gebüsches und blieb wieder stehen.

»Hier sind Äste abgeknickt. Aber ich kann beim besten Willen nicht sagen, ob das nicht deine Kollegen waren.«

»Oder ein Wildschwein?«

»So, wie sie sich benommen haben, ist da kein großer Unterschied festzustellen.« Steffen drehte sich um, kam auf mich zu und ging an mir vorbei. »Hier ist sonst nichts zu sehen, was von Interesse für dich sein könnte.«

***

»Wir legen den Fall auf Eis, Ina.« Hansen schlug die Akte zu und schob sie zur Seite. »Das bringt nichts. Wir haben keine Leiche, keine Spuren, keine Hinweise. Nichts.«

»Nur die Aussage eines Zeugen –«, setzte ich an, wurde aber von meinem Vorgesetzten unterbrochen.

»Ja, die Zeugenaussage eines älteren Herrn, den seine eigene Frau für schon leicht tüdelig hält.«

»Und die Spuren an den Blättern.«

»Vier durchlöcherte Blätter.«

»Wir könnten sie ins Labor schicken.«

»Du hast aber schon die Verhältnismäßigkeit der Mittel im Hinterkopf, oder?«

»Ja natürlich, aber –«

»Ina.« Hansen seufzte. »Kann es sein, dass du aus dieser Angelegenheit gern einen Fall machen möchtest, weil du auf Biegen und Brechen einen Fall haben willst?«

»Nein. Ich –«

»Gut.« Er betrachtete seine Fingernägel. »Ich hatte schon befürchtet, du langweilst dich bei uns und sehnst dich nach der Mordkommission.« Er sah mich prüfend an.

Ich erwiderte seinen Blick und schwieg. Hansen kannte mich gut genug, um an meiner Miene zu erkennen, dass er mit seiner Vermutung recht hatte. Doch ich wollte mich nicht auf diese Diskussion einlassen. Nicht wieder hören müssen, was ich für ein Glück gehabt hatte, dass meinem Versetzungsantrag von Köln in die Eifel so schnell stattgegeben worden war. Während andere jahrelang auf eine Planstelle in der Eifel warteten und sie doch nie bekamen.

»Gut«, wiederholte Hansen nach einer Weile. »Gut.«

Ich blieb sitzen, obwohl alles gesagt war. Ärgerte mich über meine eigene Unschlüssigkeit. Als Hansens Telefon klingelte, er abhob und mir demonstrativ den Rücken zukehrte, trat ich den Rückzug an.

»Ina«, rief er mich durch seine angelehnte Tür zurück. Als ich nicht sofort reagierte, rief er ein zweites Mal: »Ina!«

»Ja?« Ich blieb stehen, wo ich war. Auf der Hälfte des Weges zwischen seinem und meinem Büro, als ob mich jemand festgenagelt hätte. Hatte er es sich anders überlegt und wollte mir die Strafpredigt doch noch verpassen?

»Es wurde eine Tote gemeldet«, sagte er in normaler Lautstärke. Trotzdem verstand ich ihn sehr gut. Ich fuhr herum, öffnete seine Tür und ging bis zu seinem Schreibtisch.

»Also doch. Wo haben sie sie gefunden?«

»Jemand aus Dreiborn hat angerufen. Neben dem Patersweiher. In der Nähe der Stelle, wo sie die neuen Windräder aufstellen wollen.«

VIER

»Warte«, sagst du, umfasst das Schild am Blusenkragen deiner Schwester und schiebst es nach innen. Sie soll anständig aussehen, ordentlich, nicht nachlässig. Die Geste ist dieselbe, die du bei deiner Großmutter beobachtet hast, und du schämst dich dafür. Dieses Zupfen und Rucken an der Kleidung, bis alles an der Stelle sitzt, wo es sitzen soll. Gerade. Gebügelt. Gestärkt. Auch der armseligste Stoff muss sauber sein.

Es ist deine Bluse, die sie trägt; sie ist aus einem edlen Stoff, und ihr Preis hat dich drei Wochen zögern lassen, bevor du das Geschäft betreten und sie beinahe ehrfürchtig anprobiert und schließlich gekauft hast. Sie macht dich schöner, wenn du sie trägst, das erhöht deine Wertschätzung für sie noch. In ihren Händen dagegen ist sie nicht mehr als ein Stück Stoff, das ihre ohnehin vorhandene Schönheit unterstreicht. Ein Kleidungsstück, das sie achtlos nimmt, begutachtet und dem sie die Gnade erweist, es zu tragen.

Es sind deine Freunde, die ihr gleich trefft. Einen Teil der Gruppe kennt sie bereits. Nun sind es auch ihre Freunde, und du bist dir nicht sicher, für wen von euch beiden sie sich, vor die Wahl gestellt, entscheiden würden, weil es diejenigen deiner Bekannten sind, denen lange und durchtanzte Nächte wichtiger sind als Gespräche. Du redest lieber.

Es ist der Abend, an dem deine beiden Welten sich zum ersten Mal begegnen werden. Die deiner Freunde und die deiner Liebe, die du nun für stark genug hältst, um Bestand zu haben.

Du bist nervös, freust dich und wartest ungeduldig. Es stört dich nicht, wie deine Schwester sich vor dem Spiegel dreht und wendet, wie sie sich begutachtet, wie sie ihr Aussehen in Frage stellt, um nach Komplimenten zu fischen.

»Was?«, fragst du und runzelst die Stirn, weil du ihrem Geplapper nicht gelauscht hast, ihrer Miene nun aber ansiehst, dass sie eine Antwort erwartet.

Du stimmst zu und lächelst, nur um Ruhe zu haben für deine eigenen Gedanken, während ihr die Wohnung verlasst und zum verabredeten Treffpunkt geht.

Er begrüßt dich mit einem Kuss, drückt dich kurz an sich und lässt dann seine Hand wie selbstverständlich für einige Sekunden auf deiner Hüfte ruhen. Es ist ein Zeichen: Seht her, wir gehören zusammen, wir sind ein Paar. Dann taucht er ein in den Kreis, wird aufgenommen und willkommen geheißen. Du widerstehst der Versuchung, in ständigem Körperkontakt mit ihm zu bleiben, ihn kurz zu streifen, ihm die Hand auf den Arm zu legen, ihm ein nicht vorhandenes Haar von der Schulter zu zupfen. Du lässt einen Abstand zwischen euch. Willst ihn nicht bedrängen. Aber alle paar Minuten treffen sich eure Blicke über die Köpfe der anderen hinweg. Ein Lächeln. Ein unmerkliches Nicken. Wie ein Anker im Meer des Dahinplätscherns. Dann redet ihr weiter, lacht, trinkt, raucht. Du spürst, wie das Leben von dir Besitz ergreift, wie es pulsiert und dich vorwärtsträgt. Leicht. Unbeschwert. So hast du es dir vorgestellt, als du vor Jahren am Ufer des Flusses gesessen und dir ausgemalt hast, wie sie sein würde, deine Zukunft. Dein Glück.

***

»Wann kommen die Bonner?« Ich packte den Rest Absperrband in den Kofferraum des Polizeiwagens am Rand der winzigen Wiese.

»Sie müssten bald hier sein.« Der Kollege schaute auf seine Armbanduhr. »Ich habe sie vor ungefähr einer Stunde angerufen.« Er war mit mir zusammen zum Fundort der Leiche in der Nähe von Dreiborn gefahren, und gemeinsam hatten wir das erledigt, was man den »ersten Zugriff« nannte: Sicherung des Leichenfundortes, Befragung der Zeugen und dann abwarten, wie das Urteil des Notarztes ausfiel. Attestierte er einen natürlichen Tod, bestand keine Notwendigkeit, die Kriminalpolizei zu rufen. Machte er sein Kreuzchen im Feld »unnatürliche Todesursache«, gab es Arbeit für die Kollegen bei der Mordkommission. Hier wäre die Sache auch ohne ärztliches Attest eindeutig gewesen. Die Leiche der jungen Frau war nackt. Sie lag auf dem Rücken, vier Meter von der Straße entfernt. Der für den kleinen Ort namensgebende Patersweiher war ein kleiner Tümpel und lag in einer Senke. Am gegenüberliegenden Ufer stand ein altes Haus, das jemand in frischen Farben neu angestrichen hatte. Das Gelb strahlte durch die Blätter der Bäume. Im Haus war niemand. Wir hatten sofort nach unserem Eintreffen dort geklingelt, aber es hatte niemand geöffnet. Vielleicht waren die Leute bei der Arbeit. Hinter uns verlief die Straße in einem engen Schlenker. Aber auch in dem Haus auf der anderen Straßenseite hatten wir keinen der Bewohner angetroffen. Patersweiher lag einsam an der Strecke zwischen Dreiborn und Scheuren inmitten der Felder. Ein vorbeifahrender Autofahrer hatte die Leiche gefunden und uns informiert.

Ich betrachtete die Frau. Ihr loser Zopf verschwand zwischen ihren Schulterblättern, ich konnte nicht erkennen, wie lang er war. Vermutlich hatte sie im Leben einen hellen Teint gehabt, denn ihre Haut war extrem blass. Wie von jemandem, der sich häufig in geschlossenen Räumen aufhält. Ihre zarte Verletzlichkeit löste in mir das Bedürfnis aus, sie zuzudecken, und ich musste mich selbst daran erinnern, dass die Spurensicherung mich dafür hassen würde. Es hatte sich kein Schaulustiger eingefunden, vor dessen Blicken wir die Tote hätten schützen müssen, und so mussten wir uns damit begnügen, auf die Bonner zu warten. Trotzdem rührte sie mich.

»Meinst du, sie ist die Tote, die wir gesucht haben?«, fragte der Kollege.

»Wenn es stimmt, was Helmuth Haubrecht beobachtet zu haben glaubt, müsste sie Würgemale und andere Anzeichen des Erstickens aufweisen. Warten wir ab, was der Rechtsmediziner sagt.« Ich verschränkte meine Arme vor der Brust, lehnte mich gegen den Wagen und beobachtete den Kollegen, der sich Notizen machte, um nachher in der Wache den Bericht zu schreiben.

Jetzt hatten wir eine Tote. Aber war es die, die wir suchten? Ich hätte gern selbst nachgesehen. Ich kannte die Hinweise, auch wenn ich kein Mediziner war. Für einen ersten Eindruck reichte es. Aber ich war nicht zuständig. War nur die Kollegin in Uniform. Das Einzige, was ich durfte, war warten. Auf die Mordkommission. Auf die Spurensicherung. Nichts außer aufpassen, dass sich niemand dem Tatort näherte. Noch vor zwei Jahren war mir das wie das Paradies vorgekommen. In diesem Moment war es die pure Langeweile.

»Ach, was soll's?«, murmelte ich, ging zu der Leiche und beugte mich über sie.

Über die halb geschlossenen Lider der Toten zog sich ein Netz aus dünnen Einblutungen. Ich erkannte feine Blutsprenkel im Weiß ihrer Augäpfel. Stauungsblutungen. Vermutlich würde der Rechtsmediziner solche Einblutungen auch auf ihrer Mundschleimhaut finden. Sie entstanden, wenn jemand erstickte, waren aber keine eindeutigen Anzeichen. Ich suchte den Hals der Toten nach Würgemalen oder Drosselungsspuren ab, fand aber nichts. Blütenweiß. Nur hinter ihrem Ohr entdeckte ich weitere Stauungsblutungen. Ungewöhnlich. Ich durfte mich nicht zu früh festlegen, denn es gab auch noch andere Todesarten, die diese Einsprenkelungen verursachen konnten. Ich hatte Leichen gesehen, bei denen ein plötzlicher Herztod oder eine Vergiftung zu ähnlichen Symptomen geführt hatten.

»Sie kommen«, sagte der Kollege und zeigte auf ein Auto mit Bonner Nummernschild. Ich machte mich bereit, Rede und Antwort zu stehen über das, was wir schon wussten.

»Ina«, begrüßte mich eine Frauenstimme, noch bevor die dazugehörige Person aus dem Wagen gestiegen war, und ich erkannte Judith Bleuler, meine ehemalige Praktikantin und mittlerweile Kollegin bei der Bonner Mordkommission. Auf der Beifahrerseite stieg ein Mann aus, den ich noch nie gesehen hatte. Groß, schmales Gesicht, dunkle Hautfarbe.

»Hallo, Judith«, sagte ich überrascht.

»Ina, wie schön, dich zu sehen. Was habt ihr denn für uns?« Sie kam auf mich zu, den Blick auf die Leiche gerichtet. Typisch Judith. Sich nicht mit Unwesentlichem aufhalten. Direkt zur Sache. Sie bedachte mich mit einem kurzen Lächeln, als sie an mir vorbei zu der Toten ging, und wies nur kurz mit der Hand nach hinten über die Schulter. »Das ist mein neuer Kollege, Nils Memmert. Wir arbeiten zum ersten Mal zusammen.« Ein besonders kollegiales Verhältnis schienen die beiden ja nicht zu haben. »Ist der Arzt schon da gewesen?«

»Ja.«

»Wo ist er?«

»Er musste zu einem Notfall.«

»Was hat er gemacht?«

»Nicht viel, außer sein Kreuz an die Stelle zu setzen, die euch in Bewegung setzt. In Anbetracht des mutmaßlichen Alters der Toten und der Art, wie sie da liegt, fiel seine Entscheidung eindeutig aus.«

»Keine Kleidung in der Nähe?«

»Nein.«

»Hast du sie dir schon angeschaut?«

»War gerade dabei. Erstickungsmerkmale, aber keine eindeutigen.« Ich trat neben Judith. Sie drehte den Kopf der Leiche mit spitzen Fingern zur Seite. Ihre Hände steckten in Gummihandschuhen.

»Nils Memmert.« Der Kollege reichte mir seine Hand.

»Ina Weinz«, erwiderte ich und betrachtete ihn. Interessanter Mann. Die Kombination aus dem nordisch anmutenden Namen und seinem Aussehen, aufgrund dessen ich ihn als Inder eingeschätzt hätte, weckte meine Neugierde. Die meisten Kollegen duzten sich untereinander. Die einen schneller, die anderen langsamer. Er schien ein klarer Kandidat für die rasche Variante zu sein. Mal sehen, ob ich damit richtiglag.

»Keine Totenstarre«, murmelte Judith leise. Sie wirkte konzentriert und schien uns vergessen zu haben. Als ob sie eine innere Checkliste abarbeiten würde. Ich nickte anerkennend. Wie es aussah, hatte sie sich seit ihrem praktischen Jahr unter meinen Fittichen eine Menge Wissen angeeignet, wie ich es ihr geraten hatte. Zwar waren diese Dinge bei den Rechtsmedizinern besser aufgehoben als im Polizeidienst, aber es schadete nie, wenn man Bescheid wusste. Wie ich erwartet hatte, hob sie die Schulter der Leiche an. Dunkle Totenflecken zogen sich über den Rücken, unterbrochen von Streifen heller Hautfarbe an Stellen, an denen der Körper direkt die Erde oder irgendeine andere Unterlage berührt hatte, Judith drückte vorsichtig auf einen der Flecken. Nichts tat sich. Auch als sie stärker presste, blieb alles unverändert.

»Sie ist vermutlich länger als sechsunddreißig Stunden tot, sonst ließe sich das Blut noch wegdrücken.« Judith stand auf und trat einen Schritt zurück. »Mehr kann ich noch nicht sagen.

Wir müssen das Ergebnis der Autopsie abwarten.« Sie sah mich an. »Hast du noch was für mich?«

»Jemand hat angeblich beobachtet, wie ein Mann eine Frau erwürgt hat, aber es ist nicht sicher, ob seine Aussage glaubwürdig ist. Wir haben alles abgesucht, jedoch nichts gefunden.«

»Glaubst du, sie ist es?

»Die Eifel ist im Normalfall keine Mördergrube, und gleich zwei Morde so kurz hintereinander wären eher ungewöhnlich«, erwiderte ich. Ein weiterer Wagen näherte sich uns. Die Spurensicherung rückte an und übernahm den Leichenfundort. Ich war raus aus dem Spiel.

***

»Mit hoher Wahrscheinlichkeit ist der Fundort nicht der Tatort«, informierte mich Judith, als sie Stunden später mit Nils Memmert in meinem Büro erschien. »Und es gibt noch etwas Interessantes.« Sie hielt mir ihr Smartphone vor die Nase. Unscharf erkannte ich ein Foto, wich zurück und fixierte es neu. Meine Augen hatte Mühe, auf die kurze Entfernung scharf zu sehen. »Hast du eine Ahnung, woher die stammen könnten?«

Ich erkannte den Rücken der Toten und die Totenflecken, die sich darüber ausgebreitet hatten. Auf dem zweiten Bild hatte man sie umgedreht. Jetzt waren auch die hellen Stellen gut zu sehen. Durch die dunkle Fläche zogen sich schmale Streifen quer um den Leib. Sie verteilten sich in unregelmäßigen Abständen, ohne einem erkennbaren Muster zu folgen; manche waren breiter, einige sehr schmal.

»Sind die nur auf dem Rumpf?«

»Nein. Auch auf den Beinen und den Außenseiten der Arme.« Judith wischte über die Oberfläche des Handys, und ein anderes Bild erschien. »Eine Ganzkörperaufnahme der Rückseite der Leiche.«

»Ich habe keine Ahnung, was das sein könnte«, musste ich zugeben. »Aber die Spurensicherung hat sich der Sache angenommen. Irgendwas muss diese Streifen verursacht haben. Sie könnte mit einer Art dünnem Seil oder einer Wäscheleine gefesselt gewesen sein. Wenn wir herausfinden, was es genau war, sind wir einen Schritt weiter.«

»Gibt es schon Hinweise auf die Identität der Toten?«

»Ich habe die Vermisstenregister durchforstet. Es passt nichts.«

»Gut.« Sie blickte Nils Memmert an. »Du machst den Hauptsachbearbeiter, Nils. Kümmerst dich um die kriminaltechnischen Untersuchungen, den ganzen Auswertungskram, legst die Spurenakten an und so weiter.« Dann wandte sie sich an mich. »Ina, bitte schreibe du den Befundbericht. Die Lage der Leiche hast du ja bereits gesehen, die restlichen Infos bekommst du von der Spusi. Wenn du damit fertig bist, sollten wir versuchen, Zeugen zu finden, die vielleicht etwas beobachtet haben. Einen Wagen oder auffällige Personenbewegungen.«

Ich nickte. Judith war die Leiterin der Mordkommission und entschied darüber, wer was zu tun hatte im Ermittlungskarussell.

»Ich werde bei der Ermittlung nach einem bestimmten System vorgehen.« Judith rückte einen der beiden Besucherstühle zurecht und setzte sich. Nils Memmert blieb, an die Wand gelehnt, stehen. »Wichtig für mich ist, ob und wenn ja, wie der Täter die Tat geplant hat und welche Momente die Tat letztlich ausgelöst haben. Dann die Tötungshandlung selbst.« Sie holte einen Block und einen Stift aus ihrem Rucksack. »Hat das Opfer sich gewehrt? Wie hat der Täter die Übermacht über das Opfer bekommen? Kannten die beiden sich? Das gibt uns Hinweise auf seine mögliche Identität.« Sie notierte die einzelnen Stichpunkte. »Warum wurde die Leiche dort abgelegt, wo wir sie gefunden haben? Welche Bedeutung hat das? Was sagt es über den Täter aus?« Judith war ganz in ihrem Element und schien mich vergessen zu haben.

»Das hört sich ja alles sehr gut an, aber du solltest nicht das Handwerk unseres Berufes außer Acht lassen, Judith. Bevor du seine Handlungsweise verstehst, solltest du ihn haben, den Mörder. Erst das Wer, danach das Warum. Nicht umgekehrt«, mischte ich mich in ihren Monolog ein. Einen Augenblick lang wirkte sie verblüfft.

»Das sind sinnvolle Methoden, die in der Fallanalyse angewendet werden«, erklärte sie dann. »Ich beschäftige mich gerade damit und habe mich um die Weiterbildung zur Fallanalytikerin beworben.«

»Fallanalyse?« Ich lachte auf. »Guckst du zu viel Fernsehen? Das wird doch hier in Deutschland kaum praktiziert und ist im Übrigen auch nicht sehr zuverlässig. Ich habe von höchstens fünfzig Prozent Erfolgsquote gelesen.«

»Mittlerweile sind es siebzig bis achtzig Prozent. Und es gibt einige sehr gute Leute in dem Job, den Kollegen Petermann aus Bremen zum Beispiel. Aber das tut jetzt nichts zur Sache. Noch bin ich ja keine Fallanalytikerin, und deswegen –«

»Richtig. Du bist keine Fallanalytikerin, und deswegen solltest du dich auf dein Handwerk besinnen und ordentliche Ermittlerarbeit betreiben. Nicht so einen Heckmeck.« Ich stand auf, ging um meinen Schreibtisch herum und goss mir einen Kaffee ein. »Auch einen?«, fragte ich in Nils Memmerts Richtung. Er verneinte. »Judith?«

Sie reagierte nicht, sondern schaute mich nur an. »Ina, es wäre gut, wenn du nicht vergisst, dass ich die leitende Beamtin in diesem Fall bin. Ich wurde von der Bonner Mordkommission hergeschickt. Du bist keine Kriminalkommissarin mehr. Und auch nicht mehr meine Lehrerin.« Sie stand auf und ging an mir vorbei zur Tür. »Ich wäre dir sehr verbunden, wenn du das nicht vergessen würdest.« Mit der Hand auf der Klinke ergänzte sie: »Dein Handwerk in allen Ehren und mit dem größten Respekt vor deiner Arbeit. Aber du solltest dich nicht dem Neuen verschließen, nur weil du keine Erfahrung damit gemacht hast.« Sie lächelte mich geschäftsmäßig an. »Wir sprechen später darüber, wenn ich wieder da bin.«

Nils Memmert sagte nichts dazu.

»Auf Wiedersehen, Frau Weinz.« Neutraler Ton.

Sprachlos schaute ich ihr hinterher. Was war das denn?

***

»Ich halte sehr große Stücke auf sie, und deswegen möchte ich sie unbedingt in meinem Vor-Ort-Team haben.« Judith schrieb Inas Namen auf ein leeres Blatt Papier.

Nils Memmert nickte. »Wenn du meinst. Du kennst die Kollegen in der Eifel, also entscheide du. Ich habe schließlich noch nie mit jemandem aus der Schleidener Wache zu tun gehabt. Es machte allerdings den Eindruck, als ob ihr euch nicht allzu gut versteht.« Er saß auf dem Besucherstuhl neben Judiths Schreibtisch in ihrem Büro in Bonn, den Oberkörper vorgebeugt, die Ellbogen auf die Knie gestützt, und hielt eine Teetasse in der Hand, die er aus seinem eigenen Büro mitgebracht hatte. Über deren Rand hing das Etikett eines Kinderteebeutels. Geschmacksrichtung Orange-Banane. Judith schüttelte sich. Nils rührte den Tee um, fischte den Beutel heraus und legte ihn auf den Löffel. Dann wickelte er den Faden um Beutel und Löffel, zog und presste den letzten Rest heraus, bevor er den Beutel in Judiths Papierkorb warf. Eine Duftwolke stieg auf, und Judith musste sich abwenden, weil sie ihr Übelkeit verursachte. »Alles okay?«, wollte er wissen und trank in großen Schlucken.

Judith nickte. »Sie ist ganz anders als ich«, erklärte sie, »und deswegen rasseln wir aneinander. Trotzdem. Ich schätze sie sehr.«

»Dann solltest du ihr das bei nächster Gelegenheit mal sagen. So, wie sie geschaut hat, als du aus dem Zimmer gerauscht bist, ist ihr das gerade nicht wirklich klar.«

»Nils, ich denke nicht, dass …« Sie verstummte und biss sich auf die Lippen. Auch wenn sie sich über seine direkte Art sehr ärgerte, hatte er recht. Sie hatte sich wie eine Zicke benommen. Das war ihr schon in anderen Situationen passiert, obwohl sie es nicht beabsichtigte, und sie hatte sich vorgenommen, ihre Launen künftig besser zu kontrollieren. Sie sah ihn an. »Vergiss es. Wir arbeiten an unserem ersten gemeinsamen Fall. Wir kennen uns noch nicht, können uns gegenseitig noch nicht so gut einschätzen. Ina kenne ich und kann sie einschätzen. Mit ihren guten und ihren schlechten Seiten.«

Er zog die Augenbrauen hoch. »Wir sollten uns also auch erst mal gründlicher kennenlernen, bevor wir weiter an dem Fall basteln?«

Judith nickte.

»Okay.« Nils Memmert grinste. »Bevor du fragst, oder besser, bevor du dich die ganze Zeit nicht traust zu fragen, weil du glaubst, es wäre unhöflich, indiskret oder diskriminierend, folgende Infos über mich.« Er stellte die Tasse am Rand des Schreibtisches ab und richtete sich auf dem Stuhl auf. »Ich bin ein Adoptivkind und komme ursprünglich aus Indien. Meine leibliche Mutter, zu der ich übrigens noch Kontakt habe, war zu arm, um mich zu behalten. Ein Ehepaar aus Hamburg hat mich adoptiert, und ich habe meine ersten beiden Lebensjahre dort verbracht. Dann hat mein Vater eine Stelle in Nürnberg angenommen, und wir sind dorthin gezogen. Als ich sechzehn war, kam der nächste Umzug, diesmal nach Münster. Das erklärt meinen Dialektmischmasch. Da meine leibliche Mutter mein genaues Geburtsdatum nicht benennen kann, feiere ich meinen Geburtstag an dem Tag, an dem meine Eltern mich angenommen haben. Nach dieser Rechnung bin ich heute neununddreißig Jahre alt. Als Kind hatte ich wegen meiner Hautfarbe mal mehr und mal weniger Probleme, je nach Intellekt meiner Gegenüber. Wobei die Steigerung der Intensität des einen mit dem Absinken des anderen in unmittelbarer Verbindung stand. Wenn nichts half, habe ich auch zugeschlagen, was ich aber in den meisten Fällen vermeiden konnte, weil ich Gewalt ablehne. Deswegen konnte ich bereits Taekwondo, bevor ich Polizist wurde. Ich bin verheiratet und habe eine dreijährige Tochter. Ebenfalls adoptiert. Und mein Hobby ist Backen.« Er grinste ein Jungenlächeln. »So. Noch Fragen, oder können wir uns jetzt auf die Arbeit konzentrieren?«

Judith räusperte sich. »Du hast mich eben völlig falsch verstanden. Mir ging es um Arbeitsstil. Aber trotzdem. Interessante Vita.« Sie lachte und hielt ihm ihre Hand hin. »Judith Bleuler, keine Kinder, auf Umwegen zur Polizei gekommen. Alles andere ist kompliziert und würde den Rahmen sprengen.«

»Du musst nichts Privates rauslassen, nur weil ich das gemacht habe.«

»Nicht deswegen. Es ist so, wie ich es sage. Kompliziert. Wenn ich selbst Bescheid weiß, werde ich dir gern Auskunft geben.« Sie schob Nils die Fotos zu, die die Spurensicherung von der Leiche gemacht hatte. »Bis dahin beherrsche ich vielleicht auch endlich die Zicke in mir.« Sie seufzte und sah ihn an. »Backen, ehrlich?«

»Ja, Backen. Kuchen, Muffins und so. Mit Marzipan, Fondon und dem ganzen Zeug. Ich probiere gern neue Rezepte aus, und Mischa kann gar nicht genug davon kriegen. Liebe geht eben durch den Magen.«

Judith nickte. »Lass uns arbeiten.«

Er streckte seine Hand aus und nahm den Packen Bilder entgegen. Während er eines nach dem anderen betrachtete, schwieg er. Judith wartete. Sie überlegte gern in Ruhe, bevor sie sich eine Meinung bildete. Als Nächstes griff Nils Memmert nach der Akte, blickte hinein und schlug sie wieder zu.

»Viel haben wir noch nicht«, sagte er.

»Nein. Wir werden uns hier treffen. Es ist einfacher für Ina, nach Bonn zu kommen, als dass wir immer nach Schleiden fahren.« Judith griff zum Telefonhörer und wählte Inas Handynummer. »Bis sie morgen früh hier ist, liegen uns die ersten Erkenntnisse der Rechtsmedizin vor, und wir sehen klarer.« Sie lauschte dem Freizeichen. Nach einigen Sekunden sprang die Mailbox an, und Judith hinterließ die Informationen zu dem morgigen Treffen. Auf der Festnetznummer hatte sie keinen Erfolg. Die Leitung war besetzt.

FÜNF

»Süßer Typ«, sagt sie, setzt sich und zieht ihre Schuhe aus. Es ist Sonntagmorgen, und sie ist erst seit wenigen Minuten wieder da. Sie greift nach einem Stück Brot, bestreicht es mit Butter und Honig. Ihre trägen Bewegungen lassen ein Bild vor deinem inneren Auge entstehen. Wie ihre Hände über fremde Haut wandern, sie erforschen und betasten. Wie sie sich an einen Körper drängt. Voller Gier und Hunger. Sie gähnt und steht auf. Sie kratzt sich wie ein Mann, was sie nur in deiner Gegenwart und ausschließlich dann tut, wenn sie wirklich müde ist und keine Energie mehr übrig hat, um sich auf ihre Außenwirkung zu konzentrieren. Sie nimmt eine Tasse. Gießt Kaffee ein. Setzt sich wieder. Schaut dich an. »Und er ist ein guter Liebhaber.« Sie lächelt, ohne dich anzusehen. Sie wirkt satt, obwohl sie noch keinen Bissen von dem Brot genommen hat. Du senkst den Blick, weil du nicht willst, dass sie den Neid in deinen Augen sieht. Du wolltest heute Morgen nicht mit ihr hier sitzen und bist enttäuscht.

Gestern, zwischen dem Rauch und dem Lärm und den flirrenden Gesprächen, bist du zu ihm gegangen.

»Ich bin müde«, hast du gesagt, deine Hand auf seinen Arm gelegt, nur kurz, bevor du dich abgewendet hast und nach draußen vor die Tür gegangen bist, um auf ihn zu warten.

Nach einigen Minuten ist er dir gefolgt.

»Bringst du mich nach Hause?«, hast du gefragt und ihn angesehen. Er hat genickt und sich mit dir auf den Weg gemacht.

Du hast dich an ihn geschmiegt, deinen Kopf an seiner Schulter.

»Kommst du mit zu mir nach oben?«, hast du ihn eingeladen, als ihr vor deiner Wohnung standet, weil deine Schwester noch tanzte, trank und rauchte und du gewusst hast, dass ihr allein sein würdet.

Er hat dich geküsst und dann von sich geschoben. Überrascht und mit einem Ausdruck im Gesicht, den du bisher nicht bei ihm kanntest. »Du hast gesagt, du wärst müde«, hat er gemurmelt und dir eine Haarsträhne aus der Stirn gestrichen. »Ich habe den anderen versprochen, sofort zurückzukommen. Sie warten auf mich.«

Du warst wie erstarrt, konntest es nicht glauben, nicht begreifen, warum er dich zurückwies, und bliebst stumm. Du bist nach oben gegangen in deine leere Wohnung, in dein leeres Bett und hast lange wach gelegen. Dir eingestanden, dass es falsch war, ihn gehen zu lassen, ihm nicht hinterherzulaufen, nicht mit in das Taxi zu steigen, das ihn zu den anderen bringen würde. In den Rauch und die Musik. In die Gespräche und das Gelächter.

»Wer ist es?«, fragst du, obwohl du es nicht wissen willst, weil es dich nicht interessiert. Weil sie nicht bleiben, die Liebhaber deiner Schwester. Weil sie schon nach Stunden wieder in der Menge verschwinden. Selten bleibt ein Name länger als drei Tage in ihrem Mund. Dann ist es ein anderer, den sie süß oder nett oder interessant findet, bis auch hier wieder die Leidenschaft im gleichen Maß abnimmt, wie die Neugierde auf den Fremden verblasst. Sie scheint es zu brauchen, das Wechselnde, das immer Neue, Fremde, Unbekannte. Sie sucht Abenteuer, negiert Gefahren.

»Ich glaube, du kennst ihn«, sagt sie, greift nach der Kaffeetasse, führt sie an ihre Lippen und versteckt sich dahinter. Schaut dich über den Rand hinweg an. Ihre Augen erinnern dich an ein Tier auf der Jagd. Lauernd. Abwartend. Ihre langen roten Fingernägel spielen auf der Keramik wie auf einer Tastatur. An der oberen Ecke des linken Zeigefingers ist ein Stück Lack abgeblättert. Der Nagel darunter ist gelblich und brüchig, von einem Pilz befallen. Die Wahrheit unter dem schönen Schein. »Du hast ein-, zweimal mit ihm geredet gestern Abend«, zwitschert sie. »Er stand kurz neben dir.«

Du runzelst die Stirn, überlegst, mit wem du gesprochen hast, aber dir fallen nur Männer ein, die bereits vergeben sind, feste Freunde und Ehemänner.

»Zwischendurch war er mal kurz weg. Er ist aber recht schnell wiedergekommen, und dann …« Sie lächelt, leckt sich mit der Zunge über die Lippen, ohne dich aus den Augen zu lassen. Sie stellt die Tasse ab, räkelt sich genießerisch und gähnt. »Er wollte nur kurz eine Bekannte nach Hause bringen, die schon müde war.«

Du erstarrst, spürst, wie dein Herz sich zu einer harten Kugel zusammenzieht, wie dein Magen rebelliert.

Du weißt, mit wem sie in der letzten Nacht nach Hause gegangen ist, noch bevor sie den Namen ausspricht, und willst es nicht hören. »Nein«, schreist du, schlägst die Hände auf die Ohren und springst auf. Läufst aus der Küche in das Badezimmer, schaffst es gerade noch bis zur

Toilette, bevor sich dein Frühstück in einem Schwall aus dir ergießt. Du keuchst, ringst um Atem, hörst, wie sie hinter dir den Raum betritt.

Du wendest den Kopf und siehst sie an.

»Ich wusste nicht, dass du …« Sie legt eine Hand auf deine Schulter. Scheinbar besorgt und reuig. »Es tut mir leid«, ergänzt sie. »Er bedeutet mir nichts.«

Aber an ihren Augen erkennst du, dass sie lügt.

***

»Besetzt«, murmelte ich und beendete meinen Versuch, Judith über ihr Handy zu erreichen. Wenn sie etwas von mir wollte, würde sie sich schon melden. Da sie so viel Wert darauf legte, dass sie die Mordkommission leitete, und mir sehr deutlich signalisiert hatte, dass mein Rat nicht mehr erwünscht war, würde ich mich ihr sicher nicht aufdrängen. Es ärgerte mich mehr, als ich mir eingestand. Eigentlich hätte ich über solchen Gefühlen stehen müssen.

Ich setzte mich an meinen Schreibtisch und griff nach der Maus. Befundbericht. Okay. Ich rief die Formularmaske auf, lehnte mich zurück und verschränkte die Arme hinter dem Kopf. Der Cursor blinkte stumm. Was brachte das? Einen Bericht konnte ich auch später noch schreiben. Viel wichtiger war doch jetzt, die Identität der Toten festzustellen, auch wenn Judith das vielleicht anders sah. Aber Judith war in Bonn. Und ich war die mit der Erfahrung in unserem Job.

Ich schloss die Augen und rief mir den Fundort der Leiche noch einmal in Erinnerung. Diese Methode brachte oft mehr Details zum Vorschein, als wenn ich nur die Fotos betrachtete. Als ob mein Unterbewusstsein Dinge abgespeichert hätte, die ich nur mit Hilfe meines Kopfkinos wieder an die Oberfläche holen konnte. Ich atmete langsam ein und aus.

Die Tote war nackt gewesen. Es wurden keine Kleider gefunden. Weder in der näheren noch in der weiteren Umgebung. Aber irgendwo mussten sie sein. Entweder war sie nackt an den Fundort transportiert worden, oder man hatte sie dort ausgezogen. Wie auch immer, der Mörder musste die Kleidung loswerden.

In Gedanken fuhr ich die Strecke vom Fundort der Leiche bis zur nächstgelegenen Straße zurück. Links ging es nach Dreiborn, rechts nach Herhahn. Dreiborn lag näher. Ein kleiner Ort, in dem jeder jeden kannte. In der anderen Richtung führte die Straße vom Fundort aus über Scheuren nach Schleiden. Wenn die Kleidung nicht hier war, hatte er sie vielleicht irgendwo auf seinem Weg entsorgt. Eine Plastiktüte, ein Stoffbeutel, aus dem Auto auf irgendein Feld geworfen. Aber da würde sie auffallen als etwas Besonderes, wenn sie bei der nächsten Ernte gefunden würde.

Es gab viele Möglichkeiten, Beweisstücke verschwinden zu lassen. Verbrennen. In einem Fluss versenken. Aber die Erfahrung zeigte, dass in den meisten Fällen die einfachste und naheliegende Variante gewählt wurde. Keine Plastiktüte mit Kleidung am Straßenrand, kein Haufen Stoff unter einem Busch.

Ich öffnete die Augen, ruckte in meinem Stuhl nach vorn und rief die Internetseite der Stadt Schleiden auf. Die Entsorgungstermine 2014 standen für alle Interessierten zum Download bereit. Dreiborn war Bezirk fünf, Herhahn und Morsbach gehörten zum Bezirk eins. Beide wurden freitags im zweiwöchentlich wechselnden Rhythmus bedient. Ich schaute auf die Uhr. Wenn die Kleidung in einer Dreiborner Mülltonne entsorgt worden war, hatte sie ihr Ziel, die Mülldeponie in Mechernich, bereits erreicht. Auch wenn Deponie nicht mehr der richtige Ausdruck war. Seit fast zehn Jahren wurden die Abfälle hier nicht mehr gelagert, sondern nur noch gesammelt und anschließend in die Müllverbrennungsanlage in Bonn transportiert. Ich stand auf, schnappte mir Jacke und Handtasche und beeilte mich. Wenn meine Vermutung stimmte, musste ich dem Weitertransport zuvorkommen. Die Chance, mit meiner Theorie der einfachen Lösung richtigzuliegen, war sehr hoch. Stimmte sie nicht, hätte ich schlimmstenfalls einen schrecklichen Nachmittag mit dem Wühlen im Müll anderer Leute verbracht.

Es war lange her, dass ich einen solchen Job erledigen musste, und ich hatte vergessen, wie ekelhaft es stank. Je näher ich dem Berg Müll kam, den ein freundlicher Mitarbeiter mir gezeigt hatte, nachdem ich mich ausgewiesen und nach der Fuhre aus Dreiborn gefragt hatte, umso deutlicher kroch ein Geruch nach Fäulnis und Verwesung in meine Nase. Ich wusste, in den nächsten Tagen würden mir meine Sinne immer wieder einen Streich spielen und mir diesen Geruch vorgaukeln. Egal, ob ich vor einer Kanne Tee sitzen oder durch den Wald laufen würde. Ich versuchte, nicht durch die Nase, sondern durch den Mund zu atmen, was sich aber als schlechte Idee herausstellte. Jetzt schmeckte ich den Gestank.

Der Mitarbeiter des Abfallwirtschaftszentrums nickte mir von seinem Wachhäuschen aus zu und lächelte, machte aber keine Anstalten, mir zu Hilfe zu kommen.

»Also los, Frau Weinz«, redete ich mir gut zu und machte mich an die Arbeit.

Nach einer gefühlten Ewigkeit hatte ich mich ohne Ergebnis über den Berg und durch die verschiedenen Schichten aus Tüten und einzelnen Abfällen gearbeitet. Mein Rücken schmerzte, und meine Haut an den Händen löste sich im feuchten Schweiß, der sich in den Gummihandschuhen gebildet hatte, vom Fleisch. So fühlte es sich jedenfalls an. Ich hatte das Gefühl, von dem Geruch komplett durchdrungen zu sein und aus jeder Pore zu stinken. Und ich war erstaunt darüber, was die Leute alles wegwarfen. Ein Haufen Kinderspielzeug, verkratzt, mit Beulen und ausgeblichenem Plastikteilen. Lebensabschnittsende. Wollreste, Filzstifte ohne Kappe, ein leeres, aber nagelneues Fotoalbum. Vermutlich hatten die Besitzer die Freuden der digitalen Fotografie und gedruckten Alben entdeckt. Zeitenalterwende. Altmodische Bilder, Stickdeckchen mit geflickten Löchern. Hier hatte jemand entrümpelt. Vielleicht nach dem Tod eines Angehörigen. Alles durchmischt mit Essensresten, gebrauchten Binden und anderen Dingen, die für den Gestank verantwortlich waren.

Was warf ich weg? Nicht viel. Meine letzte große Aufräumaktion war genauso lange her wie mein Umzug von Köln in die Eifel. Seitdem hatte sich eine Menge Krempel angesammelt, den ich in Schubladen und Schränke stopfte, um ihn später noch einmal zu benutzen, oder den ich schlicht und ergreifend vergaß. Es wurde Zeit, dass ich meinen Ballast ebenfalls hier ablud.

»Mist.« Ich ließ die letzte Tüte fallen, in der fast ausschließlich Lebensmittelreste gewesen waren, die man eigentlich genauso gut in den Kompost hätte geben können. Manche Leute lernten es wohl nie. Ich kletterte vom Müllberg hinunter, zog die Handschuhe aus und warf sie dazu. Hier nach der Kleidung des Opfers zu suchen, war also doch keine so gute Idee gewesen. Ich sah auf die Uhr. Beinahe drei Stunden waren vergangen. Der Mitarbeiter blickte mir ungeduldig entgegen. Er hätte schon längst Feierabend, wenn ich mich nicht wie ein Trüffelschwein auf der Suche nach was auch immer durch den Dreck wühlen würde. Ich zuckte mit den Schultern und ging zu ihm.

»Danke für Ihr Ausharren«, sagte ich. »Leider habe ich nichts finden können, was mich weitergebracht hätte. Sie können jetzt Schluss machen.«

Er nickte mir zur Bestätigung zu, stand von dem Stuhl auf, auf dem er gesessen und in einer Zeitung gelesen hatte. Dann holte er einen Schlüssel aus seiner Jacke und ließ mir mit großer Geste den Vortritt. Gemeinsam gingen wir aus der Halle.

»Man kann nicht immer Erfolg haben, Frau Kommissarin, was?« Er grinste, und ich hatte den Eindruck, als ob ihn eine gewisse Schadenfreude erfüllte, weil eine Polizistin vor seinen Augen den Müll durchwühlt hatte.

»Nein. Kann man nicht«, bestätigte ich.

Er schaute auf seine Armbanduhr. »Den Rest können Sie ja dann morgen durchsuchen. Meine Frau wartet. Sie hat schon dreimal angerufen, wo ich denn bleibe.

»Welchen Rest?« Ich blieb stehen.

»Das Zeug, das schon auf dem Container gelandet ist. Sie müssten früh hier sein. Sobald er voll ist, geht die Fuhre nach Bonn.« Er steckte den Schlüssel wieder in die Tasche und wandte sich ab. »Bis morgen, Frau Kommissarin.«

Ich ergriff seinen Arm und hielt ihn zurück. »Wie viel ist in dem Container?«, wollte ich wissen.

»Der mit dem Zeug aus Dreiborn? Halb voll.« Er ging weiter.

»Schließen Sie die Halle wieder auf. Ich befürchte, Ihre Frau muss sich noch ein wenig gedulden«, rief ich ihm hinterher, drehte mich um und ging zurück zur Halle.

Eine Stunde später hasste er mich noch mehr als vorher. Wild mit einer Hand gestikulierend, drückte er mit der anderen das Handy an sein Ohr und bedachte mich mit Blicken, die keinen Zweifel daran ließen, dass er nichts dagegen gehabt hätte, wenn ich die Leiche gewesen wäre, nach deren Kleidung ich diesen Container durchsuchte. Ich hatte ihm klargemacht, dass es sich hier nicht um mein Freizeitvergnügen, sondern um polizeiliche Ermittlungsarbeit handelte, und es war mir darüber hinaus gelungen, ihm die Folgen der Behinderung derselben in bildhafter Sprache zu verdeutlichen. Danach war er zwar spürbar handzahmer geworden. Doch er schimpfte noch immer lautstark in sein Telefon und schob alle Schuld, die seine Frau am anderen Ende der Leitung anscheinend ihm zusprach, mir zu. Immerhin kam er nicht mehr alle fünf Minuten, um nachzufragen, wie weit ich denn sei.

Ich schob ein Knäuel Folie zur Seite und griff nach einer Plastiktüte, die ganz unten auf dem Boden des Containers lag. Kleidung. Socken. Einfache Unterwäsche. Ein türkisfarbenes T-Shirt. Eine Jeans. Ein dünner Parka. Bingo. Das sah nicht nach Altkleidersammlung aus, keine fünf ausrangierten Pullover oder unmodern gewordene Hosen. Ich hatte ein komplettes Set Kleidung gefunden. Ich fasste in die Taschen der Hose. Nichts. Sie waren leer. Das gleiche magere Ergebnis in den Taschen der Jacke. Einige Krümel, eine Busfahrkarte. Ich stopfte alles in umgekehrter Reihenfolge wieder in die Tüte. Beim letzten Teil stutzte ich. Da war etwas Flaches, Hartes. Ich tastete und suchte nach einem Eingriff, um daran zu kommen, schaffte es aber nicht. Ich richtete mich auf, hob den Parka hoch, während ich die Stelle fest in der einen Hand hielt, und drehte und wendete die Jacke.

»Hätten Sie vielleicht ein Messer oder eine Schere?«, rief ich dem Mitarbeiter der Müllanlage zu.

»Was?« Er hörte auf, mit weinerlicher Stimme in den Hörer zu jammern, und blickte mich erstaunt an. »Sind Sie fertig?«

»Vielleicht.« Ich lächelte ihn über den Rand des Containers hinweg an. »Ich brauche bitte ein Messer.«

Er nickte. Dann drehte er sich um und ging mit erstaunlich gemächlichen Schritten auf eine Tür zu, hinter der ich ein Büro oder einen Aufenthaltsraum vermutete. Es dauerte ein paar Sekunden, bis er wieder im Türrahmen auftauchte, und ich entwickelte ein gewisses Verständnis für die mir unbekannte Frau des Mannes. Wenn er immer so langsam war, blieb ihr vermutlich nichts anderes übrig, als ihn permanent anzutreiben.

»Hier. Bitte.« Er reichte mir eine Haushaltsschere, die ihre besten Tage schon lange hinter sich hatte.

»Danke.« Ich nickte ihm zu, nahm das angerostete Teil und stieß damit in den Stoff des Innenfutters, bis das Loch groß genug war, um es weiter aufreißen zu können.

Ein dunkelblaues Büchlein fiel mir in die Hände. Ein Wappen mit einem verschnörkelten Zeichen auf dem Cover, kyrillische Buchstaben, darunter in lateinischer Schrift: »Passport Ukraine«. Ich schlug den Pass auf und erkannte die junge Frau auf den ersten Blick.

»Natalya Verkova«, murmelte ich, packte alles zurück in die Tüte und kletterte aus dem Container.

***

Gedämpft wummernde Musik empfing mich, als ich die Haustür aufschloss. Überall brannte Licht, auf dem Küchentisch stand dreckiges Geschirr, daneben schwitzten auf einem Frühstücksbrettchen zwei einsame Käsescheiben vor sich hin.

»Henrike?«, rief ich und übertönte die Musik, erhielt aber keine Antwort. Was nichts heißen musste. »Henrike?«, rief ich noch mal. Durch den Flur ging ich zum Zimmer meiner Ziehtochter. Die Tür war verschlossen, doch ich hatte die Quelle der Musik gefunden. Ich klopfte. Erst leise, dann energischer. Keine Antwort. Ich drückte die Klinke hinunter und öffnete die Tür. Henrike saß mit dem Rücken zu mir am Fußende ihres Bettes. Sie trug rosaplüschige Kopfhörer, wippte nickend einen erkennbar anderen Takt als den, der aus den Lautsprechern schwappte, und konzentrierte sich auf den Computerbildschirm vor sich. »Henrike!« Zum Dritten. Sie reagierte nicht. Ich ging zur Minianlage in ihrem Buchregal und schaltete die Musik aus. Durch die wohltuende Stille quäkte ein dünnes Stimmchen aus dem Kopfhörer. Ich trat hinter Henrike.

Der junge Mann auf dem Bildschirm schaute mich an, und seine Lippen formten sich zu etwas, das ich als »Hallo, Ina« interpretierte.

Henrike fuhr herum und riss sich den Kopfhörer von den Ohren. »Wie kommst du denn hier rein?«, fragte sie überrascht. Der junge Mann auf dem Bildschirm bewegte die Lippen und verdrehte die Augen. »Was?« Henrike zog das Kabel des Kopfhörers aus dem Laptop.

»Durch die Tür«, dröhnte die Stimme in knisternder Lautstärke durch das Zimmer, und ich erkannte im Hintergrund den Rhythmus der Musik, zu der Henrike sich bewegt hatte.

»Hallo, Jan«, grüßte ich. »Wie geht es?«

Sein Mund bewegte sich, und mit dem Bruchteil einer Sekunde Verzögerung kam die Antwort. »Gut. Danke.« Er lächelte, verschränkte die Arme und lehnte sich auf seinem Drehstuhl zurück. Sein Gesicht verschwand im Dunkeln hinter der Schreibtischlampe. Henrike blieb im Schneidersitz auf dem Bett hocken. Seit sie und ihre Freunde Laptops besaßen, sprachen sie abends fast ausschließlich über Videotelefon miteinander. Das war kostenlos, und mir war es recht. So musste ich sie nicht nach zweiundzwanzig Uhr noch von irgendeiner Freundin abholen. Und auch den Treffen mit ihren »Kumpels«, wie sie immer betonte, stand ich deutlich gelassener gegenüber. Mehr als reden konnten sie schließlich nicht.

Henrike sah zu mir hoch. »Ich hab schon gegessen«, erklärte sie mir.

»Es war nicht zu übersehen. Das räumst du bitte noch weg.«

»Ja, ja. Mach ich gleich.«

»Nicht gleich. Jetzt.« Ich beugte mich zum Laptop hinunter und winkte in die Kamera. »Auf Wiedersehen, Jan. Henrike muss noch ein paar Dinge erledigen.« Mit einem Griff klappte ich den Computer zu.

»Mann, Ina.« Henrike entknotete sich und sprang auf die Beine. »Ich war mitten im Gespräch.

»Erstens, mein liebes Fräulein, ist es schon fast zehn, und du hast morgen Schule …«

»Aber ich –«

Ich redete einfach weiter, da ich wusste, dass Diskussionen an dieser Stelle vollkommen sinnlos waren. »… und zweitens brauchst du mindestens noch eine halbe Stunde, um das Schlachtfeld, das du in der Küche hinterlassen hast, zu beseitigen.« Ich trat einen Schritt zurück und ließ ihr mit theatralischer Geste den Vortritt.

Maulend und leise Flüche vor sich hin murmelnd, trottete sie vor mir her aus dem Zimmer. Ich musste grinsen. Die anfänglichen Schwierigkeiten auf beiden Seiten hatten wir einigermaßen gemeistert, aber ab und an kollidierten unsere Vorstellungen noch immer gewaltig. Zurzeit mit deutlich steigender Tendenz.

»Wie läuft es eigentlich in der Schule? Hast du irgendwelche Arbeiten zurückbekommen?«

»Alles okay, keine Panik.« Henrike griff nach dem mittlerweile vermutlich steinhart gewordenen Käse und wollte ihn zurück in den Kühlschrank legen.

»Wer soll das noch essen?«, fragte ich. Sie zuckte mit den Schultern, wechselte die Richtung und ging stattdessen zum Mülleimer. Dann räumte sie den Tisch ab und stellte das Geschirr in die Spülmaschine. Sie wandte sich zur Tür.

Ich räusperte mich. Sie blieb stehen.

»Das Finish?« Ich warf ihr den Spülschwamm und ein Tuch zu.

Sie verdrehte die Augen, wischte aber anstandslos die Krümel von der Platte.

»Kann ich jetzt?«

»Was?«

»Mich fertig machen.« Genervter Augenaufschlag, begleitet von einem Tonfall, der vermuten ließ, dass sie mich für schwer von Begriff hielt.

»Das Bad ist frei, Madame. Ich muss noch arbeiten. Kein Problem.«

Sie musterte mich von oben bis unten und rümpfte die Nase. »Bist du sicher?«

»Ich arbeite halt nicht in einem Rosengarten. Ich dusche, wenn du fertig bist.«

Ich ging ins Wohnzimmer und schaltete meinen Computer und den Drucker an. Den dreckigen Pullover zog ich aus und warf ihn genau wie die Hose im Flur auf den Boden, um den schlimmsten Dreck nicht mit ins Wohnzimmer zu nehmen. Während meiner Fahrt von Mechernich nach Hause hatte ich mit Bonn telefoniert. Judith war bereits nach Hause gegangen, aber die Kollegen der Nachtschicht wussten über meinen Fund Bescheid. Ich hatte zugesagt, den Pass noch heute Abend einzuscannen und ihnen die Datei zu mailen. Ob das von zu Hause aus geschah oder von der Wache in Schleiden, war ja egal. Die Kleidung und das Originaldokument würde ich morgen früh, säuberlich in Asservatenbeutel verpackt, persönlich nach Bonn bringen, damit das Labor die DNA-Spuren mit der DNA der Leiche vergleichen konnte. Dass eine Übereinstimmung bestand, bezweifelte ich nicht. Die Ähnlichkeit der Toten mit dem Bild im Reisepass war bis auf die üblichen kleinen Abweichungen eindeutig. Mal sehen, was Judith zu meinen altmodisch erworbenen Erkenntnissen sagen würde.

Es klingelte, und ich hörte Henrike zur Tür gehen und sie öffnen. Ich schob den Stuhl zurück und griff zur Sofadecke. So spät erwartete ich keinen Besuch mehr.

»Hallo, Ina.« Die gleiche Stimme wie vorhin. Nur kam sie jetzt nicht mehr aus dem Computerlautsprecher, sondern aus dem Hausflur vor unserer geöffneten Tür. Ich wickelte mich in die Decke und ging zu den beiden.

»Hallo, Jan. Ist etwas passiert?«, wollte ich wissen.

»Nein. Wieso?« Er sah Henrike an. »Bist du fertig?«

Henrike nickte, nahm ihre Jacke und wollte zur Tür hinaus.

»Moment mal.« Ich sah verwirrt von einem zum anderen. »Was wird das? Wärt ihr bitte so freundlich, mich aufzuklären?«

»Ich hab dir doch gesagt, dass ich noch wegwill.« Henrike fasste ihren Rucksack fester.

»Wann hast du mir das denn mitgeteilt? Ich bin zwar nicht mehr neu, aber unter Gedächtnisschwund leide ich meines Wissens noch nicht.«

»Na vorhin. In der Küche.« Sie wippte ungeduldig auf den Zehenspitzen auf und ab. Erst jetzt erkannte ich das Make-up in ihrem Gesicht und die dramatisch geschminkten Augen. »Ich hab gemeint, ich mach mich fertig, und du hast gesagt ›kein Problem‹.«

»Weil ich davon ausging, dass du dich fürs Bett fertig machst. Nicht für die Disco.« Ich konnte es nicht fassen. »Es ist mitten in der Woche. Du bist noch keine sechzehn, junge Dame.«

»Jan ist neunzehn. Er ist alt genug.«

»Umso schlimmer. Er müsste es wirklich besser wissen.« Ich funkelte ihn an und spürte, wie ich die Geduld und die Fassung verlor. Bisher hatte ich Jan für einen netten Jungen gehalten, einen von Henrikes Kumpeln. Dass das ein Irrtum gewesen war, zumindest was den Beziehungsstatus der beiden anging, wurde mir nun klar, als ich sah, wie sich Henrike in seine Arme schmiegte. »Auf gar keinen Fall wirst du jetzt noch ausgehen.« Es kam deutlich harscher, als ich beabsichtigt hatte.

»Mann, Ina, musst du jetzt die Polizistin raushängen lassen, oder was?« Henrike verschränkte die Arme vor der Brust.

»Verantwortliche Erwachsene reicht ja wohl fürs Erste.« Ich sah Jan an. Die Sache war ihm unangenehm. Er löste die Umarmung und schob Henrike ein Stück von sich weg.

»Ein andermal, Rike, ist nicht tragisch.« Er schenkte ihr ein schiefes Lächeln, ohne mich aus den Augen zu lassen. »Vielleicht am Wochenende?«

»Wenn du sie mir bis um zwölf wieder nach Hause bringst.«

»Mitternacht?« Henrike stemmte erbost ihre Fäuste in die Taille. »Da hat doch noch nicht mal irgendwas angefangen.«

»Doch. Die Zeit, zu der Kinder unter achtzehn zu Hause sein müssen.«

»Ach, verdammt, Ina. Ich bin kein Kind mehr. Kapier das doch endlich«, keifte sie mich an, drängte sich an Jan vorbei und riss die Tür auf. »Ich gehe jetzt. Und du wirst mich nicht daran hindern.« Sie rannte ins Treppenhaus.

»Henrike!« Mit hilfloser Wut machte ich einen Schritt nach vorn, um ihr hinterherzulaufen, aber Jan hielt mich auf. Er räusperte sich.

»Es tut mir leid, Ina. Ist meine Schuld. Ich werde es ihr erklären.« Er folgte ihr. Ich hörte ihn ihren Namen rufen, Schritte. Dann stritten sie sich, ohne dass ich verstehen konnte, was sie sagten.

Ich holte tief Luft, lehnte mich mit dem Rücken gegen die Wand und glitt langsam daran hinab, bis ich auf dem Boden saß. Ich schloss die Augen. Hatte ich wirklich die Polizistin herausgekehrt? Sie wie ein Kind behandelt, obwohl sie keines mehr war? Beschränkte ich sie zu sehr? Nahm ich ihr die Freiheiten, die sie brauchte, um erwachsen zu werden? Nein. Ihre Trotzreaktion hatte mir deutlich gezeigt, dass sie noch weit davon entfernt war, für sich die Verantwortung zu übernehmen.

»Du bist schuld. Du ganz allein. Ich hasse dich, Ina!«

Ich schreckte zusammen. Henrike stand vor mir. Tränen liefen über ihr Gesicht und zogen dunkle Mascarastreifen über ihre Wangen. Sie ballte die Fäuste und versteifte sich für einen Moment. Dann lief sie in ihr Zimmer und knallte die Tür hinter sich zu. Ich unterdrückte einen Fluch und folgte ihr in ihr Zimmer.

»Ich verstehe, dass du das blöd findest, aber so ist es nun mal. Das Gesetz soll dich schützen und –«

»Ach, scheiß auf das Gesetz«, fuhr sie auf und ging in Angriffshaltung. »Jan hat Schluss mit mir gemacht, weil du mir verboten hast, mit ihm wegzugehen. Das Gesetz?« Sie lachte höhnisch. »Wer schützt mich denn vor dir, Ina?« Sie reckte ihr Kinn vor. »Wer?«

Ratlos öffnete ich den Mund und schloss ihn wieder. Sie hatte mich tief getroffen. Verletzte mich. Ich wollte ihr Bestes, tat alles, was ich konnte.

»Raus aus meinem Zimmer«, flüsterte Henrike heiser. »Raus.«

SECHS

Du bist wie versteinert. Seit Tagen kannst du dich nicht bewegen, liegst in deinem Bett und beobachtest eine Fliege, die durch das Zimmer surrt, scheinbar ziellos und in variierendem Tempo. Sie hinterlässt kleine Flecken an der Decke, und du erkennst, dass du dir noch nie in deinem Leben über die Verdauung einer Fliege Gedanken gemacht hast. Es ist im Moment das Beste, über das du nachdenken kannst, das Einzige, weil alles andere zu wehtut. Die Schmerzen sind überall in deinem Körper. Sie überwältigen dich im Verbund mit der Enttäuschung über das, was sie dir angetan haben.

Deine Schwester serviert dir eine weitere Entschuldigung zusammen mit einer schlecht gekochten Hühnersuppe, weil sie glaubt, beides verhelfe dir zu Kräften. Sie versteht nicht, oder sie will nicht verstehen.

Am dritten Tag sprichst du deine Ahnung aus. Sagst ihr auf den Kopf die Absicht zu, dich zu verletzen.

»Es ist etwas anderes daraus geworden«, sagt sie, und an der kleinen Geste, mit der sie ihre Hand zum Herzen führt, erkennst du, was sie meint. Er sollte einer von vielen sein, eine Episode. Wie die anderen, die sie bekommt, ohne sich anzustrengen. Hat sie die Kränkung gesehen, die sich dahinter verbirgt? Die Bedeutung, die er für dich hat, die du für ihn hast, kann sie mit einem Fingerschnipsen, mit einem Wimpernaufschlag und einem Lächeln wertlos machen. War das ihre Absicht? Wollte sie die Kränkung begehen und hat sich damit verwundbar gemacht?

Sie öffnet den Mund, will etwas sagen. Du siehst sie an und öffnest mit diesem Blick deine Seele, bittest um die Wahrheit, erinnerst sie daran, dass ihr Schwestern seid. Gibst ihr eine Chance. Ihr Mund schließt sich wieder. Sie schweigt. Zumindest eine Lüge kommt ihr nun nicht mehr über die Lippen.

Am fünften Tag stehst du auf, wäschst deine Haare, säuberst deinen Körper, ziehst frische Wäsche an und setzt dich an den kleinen Küchentisch, an dem du erfahren hast, was geschehen ist. Du schaust aus dem Fenster. Gibst der Welt langsam wieder mehr Raum.

Am siebten Tag, genau eine Woche nachdem es geschehen ist und deine Schwester wieder in der Musik, dem Rauch und der Geschwätzigkeit eines weiteren Wochenendes versinkt, klingelt es an deiner Tür. Du öffnest, und er steht vor dir.

»Verschwinde«, sagst du und willst ihm die Tür vor der Nase zuwerfen.

»Verzeih mir«, sagt er und macht einen Schritt nach vorn. Du drehst dich um, gehst zum Fenster, hörst, wie er dir folgt, sich einen Stuhl zurechtrückt und sich setzt. »Ich weiß, ich habe dich verletzt. Es gibt keine Entschuldigung außer vielleicht Alkohol und Übermut und Angst.«

»Angst?«

»Angst davor, mich endgültig an dich zu binden, obwohl ich weiß, dass es das Richtige ist.« Die Stuhlbeine scharren über den Boden. Er tritt hinter dich, ohne dich zu berühren. Du spürst seinen Atem in deinem Nacken. Riechst ihn.

Die Fliege ist auf der Scheibe gelandet, wandert, sucht, tastet mit ihrem Rüssel nach Nahrung. Mit der Linken öffnest du das Fenster, mit der Rechten scheuchst du sie ins Freie und siehst ihr hinterher. Im engen Raum zwischen Fenster und seinem Körper drehst du dich um, beugst den Oberkörper zurück und stützt dich mit beiden Händen rücklings auf das Fensterbrett. Du spürst, wie dein Unterleib auf ihn reagiert, wie die Gier in dir erwacht und du ihn haben willst. Jetzt und hier. Du ziehst ihn an dich, küsst ihn hart und hungrig, beißt auf seine Lippen, bis er stöhnt. Du willst ihm wehtun mit deiner Lust. Seine Hände schieben dein Kleid hoch bis in deine Taille, und mit der gleichen fließenden Bewegung befreit er dich von deinem Slip. Er hebt dich hoch, setzt dich auf die Fensterbank und dringt in dich ein. Seine Stöße sind fordernd, er keucht, vergräbt sein Gesicht an seiner Schulter. Du spürst die Kälte des Glases in deinem Rücken. Flüchtig denkst du darüber nach, dass man dich von der Straße aus sehen kann, dein nacktes Fleisch, wie es im Rhythmus gegen das Glas gepresst wird, bis es dir egal ist und du nicht mehr denken willst. Dein Kinn auf seine Schulter gestützt, klammerst du dich an ihn, krallst deine Nägel in seinen Rücken.

Du öffnest die Augen. Deine Schwester steht im Türrahmen. Stumm, die zur Faust geballte Hand vor den Mund geschlagen. Eine Welle der Befriedigung erfasst dich, ein Gefühl des Triumphes füllt dich aus, groß und mächtig. Mehr, als der pulsierende Schwanz in dir es je könnte. Du schreist deinen Sieg hinaus, als ihr beide kommt. Deine Schwester dreht sich auf dem Absatz um, rennt und stolpert aus der Wohnung. Du schiebst ihn von dir fort, rutschst von der Fensterbank und stellst dich mit beiden Beinen fest auf den Boden.

»Verschwinde. Ich will dich nie wieder sehen«, sagst du zu ihm, streichst dein Kleid über deine Oberschenkel und hörst im gleichen Augenblick das Kreischen der Bremsen auf der Straße unter dir.

***

»Sie hat es gestern Abend noch gemailt, und wir haben es gleich überprüft.« Der Kollege reichte Judith einen Umschlag. »Der Pass gehört einer gewissen Natalya Verkova, vierundzwanzig, Ukrainerin. Vor sechs Tagen mit einem Besuchervisum aus der Ukraine eingereist.« Er verstummte und wartete, bis Judith ihre Jacke aufgehängt und ihren Rucksack neben den Schreibtisch gestellt hatte.

»Wer ist ›sie‹?«, wollte Judith wissen.

»Die Kollegin Weinz aus Schleiden«, entgegnete er in überraschtem Ton. »Ich dachte, Sie hätten die Suche veranlasst.«

»Ich habe nichts veranlasst.« Judith biss sich auf die Lippe. Egal, was Ina ohne Anweisung unternommen hatte, es gab ein Ergebnis, und nur das zählte im Moment. »Hat sie sonst noch etwas gesagt?«

»Nur dass …« Ein Klopfen an der Tür ließ ihn erneut verstummen.

»Ja, bitte.«

Nils Memmert trat ein. »Guten Morgen. Ich hoffe, ich komme nicht zu spät«, entschuldigte er sich, »aber die Kleine hat die ganze Nacht Krawall gemacht, Mischa und ich haben kein Auge zugetan.« Er warf seine Tasche neben Judiths Rucksack auf den Boden. Der Rucksack fiel um, und ein Brief rutschte heraus. Er hob ihn auf und wollte ihn wieder in den Rucksack stecken.

»Nein, gib ihn mir.« Judith streckte ihre Hand nach dem Umschlag aus. Nils Memmert warf einen Blick darauf und grinste.

»USA? Bewirbst du dich jetzt beim FBI?«

»So ähnlich.« Judith nahm den Brief an sich und hielt ihn unschlüssig in den Händen. Der Postbote hatte sie aus dem Bett geklingelt. Ein Einschreiben. Sie hatte den Umschlag genommen und den Empfang quittiert, aber bisher nicht gewagt, ihn zu öffnen und zu lesen. Was, wenn es eine Absage war? Wenn sie ihren Traum vom Gastsemester wieder begraben musste? Sie strich mit den Fingerspitzen über das Papier und roch daran.

»Der Duft der großen weiten Welt«, warf Nils Memmert ein und zog sich einen Stuhl heran. »Willst du ihn nicht aufmachen?«

»Später.« Das hatte sie sich heute Morgen auch schon gesagt. Später. Nicht jetzt. Nicht vor dem Duschen. Nicht vor dem Frühstück. Nicht vor der Fahrt zur Arbeit. Der eigentliche Grund war nicht die Angst vor einer Absage. Ihre wahre Angst war die, dass dieser Brief eine Zusage enthielt. Denn was dann? Sie hatte die Bewerbung geschrieben, eingetütet und in den Briefkasten geworfen, ohne je über die Konsequenzen nachgedacht zu haben. Spontan. Entgegen ihrer sonstigen Art. In einem Augenblick des Hochgefühls, in dem ihr alles möglich schien: ein Leben mit Kai. Eine Karriere. Ein Traum, der Wirklichkeit wird. Die Stimmung war verflogen, aber der Brief bereits unterwegs. Zweifel hatten an ihr genagt. Ob es richtig gewesen war, so viel zu wagen. Sie würde sich beurlauben lassen müssen. Müsste für ein halbes Jahr in ein anderes Land ziehen, dessen Regeln sie nicht kannte. »Später«, wiederholte sie mit Nachdruck. »Ist nicht so wichtig. Zuerst kommt unsere Arbeit hier.«

Sie öffnete ihre Mails. Der Bericht des Rechtsmediziners war da.

»Nur dass was?«, fragte sie den Kollegen, der immer noch neben ihrem Schreibtisch stand und das Gespräch amüsiert verfolgt hatte.

»Wie bitte?«

»Was hat Frau Weinz noch zu Ihnen gesagt?«

»Ach so.« Er strich über seine Stirn, als müsste er das eben Gehörte aus seinen Gedanken vertreiben, bevor er antworten konnte. »Dass sie heute herkommen und uns die anderen Fundstücke vorbeibringen will.«

»Das trifft sich ja gut. Ich habe gestern versucht, dich zu erreichen, um dich zu bitten, heute Morgen zu einer Arbeitssitzung hierherzukommen. Aber du bist nicht ans Telefon gegangen.« Judith blieb hinter ihrem Schreibtisch sitzen.

»Dir auch einen guten Morgen, Judith.« Ina nickte Nils Memmert zur Begrüßung freundlich zu und blieb neben dem Schreibtisch stehen.

»Warum gehst du denn nicht an dein Handy, wenn wir mitten in einem Fall stecken?«

»Das Gleiche könnte ich dich fragen, liebe Kollegin. Ich habe nämlich ebenfalls versucht, dich zu erreichen, leider gleichermaßen erfolglos. Was aber auch egal ist, denn jetzt bin ich ja hier.« Sie sah sich um. »Gibt es was, worauf ich meine müden Knochen niederlassen kann?«

Nils Memmert stand auf, ging aus dem Raum und kam nach wenigen Augenblicken mit einem Stuhl zurück, den er neben seinen stellte. Mit einladender Geste bedeutete er Ina, sich zu setzen.

»Ich habe hier die Ergebnisse der rechtsmedizinischen Untersuchung, soweit sie bereits vorliegen«, sagte Judith, ohne auf Inas Replik einzugehen. »Wir lagen mit unserer Einschätzung richtig. Die Tote ist erstickt, aber es finden sich keine Anzeichen einer Erdrosselung.«

»Was hat der Rechtsmediziner zu den hellen Streifen in den Totenflecken gesagt?«

»Dazu hat er sich im vorläufigen Bericht nicht geäußert. Er will sich wohl noch nicht festlegen.«

»Gibt es Abwehrspuren?«

»Nein, nichts. Weder Hautschuppen unter den Fingernägeln noch Hämatome.«

»War sie betäubt, als sie starb?«

»Die Ergebnisse der toxikologischen Untersuchung stehen noch aus. Auf jeden Fall hatte sie keinen Alkohol getrunken.« Judith blätterte im Ausdruck des Berichtes. »Es wird Zeit, dass wir uns der Frage widmen, wie die Tötungshandlung abgelaufen sein kann.«

»Ich habe die Sachen, die ich gefunden habe, im Labor abgegeben«, sagte Ina zu Nils Memmert.

Judith sah auf. »Wo hast du die eigentlich aufgesammelt?«

»Auf der Müllkippe in Mechernich.«

»Wir hatten aber nicht besprochen, dass du dort hinfährst.« Judith wunderte sich selbst über die Schärfe in ihrem Ton.

»Nein, das hatten wir nicht.« Ina hielt ihrem Blick stand. »Es ist aber auch nicht notwendig, dass du mir die Einzelheiten meiner Arbeit vorkaust. Ich denke, ich habe genügend Erfahrung in diesem Metier, um meine eigenen Entscheidungen treffen zu können.«

»Es geht hier nicht um eigene Entscheidungen, Ina. Es geht um die Form unserer Zusammenarbeit. Du gehörst nicht zur Mordkommission. Du bist nur externer Teil meines Teams.«

»Ich habe nichts anderes behauptet und nichts getan, was die Arbeit des Teams gefährdet. Ganz im Gegenteil.« Ina tippte mit ausgestrecktem Finger auf die Kopie des Ausweises. »Ohne meine, wie du es nennst: eigene Entscheidung, mich durch den Müll eines ganzen Ortes zu wühlen, wüssten wir immer noch nicht, wer unsere Tote ist.« Sie schnaubte. »So schlecht kann das also nicht gewesen sein.«

Judith presste ihre Hände an die Oberschenkel. Woher kam mit einem Mal dieser unwiderstehliche Drang, Ina in ihre Schranken zu weisen? Vor ihrem inneren Auge lief ein Film ab, in dem sie sich toben und mit der Faust auf den Tisch schlagen sah. Sie atmete tief ein. Nein. Das brachte nichts. Wenn sie ihre erste Leitung einer Mordkommission erfolgreich bewältigen wollte, musste sie mit solchen Situationen fertig werden. Und lernen, mit Ina auch in der veränderten Konstellation klarzukommen. Und mit sich selbst. Das vor allen Dingen. Sie streckte den Rücken durch, überflog erneut den Bericht der Rechtsmedizin und stutzte. »Hier steht, sie sei am ganzen Körper eingecremt gewesen.«

***

»Schnell gemacht, schnell gemacht. Alles ist irgendwie schnell gemacht«, murrte ich und rückte die Tastatur von Judiths Computer zurecht. Sie hatte mich gebeten, das schriftliche Ermittlungsersuchen zur Mordsache Natalya Verkova zu verfassen und an das Landeskriminalamt in Düsseldorf zu schicken, und war verschwunden, um »kurz einige Dinge zu klären«, wie sie sich ausdrückte. »Das dauert doch ewig, bis wir von denen eine Antwort bekommen«, murmelte ich weiter, während ich mich um präzise Formulierungen bemühte.

»Was dauert ewig?« Nils Memmert hatte das Büro betreten. Aus der Diskussion zwischen Judith und mir während der Besprechung hatte er sich herausgehalten, was vermutlich schlau von ihm gewesen war. Immerhin war sie seine Teampartnerin. Andererseits hatte ich den Eindruck, dass er meine Art zu ermitteln nicht ablehnte.

»Bis die aus der Ukraine eine Rückmeldung bekommen.«

»Wenn sie überhaupt eine erhalten.«

»Hast du Erfahrung damit?«, wollte ich wissen und sah ihn an.

»Sehr gern.« Er streckte mir seine Hand entgegen und grinste. »Ich bin Nils.«

»Was?« Es dauerte einen Moment, bis ich begriff. »Ach so. Entschuldigung.« Ich stand auf, ergriff seine Hand und schüttelte sie. »Ina.« Hatte ich ihn bei unserer ersten Begegnung also richtig eingeschätzt. »Das vereinfacht die Sache ungemein, wenn wir uns duzen.«

Ich setzte mich wieder und wies auf den Bildschirm. »Für mich ist es das erste Mal, dass ich aus einem Land, das nicht zur EU gehört, eine Auskunft brauche.«

»Und meine Erfahrungen, nach denen du eben gefragt hast, sind bisher keine guten gewesen. Bis die Anfragen vom LKA über das Bundeskriminalamt und Interpol in Lyon in der Dienststelle des ukrainischen Dorfes landen, aus dem unsere Tote stammt, vergehen Wochen. Der ganze Mist muss ja jedes Mal wieder übersetzt werden. Dann musst du noch den richtigen Beamten vor Ort erwischen. Wenn die nämlich gerade nicht so gut auf uns zu sprechen sind oder wie jetzt genügend eigene Probleme haben, kann das alles ewig dauern.«

»Also sollten wir versuchen, unsere Informationen anders zu bekommen. Je mehr Details wir über sie und ihr Leben herausfinden, umso besser. Beruf, Ausbildung, Freunde. Alles kann helfen.«

»Woran denkst du?«

»Wo hat Natalya Verkova denn genau gewohnt?« Ich beugte mich über Judiths Schreibtisch, griff nach der Akte und suchte nach der Kopie des Reisepasses. »Izmail«, las ich vor.

»An der schönen blauen Donau«, sang Nils Memmert, und als ich ihn irritiert ansah, erklärte er: »Izmail liegt an der Donau, unweit der Mündung ins Schwarze Meer. Nettes Städtchen.«

»Du kennst es?«

»Nur von Fotos. Meine Eltern haben mal eine Kreuzfahrt auf der Donau gemacht, und ich musste im Anschluss daran ungefähr fünfhundert Fotos über mich ergehen lassen.«

»Die Polizeistation im schönen Izmail hat doch sicher eine Telefonnummer, die man mal anrufen könnte.« Ich öffnete eine Suchmaschine.

»Judith hat mir erzählt, dass du unkonventionell arbeitest, was ich im Übrigen sehr gut finde, aber davon würde ich lieber die Finger lassen«, sagte Nils mit reichlich Skepsis in der Stimme. »Wenn du da auf eigene Faust anrufst, ist das die Garantie für eine Dienstaufsichtsbeschwerde. Das willst du doch sicher nicht?« Er blies die Wangen auf und ließ mit einem leisen Zischlaut die Luft entweichen. »Oder willst du Judith unbedingt etwas beweisen?«

Ich lehnte mich zurück, schloss die Suchmaschine und holte das Anschreiben an die Kollegen in Düsseldorf zurück auf den Schirm. Er hatte recht. Mit beidem. Ich sah ihn an. Er war älter als Judith, aber deutlich jünger als ich. Ich schätzte ihn auf Ende dreißig, Anfang vierzig. Alt genug, um eine Menge Erfahrung in unserem Job gesammelt zu haben, und jung genug, um noch nicht in den bestehenden Strukturen zu verknöchern.

»Um die Dienstaufsichtsbeschwerde bin ich bisher drum herumgekommen, obwohl Judiths ehemaliger Teampartner Horst Sauerbier sicher mehr als einmal mit dem Gedanken gespielt hat, mir eine zu verpassen.« Ich stand auf und trat ans Fenster des Büros. »Und Judith etwas beweisen?«, sagte ich, schaute nach draußen und stützte meine Handflächen an der Scheibe ab. »Was sollte das sein?«

»Dass du nicht zum alten Eisen gehörst?«

»Tue ich das denn?«

»Du scheinst dich so zu sehen.« Ich hörte, wie er sich einen Stuhl heranzog und sich setzte.

»Und du scheinst zu glauben, eine Menge von Leuten zu wissen, die du gar nicht kennst.«

»Nicht wissen. Ich beobachte lediglich. Und höre zu.«

»Keine schlechten Eigenschaften für einen unseres Berufsstandes.«

»Nein.« Er lachte. »Das stimmt.«

Ich drehte mich um, lehnte mich mit dem Rücken ans Fenster und verschränkte die Arme. »Wie kommt's?«

»Vielleicht liegt es an meiner Hautfarbe?« Er zuckte mit den Schultern. »Ich musste schon als Kind gut darin sein, zu merken, wann eine Situation kippte und sie anfangen wollten, auf dem Nigger rumzuhacken. Das schult ungemein.«

»Glaub ich dir.« Ich lächelte ihn an. »Es sind immer diese Dinge, die uns Hoffnung machen, nicht so zu sein, wie die anderen uns haben wollen, die uns unvernünftig handeln lassen.«

»Oder die Vorstellungen davon, wie man gern sein würde.«

»Stimmt.« Ich stieß mich von der Fensterbank ab, ging wieder zum Schreibtisch und setzte mich auf den Stuhl. Mit einem Griff zog ich die Tastatur zu mir heran. »Also schreiben wir das Ermittlungsersuchen und vertrauen darauf, dass die Mühlen schnell mahlen.«

»Und während sie mahlen, ermitteln wir.« Judith war eingetreten. Sie strich sich eine Haarsträhne aus dem Gesicht und sah mich an. »Wir beide fahren jetzt nach Dreiborn. Ich möchte mir den Fundort noch einmal ansehen. Und die Anwohner befragen.«

Wir schwiegen, während ich den Wagen über den Hardtberg, durch Witterschlick und Swisttal lenkte. Ich wählte Nebenstrecken, fuhr über enge Straßen abseits der Hauptwege. Kleine Dorfschaften, Felder. Die vertraute Landschaft lenkte mich nicht ab, und ich konnte meine Gedanken sortieren. Judith saß auf dem Beifahrersitz, las und ordnete Unterlagen, machte sich Notizen.

»Wie kommst du eigentlich klar?«, wollte ich von ihr wissen. Die gemeinsame Fahrt erinnerte mich an vergangene Diensteinsätze, als sie meine Praktikantin und ich ihre Lehrerin gewesen war. Die meisten tiefer gehenden Gespräche hatten wir in Situationen wie dieser geführt. Egal, ob über Privates oder über Erfahrungen, die wir mit dem jeweiligen Fall gemacht hatten.

»Was meinst du?«

»Deine neue Rolle.« Ich drehte mich zu ihr und lächelte. »Du bist die Leiterin einer Mordkommission. Das ist nicht schlecht für dein Alter. Da kann ich direkt ein bisschen stolz auf meine Fähigkeiten als Lehrerin sein.«

Judith nickte knapp. »Je nachdem, wie man es sieht.« Sie räusperte sich. »Ich habe eine Menge von dir und einigen anderen Kollegen gelernt, Ina. Das ist wahr. Aber das meiste habe ich mir selbst erarbeitet.«

»Natürlich.« Ich umfasste das Lenkrad fester. Vor mir quälte sich ein Traktor im Mofatempo über die Landstraße. Ich verdrehte die Augen. Sicher wären wir deutlich zügiger vor Ort gewesen, hätte ich die Autobahnstrecke vom Präsidium in die Eifel gewählt. Sie war zwar fast zwanzig Kilometer länger, aber eben schneller zu fahren.

Ich wartete auf einen guten Zeitpunkt, um zu überholen, fluchte leise in mich hinein und trat das Gaspedal durch, als sich endlich eine Lücke im Verkehr auftat. Im Rückspiegel sah ich das Gesicht des Traktorfahrers. Ein junger Mann, der vermutlich einen frisierten Kleinwagen zu Hause auf dem Hof stehen hatte und damit am Wochenende die Landstraßen unsicher machte. Unter den Umständen konnte ich ihn sogar verstehen.

»Betrachtet man den vermuteten Todeszeitpunkt und die fehlenden Drossel- und Abwehrspuren, kann unsere Leiche auf keinen Fall die Frau sein, deren angebliche Ermordung dein Wanderer beobachtet haben will. Die Fakten widersprechen seiner Aussage«, sagte Judith unvermittelt und schaute in meine Richtung, ohne mich direkt anzusehen.

Ich nickte nur.

»Aber sie ist erstickt.«

»Ja.« Ich ersparte mir jeden weiteren Kommentar. Sie redete nicht mit mir. Sie dachte laut nach.

»Und wenn es ein Selbstmord war, den jemand vertuschen wollte, indem er die Leiche auszog und an einen anderen Ort brachte?« Judith legte den Kopf in den Nacken. »Mit einer dieser Exit-Bags? Plastiktüte über den Kopf, zuziehen und abwarten, bis es vorbei ist?«

»Vergiss es«, warf ich ein. »Das ist nicht einfach mal so geschehen. Das dauert länger, als man denkt. Die meisten, die diesen Weg wählen, nehmen auch noch Schlaftabletten ein, damit sie sich die Tüte nicht wieder vom Kopf reißen, wenn ihnen die Luft ausgeht. Ich bin mir sicher, der toxikologische Bericht wird keine Schlafmittel beinhalten.« Ich setzte den Blinker und überholte einen besonders vorschriftsmäßig fahrenden Zeitgenossen.

»Wieso bist du dir sicher?«

»Was soll es bringen, das zu vertuschen?«

»Die drohende Schande, eine Lebensversicherung … Es gibt eine Menge Gründe, warum Angehörige oder Freunde einen Selbstmord als Unfall oder Mord tarnen wollen könnten.«

»Aber nicht in diesem Fall. Das war Mord. Das sagt mir meine Erfahrung.«

»Wenn sie gewaltsam erstickt wurde, ist es umso wichtiger, dass wir herausfinden, womit. So kämen wir dem Mörder ein Stück näher. Die Methode, die er wählt, sagt eine Menge über ihn aus.« Sie bückte sich in den Fußraum, zerrte ihren Rucksack hervor und kramte darin herum. Ein zerknitterter Briefumschlag fiel heraus. Judith hob ihn auf und wedelte damit herum. »Weißt du, was das ist, Ina?«, fragte sie und redete weiter, bevor ich den Mund aufmachen konnte. »Das ist vielleicht ein Teil meiner Zukunft.«

»Warum nur vielleicht?«

»Weil ich nicht weiß, wie die Antwort auf die Frage lautet, die ich gestellt habe.«

»Und wie lautet die Frage?«

»Ich habe mich um einen Praktikumsplatz auf einer Bodyfarm in den USA beworben. Leichen beim Verwesen zusehen, die Prozesse beobachten, katalogisieren, erfassen.« Sie strich mit der flachen Hand über die Briefmarke. »Das ist entweder die Zu- oder die Absage.«

»Mach ihn auf und lies. Dann weißt du es.« Als keine Reaktion kam, warf ich ihr einen raschen Seitenblick zu. Sie starrte reglos auf den Brief. »Du willst es gar nicht wissen, oder?«

»Noch nicht. Ich muss erst ein paar Dinge für mich klären.«

»Dienstlich? Du müsstest dich für diese Zeit beurlauben lassen. Hast du den Antrag schon gestellt?«

»Nein.« Sie schüttelte den Kopf. »Ich wollte erst abwarten, was sie sagen. Wenn sie mich nicht nehmen, und ich habe hier vorher die Pferde scheu gemacht …« Sie verstummte.

»Du meinst es ernst mit dieser Fallanalysesache.« Eine Feststellung.

»Ja.« Sie legte ihre Hände auf ihren Bauch. Die Sache schlug ihr anscheinend auf den Magen. »Sehr ernst.« Sie senkte den Blick. »Ich habe lange überlegen müssen, was ich wirklich will und was ich gut kann. Und es hat gedauert, bis ich es herausgefunden habe. Aber jetzt weiß ich es und will es auch erreichen.«

»Koste es, was es wolle?«

Sie zuckte mit den Schultern. Wie sie da saß, erinnerte sie mich an mich vor etwas mehr als zwanzig Jahren. Eine junge Kommissarin, voller Elan und Zuversicht, mit der eigenen Arbeit die Welt ein kleines bisschen besser zu machen. Und voller Vorstellungen über das eigene Leben, die sich dann im Laufe der Zeit immer mehr abschliffen und an die Realität anpassten.

»Die Arbeit hat mich meine erste Ehe gekostet. Zu viel Herz und Hirn für die Toten, zu wenig für den Mann. Es gefiel ihm nicht.« Ich setzte den Blinker und bog nach rechts in die Kommerner Straße ein, die uns ohne weitere Schlenker an unser Ziel führen würde.

»Hast du jemals überlegt, dich und deine Ziele um deines Partners willen zurückzustellen?«

»In kleinen Dingen? Ja. Natürlich. Das nennt man Kompromisse.« Ich grinste, wurde aber sofort wieder ernst. »Aber in den großen Belangen? Das wäre nicht gegangen. Mich in meinen Grundzügen verbiegen, damit ich von dem geliebt werde, den ich glaubte zu lieben? Nein. Das ist eine besondere Art des Selbstbetrugs.«

»Was war es damals bei dir? Was waren die großen Dinge?«

»Neben den nicht gewollten Kindern? Unterschiedliche Ideen vom Sinn des Lebens, etwas, was wir im ersten Schwung des Verliebtseins und der guten Anfangsjahre nicht gesehen haben. Oder dachten, wir könnten damit leben, dass der andere nicht die gleichen Ziele hat.« Ich ließ den Wagen langsam auf eine Ampel zurollen und betrachtete das neue Gewerbegebiet in Kommern, das sich in den letzten Jahren mit ungeheurer Geschwindigkeit ausgebreitet hatte. Wo ursprünglich ein Gartencenter einsam zwischen Feldern gestanden hatte, lockten heute ein Baumarkt, ein Elektronikhändler und andere Geschäfte die Käufer an. Vieles veränderte sich schleichend, und man bemerkte es erst, wenn es so weit war. »Manchmal sind es Themen, die eine Sache zum Einsturz bringen, die man selbst gar nicht als Problem ansieht, die aber für den anderen in bestimmten Lebenssituationen eine ungeheure Bedeutung bekommen. Das kommt dann überraschend, und man ist nicht vorbereitet auf die Wucht, mit der es einen trifft. Aber es geht hier nicht um mich, sondern um dich, Judith.« Ich räusperte mich, um die Heiserkeit, mit der die Gedanken an die Vergangenheit meine Stimmbänder belegten, zu vertreiben. »Diese Theorien über Täterprofile. Willst du wirklich wissen, was ich davon halte?«

»Das hast du bereits mehrfach durchblicken lassen.«

»Aber ich vermute, dass es deine Entscheidung nicht beeinflussen wird?«

»Richtig.«

»In zwanzig Minuten sind wir da.«

SIEBEN

Du stößt ihn zur Seite, rennst zur Wohnungstür und stolperst mit nackten Füßen die Treppe hinunter. Mit beiden Händen hältst du dich fest, rechts und links, an der Wand und am Geländer. Drei Stockwerke, die letzten Absätze springst du und achtest nicht auf die Steinchen und die Splitter, die sich in deine Fußsohlen bohren. Bevor du die Haustür öffnest, stoppst du einen Sekundenbruchteil und wappnest dich. Für dich besteht kein Zweifel: Die Bremsen kreischten für deine Schwester.

Durch das dünne gelbe Glas der Tür siehst du undeutliche Umrisse von Menschen. Du gehst hinaus. Sie stehen da und schauen in eine Richtung, treten beiseite, als du dich zwischen ihnen hindurchzwängst und bis an den Ort des Geschehens vordringst. Du hast dich nicht getäuscht. Sie liegt da. Vor einem Auto, dessen Fahrer bleich an der Motorhaube lehnt und zittert. Eine Frau hockt neben ihr, beugt sich über sie, tastet, fühlt.

»Was ist mit ihr?«, fragst du.

»Wir müssen auf den Notarzt warten«, antwortet sie.

»Ich bin ihre Schwester«, sagst du und flüsterst: »Die sie hinaus auf die Straße getrieben hat.«

»Was?« Die Frau schaut dich von unten herauf an. Sie hat nicht verstanden, was du gemurmelt hast, denkt vermutlich, es sei etwas Wichtiges. Was es ja auch ist, aber nur für dich. Und für deine Schwester. Der Triumph schwindet, hinterlässt schale Leere. Was, wenn sie schwer verletzt ist, was, wenn sie stirbt?

Du stehst neben ihr, spürst die Schuld auf dir lasten und weißt, sie wird dich nicht mehr loslassen. Du wolltest dich rächen. Ihr wehtun als Wiedergutmachung für all die Schläge und Niederlagen, die du durch sie erlitten hast. Die Seelenstiche und Magenhiebe. Hast nicht mit der Summe gerechnet, in der die Rache zuschlägt. Die Schuld zwingt dich auf die Knie. Du kauerst auf der Straße. Sie atmet mühsam, röchelt. Ihre Lider sind geschlossen. Blut läuft aus einer Wunde am Kopf über ihre Stirn und die vom Straßendreck beschmutzten Wangen. Ihre Nase steht in einem fremden Winkel, schwillt an und blutet heftig, während du auf sie hinuntersiehst. Ein dunkles Hämatom breitet sich um die Nase herum aus, kriecht unter ihre Augen, färbt die Haut blau.

Nach einer Weile kommt sie zu Bewusstsein. Tränen ziehen Striemen durch das Blut auf ihrem Gesicht, sie verzieht vor Schmerz die Mundwinkel. Sie erkennt dich, lächelt, ihre Hand tastet nach dir. Sie schließt ihre Finger um deine und drückt, wartet auf Antwort. Du streichst mit deiner freien Hand über ihre Haut. Hat sie vergessen, warum sie hier liegt? Weiß sie nicht, dass es deine Schuld ist? Man sagt, nach einem Unfall vergisst das Opfer einen gewissen Zeitraum vor dem Geschehen. Minuten, Stunden, Tage. So scheint es bei ihr zu sein.

In diesem Moment ist sie nichts als deine Schwester, die Schutz und Hilfe bei dir sucht. Wie sie es als kleines Mädchen getan hat. Wie du es ihr gegeben hast, in den Jahren, bevor der Neid kam. Jetzt sitzt ihr in einer Zeitblase, du hörst das Plätschern der Kanäle, riechst die Erdbeeren und den feuchten Lehm der Böden und spendest ihr Zuversicht, bis der Rettungswagen neben euch bremst und sie dir aus der Hand genommen wird.

Wenn sie überlebt, wenn alles eines Tages vorbei sein wird, wird die Erinnerung an die Minuten vor dem Unfall zurückkommen. Sie wird dich anklagen, dich deine Schuld spüren lassen, Wiedergutmachung einfordern. Du weißt es genau und erschrickst vor dem, was du dir wünschst.

***

»Warum an diesem Ort?« Judith drehte sich um die eigene Achse. »Warum auf diese Weise, nackt und so offensichtlich?« Sie nahm ein großformatiges Foto der Leiche, suchte die Position, von der aus es aufgenommen worden war, und sah abwechselnd das Bild und die Landschaft an. »Es wirkt achtlos.«

»Wie weggeworfen.«

»Die Stelle ist gut einsehbar. Es kann nicht darum gegangen sein, die Leiche zu verstecken.«

»Wollte der Täter die Tote ganz im Gegenteil vielleicht sogar zeigen?«

»Du meinst, es steckt eine Botschaft dahinter?«

»Ich meine nichts. Ich suche Möglichkeiten.« Ich stapfte am Rand der Wiese entlang.

»In den meisten Fällen, in denen die Mörder eine Botschaft mitteilen wollen, werden die Auffindesituationen mehr inszeniert. Es gibt darüber ganze Abhandlungen in der Fachliteratur zur Fallanalyse.«

»Sie lag nicht weit von der Straße entfernt. Die Spurensicherung hat keine Reifenabdrücke auf dem Gras gefunden.« Ich ging zu der Markierung, an der die Tote gelegen hatte, drehte mich um und schaute zur Straße. »Park doch bitte mal den Wagen um. An diese Stelle.« Ich wies mit dem Finger darauf.

Judith stieg ein, ließ den Motor an und setzte das Auto zurück. Sie machte Anstalten auszusteigen. Ich hob die Hand und hielt sie davon ab. Sie ließ die Seitenscheibe herunter.

»Wenn du eine nackte Frauenleiche bei dir hättest«, rief ich, »wie genau würdest du sie transportieren?«

»Im Kofferraum?«

»Vermutlich.« Ich nickte und ging auf das Auto zu.

Judith stieg aus und marschierte zum Heck. Sie öffnete die Kofferraumklappe, beugte sich vor und griff mit den Armen hinein, als ob sie etwas herausheben wollte. In dieser Position verharrte sie. »Wie groß war Natalya Verkova?«, fragte sie mit dumpfer Stimme aus dem Kofferraum heraus.

»Warte.« Ich ging zum Beifahrersitz, holte die Unterlagen und suchte nach den Informationen. »Ein Meter dreiundsiebzig, achtundfünfzig Kilo.«

»Keine sehr zierliche Frau.« Judith gab die gebeugte Haltung auf und legte ihre Fingerspitzen auf den Rand des Kofferraums. »Was ist mit Schleifspuren?«

»Nichts. Sie muss bis zu der Stelle getragen worden sein.«

»Was auf einen Mann schließen lässt.« Sie hob die Hände vor ihren Körper, drückte den Rücken durch und ging mit angewinkelten Unterarmen auf das Grün zu. »Ich habe die Tote aus dem Kofferraum gehoben und will sie hier irgendwo loswerden. Schnell.« Sie blickte sich um. »Was ist mit dem Wasser da vorn? Vielleicht sollte ich die Leiche darin versenken.«

»Was hat den Mörder abgehalten?«

»Ein Auto könnte vorbeigekommen sein. Jemand aus dem Ort.«

»Die Kurve hier ist ziemlich unübersichtlich. Man sieht ein ankommendes Auto erst, wenn es schon beinahe da ist.« Ich hielt inne und lauschte. Bis auf vereinzelte Vogelstimmen war es still. »Vermutlich hört man es, bevor man es sieht.«

»Trotzdem musste der Mörder damit rechnen, gesehen zu werden.« Judith wies auf die beiden angrenzenden Häuser. »Vor allem von dem Haus dort auf der anderen Straßenseite aus ist die Gefahr groß.«

»Wenn der Mörder aus Richtung Scheuren kam, hätten die Bewohner von dem einen Fenster im ersten Stock direkt in den Kofferraum hineinsehen können.«

»Okay, noch mal. Ich will eine Leiche entsorgen.« Judith setzte sich auf eine Bank, die etwas abseits unter einem alten Baum stand und von der aus man eine gute Sicht über den Weiher, die beiden Häuser und das winzige Stück Wiese hatte, auf dem die Tote gelegen hatte. »Um den Tümpel herum führt ein Weg. Warum nicht da? Warum nicht ins Wasser?«

»Weil es schnell gehen muss?«

»Warum?«

»Weil ich die Leiche so rasch wie möglich loswerden will. Vielleicht bin ich in Panik.«

»Weil das alles so nicht geplant war? Habe ich sie womöglich gar nicht umbringen wollen?«

»Geplant oder nicht geplant: Wir müssen zuerst wissen, wie sie genau umgebracht wurde. Solange das nicht klar ist, hat alles, was wir hier veranstalten, keinen Sinn.« Ich ging zurück zum Wagen. »Es nutzt nichts. Am besten werden wir jetzt ganz altmodisch die Dreiborner Klinken putzen gehen.«

»Heißen hier eigentlich alle Wolter oder Berners?«, fragte Judith, nachdem wir drei Stunden durch Dreiborn gelaufen waren und alle, die wir angetroffen hatten, darüber befragt hatten, ob ihnen in dem entsprechenden Zeitraum etwas aufgefallen war. Eng bebaut wand sich die Straße den Berg hinauf. Alte Häuser, umgebaute oder restaurierte Anwesen und Neubauten. Alles war hier vertreten. Annähernd alle Gebäude waren Einfamilienhäuser, und so würde es noch eine geraume Weile dauern, bis wir an der letzten Haustür geklingelt hatten. Überall schlugen uns Interesse und Neugierde entgegen, aber niemand hatte etwas gesehen oder gehört.

»Vielleicht hat der Tod der Frau ja was mit dem Windpark zu tun, den die da bauen wollen?«, schlug der ältere Herr vor, den wir als Nächstes antrafen. »Da sind ja nicht alle einverstanden mit.«

»Inwiefern?«, wollte Judith wissen, und ich erinnerte mich vage an die Angelegenheit. Im vergangenen Dezember hatte die Lokalpresse darüber berichtet, aber ich hatte die Diskussion nicht weiter verfolgt. Manchmal waren Dreiborn und Gemünd Welten voneinander entfernt. Wenn ich ehrlich war, hatte ich an der Gegend hier oben nie viel Interesse gehabt. Erst durch Steffen hatte ich sie – auf der einen oder anderen Wanderung, die er mit mir durch »sein« Revier gemacht hatte – besser kennengelernt.

»Die Stadt hat die Dorfgemeinschaften an den Verträgen beteiligt, und jetzt bekommen alle von den Einnahmen was ab. Zwar nur für gemeinnützige Zwecke, aber immerhin.«

»Und wo ist das Problem?«

»Es gibt ein paar, denen passt das nicht.« Der alte Herr wies mit der Hand in Richtung Patersweiher. »Der Windpark muss näher an die Bebauung ran, als ursprünglich geplant war, weil er sonst zu dicht am Nationalpark dran ist.« Er hob den Zeigefinger der rechten Hand. »Diese Windräder werden riesig. Fast doppelt so hoch wie die in Broich, und die sind schon mächtig.«

Ich erinnerte mich wieder daran, dass Steffen mir davon erzählt hatte. »Hundertachtzig Meter«, warf ich ein, und der alte Herr nickte bestätigend.

»Das sind über zwanzig Meter mehr als der Kölner Dom. Stellen Sie sich das mal vor.« Er presste die Lippen aufeinander, und ich sah ihm die Unsicherheit darüber an, auf welche Seite er sich mit seiner Meinung schlagen sollte. »Da muss man sich gut überlegen, ob man das wirklich will. Geld hin oder her.«

»Sind denn in dem Zusammenhang Drohungen ausgesprochen worden?« Judith schrieb eifrig mit. »Können Sie Namen nennen?«

»Enee.« Der alte Herr verschränkte die Arme vor der Brust und sah uns von seinem Treppenabsatz herab an. »Namen kann ich Ihnen keine nennen.« Er legte die Hand vor den Mund. »Das war ja auch eher mal so ins Blaue gesprochen.« Er trat zurück in seinen Flur. »Wenn Sie mich jetzt entschuldigen täten, die Frau hat das Essen sicher bald fertig.« Er schloss die Haustür.

Judith sah auf ihre Armbanduhr und dann mich an. »Jetzt? Um vier Uhr?«, fragte sie erstaunt.

Ich zuckte mit den Schultern. Ich hatte mir schon lange abgewöhnt, mich über die Angewohnheiten der Menschen zu wundern, mit denen ich es zu tun hatte. Oder über ihre Ausreden.

»Für den Fall, dass diese Windradgeschichte tatsächlich irgendwie mit dem Mord zusammenhängt, sollten wir überprüfen, ob Natalya Verkova einen der Beteiligten kannte«, schlug ich vor. »Zum Beispiel über –«

»Nein«, fiel mir Judith ins Wort. »Aus zwei Gründen: Zum einen ist es aufgrund der Dauer ihres Aufenthaltes in meinen Augen sehr unwahrscheinlich, dass sie etwas mit dem Thema zu tun hatte. Und es würde sich auch in der Präsentation der Leiche anders darstellen. Warum sollte der Mörder sie ausziehen, wenn es um ein politisches Streitthema geht?«

»Um von sich abzulenken?«

»Wäre möglich. Aber dann müsste man wieder von einer bewussten Inszenierung sprechen. Eben um die Spuren zu verwischen. Wir haben aber doch bereits darüber gesprochen«, sagte sie wie eine Lehrerin zu einer renitenten Schülerin, »dass in diesem Fall jegliche Inszenierung fehlt. Ein Serienmord könnte natürlich ohne diese Merkmale daherkommen.«

»Jetzt mach mal halblang, Judith.« Ich schnaubte genervt. »Serienmord? Wir sind in der Eifel. In Dreiborn.«

»Interessante Argumentation.« Sie sah mich an. »Was hat das eine mit dem anderen zu tun?«

»Nichts.« Ich drehte mich um, ging die wenigen Schritte bis zum nächsten Haus und klingelte. Diese ganze Sache hier schmeckte mir nicht. Es fühlte sich alles so zerpflückt und sinnlos an. Wir hatten bisher nicht die geringste Ahnung, in welcher Richtung wir eine Spur auch nur vermuten konnten. Wir stocherten im Nebel, und das war nicht gut. Je mehr Zeit verging, umso schlechter standen unsere Chancen, den Mörder zu erwischen.

Eine hochschwangere junge Frau öffnete die Tür und legte eine Hand auf die Klinke, während sie mit der anderen ein ungefähr dreijähriges Mädchen davon abhielt, zu uns hinauszulaufen. Ich stellte ihr die gleichen Fragen, die ich allen zuvor gestellt hatte, und bekam die gleichen Antworten. Nichts gesehen. Nichts gehört. Nichts bemerkt.

»Lass uns die Sache für heute beenden, Judith. Das bringt so nichts.«

***

Das Wasser prasselte auf ihre Stirn, lief in den Nacken und rann in warmen Strömen über ihren ganzen Leib. Judith schloss die Augen und hatte das Gefühl, im nächsten Moment einzuschlafen. Hier. Unter der Dusche stehend, bis sich ihre Haut ablösen und mit dem Duschstrahl in den Abfluss rinnen würde. Nicht bewegen. Nicht denken. Nur die Hitze spüren und die Müdigkeit. Sie öffnete leicht die Lippen und atmete durch den Wasserstrahl hindurch. Die Frau in Dreiborn hatte stolz ihren Bauch vor sich hergetragen. Wie eine Trophäe: Seht her. Ich mehre mich. Mit ihrer Linken drehte Judith die Temperatur höher und ließ das Kinn sinken. Sie hob die Lider. Wasser tropfte über die Wimpern. Es störte sie nicht. Mit beiden Händen berührte sie ihre Brüste. Ihren Leib. Es konnte sein. Konnte es? Ihre Periode war immer regelmäßig, wie alles an ihr strukturiert, ordentlich und den Zyklen folgend. Jetzt spielte sie verrückt. Zu einem Zeitpunkt, der ungünstiger nicht sein konnte, hatte ihr Körper sie überlistet, sich ihrer Kontrolle entzogen. Sie tastete ihre Brüste ab. Wie ein Arzt es tun würde. Ohne persönlichen Bezug. Es war nicht ihre Haut, die ihre Fingerspitzen befühlten, nicht ihr Fleisch, das sie eindrückten und nach verräterischen

Anzeichen absuchten. Waren sie schwer? Geschwollen? Weicher als sonst? Wieder schloss sie die Augen. Wollte nichts sehen, nur nachspüren. Aber da war nichts. Und alles. Sie ahnte es. Sie wollte nichts wissen. Nicht jetzt. Etwas anderes denken. Ihre Finger schlossen sich um den Temperaturregler und legten ihn um. Als das kalte Wasser wie in einem Schwall über ihre Schultern floss, schrie sie auf und sprang zur Seite. Keuchend drehte sie den Hahn zu. Ihre Haut prickelte. Die Müdigkeit verzog sich wie ein getretener Hund in die hinterste Ecke ihres Geistes.

Ihre Ermittlungen steckten in einer Sackgasse fest. Es tat sich nichts. Kein neuer Hinweis. Kein Vorwärtskommen. Sie brauchten mehr Informationen über Natalya Verkova. Ina hatte den Antrag an das Landeskriminalamt geschickt, doch sie hatten noch nicht einmal eine Rückmeldung über den Eingang der Anfrage. Wie lange würde es erst dauern, bis eine Antwort käme. Würde es überhaupt eine geben? Wenn nicht, was dann? Sie wussten nichts über die Frau, abgesehen vom Tag ihrer Einreise vor ein paar Tagen. Was hatte sie in der Zwischenzeit gemacht? Wo hatte sie geschlafen? Wen getroffen?

Judith schlang ein Handtuch um ihren Körper, nahm ihren Laptop und ging zu ihrem Lieblingssessel. Sie setzte sich und rief die Suchmaschinenseite auf. Sie probierte verschiedene Links, bis sie auf der Seite der deutschen Botschaft in Kiew landete und dort ein Antragsformular fand. Neben den obligatorischen Passbildern gab es eine Menge Anforderungen, die ein Besucher aus einem Land, das nicht der EU angehörte, erfüllen musste, um nach Deutschland einreisen zu dürfen. Nachweise über Reisekrankenversicherungen, Steuererklärungen und eine Bestätigung des Arbeitgebers waren dem Formular beizufügen. Außerdem ein unterschriebener Einladungsbrief des deutschen Gastgebers. Nur wer alle diese Kriterien erfüllte und die erforderlichen Papiere beibrachte, bekam das Visum. Judith stutzte. Irgendjemand hatte Natalya Verkova eingeladen, nach Deutschland zu kommen. Sie mussten diesen Jemand finden. Schnell. Nicht erst, wenn die internationalen Mühlen zu Ende gemahlen hatten. Sie brauchte einen direkteren Zugang zu dieser Information. Es war ihr erster Fall als Leiterin einer Mordkommission, und sie wollte ihre Arbeit gut machen.

Sie griff nach dem Handy, suchte Inas Nummer und verharrte. Nein. Nicht Ina. Sie selbst musste das Problem lösen. Auf den Ämtern in der Ukraine anzurufen, würde an der Sprachbarriere scheitern. Abgesehen von den katastrophalen Auswirkungen auf ihre Karriere. Dienstwege nicht einzuhalten, war nie gut. Und sobald internationale Behörden betroffen waren, reagierten alle Beteiligten mehr als verschnupft.

Sie sah sein Gesicht vor ihrem inneren Auge, bevor ihr der Name einfiel. Artem. Er konnte ihr vielleicht helfen. Dazu waren solche Fortbildungskurse schließlich auch da. Nationale und internationale Zusammenarbeit auf dem kurzen Dienstweg. Obwohl es niemand offiziell so sagte und sie wirklich nur ihre Fortbildung im Sinn gehabt hatte. Sie versuchte, sich zu erinnern: Er hatte gesagt, er sei aus der Ukraine. Artem. Sein Vorname. Und wie weiter?

»Er war im gleichen Informationsvortrag zur Weiterbildung zum Fallanalytiker wie ich.« Judith lauschte in den Hörer. Auf der anderen Seite des Anschlusses klackerte eine Computertastatur, unterbrochen von mehreren »Hmms« und diversen Seufzern. Sie hatte Glück gehabt, dass die Zentrale noch besetzt war. »Ich musste mich in eine Liste eintragen, schauen Sie doch bitte da nach. Es ist wirklich wichtig.«

»Und worum geht es bitte? Sie haben sicher Verständnis dafür, dass wir persönliche Daten nicht weitergeben dürfen.«

Judith zögerte. Die Wahrheit zu sagen, war völlig indiskutabel. Das würde im höchsten Fall eine Belehrung in internationaler Polizeizusammenarbeit nach sich ziehen und ihr mit Sicherheit nicht die gewünschte Information bringen.

»Privat«, murmelte sie daher leise, räusperte sich und sagte dann lauter: »Die Angelegenheit ist privat und wirklich sehr wichtig.« Sie spürte, wie ihr die Röte in die Wangen schoss.

Sie war immer schon eine sehr schlechte Lügnerin gewesen. Schon als Kind konnte sie kein heimlich genaschtes Schokoladenstückchen vor ihrer Mutter verbergen, weshalb sie es sich irgendwann abgewöhnt hatte, auch nur den leisesten Versuch einer Lüge zu starten. Aber das hier war etwas anderes, oder zumindest versuchte sie, sich das einzureden. Keine Lüge.

»Aha.« Die Dame in der LAFP-Zentrale seufzte erneut. »Soso. Privat.« Wieder klackerte die Tastatur.

Judith wartete. Es war ihr egal, was die Frau dachte. Obwohl es, wenn sie die Betonung der Seufzer und leisen Huster richtig interpretierte, eindeutig war.

»Rudenko. Artem Rudenko.« Pause. Klackern. »Das ist der einzige Kollege mit diesem Vornamen, den ich auf dieser Liste finden kann.«

»Vielen Dank! Das ist er«, sagte Judith erleichtert. »Ich danke Ihnen für Ihre Mühe. Sie haben mir sehr geholfen. Auf Wiederhören.«

»Keine Ursache. Aber wollen Sie denn nicht wissen, wie Sie ihn erreichen können?«

»Doch. Ja. Natürlich.«

»Dachte ich's mir doch. Haben Sie etwas zum Schreiben? Ich buchstabiere.« Sie nannte Judith die Adresse und eine Telefonnummer. »Da haben Sie aber einen guten Griff getan«, schob sie nach. »Der Herr ist der Leiter der Mordkommission in Odessa.«

Judith schwieg.

»Die Nummer, die ich Ihnen gegeben habe, ist seine Dienstnummer. Nur zur Information.«

Judith starrte auf die gegenüberliegende Zimmerwand, lauschte auf die Geräusche im Hörer und wartete.

»Kann ich bitte Herrn Artem Rudenko sprechen?«, antwortete sie in englischer Sprache, als sich nach langem Klingeln eine weibliche Stimme meldete und einen Spruch herunterratterte, von dem Judith nichts verstand. Entgegen ihrer Erwartung war die Leitung gut, sie hatte das Gefühl, mit ihrer Nachbarin zu telefonieren, nicht mit einer Polizeistation im Südosten der Ukraine.

»Just a moment, please«, sagte die Frau, dann herrschte absolute Stille.

Judith zögerte. War die Verbindung unterbrochen?

»Rudenko.« Eine dunkle Männerstimme, deren Befehlston nicht annähernd an die freundliche Neugierde erinnerte, die er in ihrer Unterhaltung an den Tag gelegt hatte.

Judith fühlte ihren Herzschlag. Was, wenn das, was sie gerade hier machte, ein großer Fehler war? Die Dienstvorschriften zu umgehen und damit folgenschwere Konsequenzen auf sich zu laden, war nicht das, was sie von sich kannte.

»Hallo? Wer ist da?«, fragte Rudenko auf Englisch, und bevor er auflegen konnte, meldete Judith sich auf Deutsch.

»Judith Bleuler. Ich bin nicht sicher, ob Sie sich an mich erinnern. Wir kennen uns aus der Informationsveranstaltung in Neuss.«

»Ich erinnere mich. Natürlich«, kam es deutlich freundlicher. »Warum rufen Sie mich an?«

»Weil …« Judith verkrampfte sich. Sie spürte ihren Unwillen, gegen die Regeln zu verstoßen, körperlich. Ihre Handflächen schwitzten, ihr Puls hämmerte in den Schläfen, und ihre Knie zitterten.

»Ja?«, fragte er in abwartendem Tonfall, und bei Judith verstärkte sich der Eindruck, dass er auf der Hut war. »Frau Bleuler, Sie haben Glück, mich zu erreichen. Ich stecke mitten in einem Fall und bin nur deswegen noch so spät im Dienst.«

»Ich brauche Ihre Hilfe.«

»Wobei?«

»Ich benötige Informationen.«

»Worüber?«

»Ich weiß, dass es andere Wege gibt, Ihre Behörden zu kontaktieren, aber –«

»Das dauert Ihnen zu lange«, unterbrach er sie, und sie hörte, wie er leise lachte.

»Ja.«

»Gut.«

»Hören Sie, ich will wirklich keinen Ärger. Weder will ich welchen verursachen noch ihn mir selbst einhandeln, aber …«

»Manchmal ist der … wie nennen Sie es? Der kurze Dienstweg der einfachere.« Diesmal lachte er laut. »Das kann ich gut verstehen. Also, was brauchen Sie?«

Judith fasste kurz den aktuellen Fall und das wenige, was sie über Natalya Verkova wussten, zusammen. »Das heißt, ich brauche alle Details, die ich von Ihnen darüber bekommen kann«, schloss sie nach wenigen Minuten.

Rudenko schwieg einen Moment, und Judith befürchtete schon, sie hätte zu viel von ihm verlangt.

»Reicht Ihnen morgen früh? Ich muss einige Erkundigungen einziehen.«

»Morgen ist wunderbar.« Sie schaute auf ihre Uhr. »Heute ist es schon spät, und ich kann sowieso nichts mehr machen.«

»Sie hatten mir doch gesagt, Sie wollten gut sein, oder?«

»Ja. Das hatte ich. Und ja, das will ich auch.«

»Dann gibt es kein ›zu spät, um etwas zu machen‹. Merken Sie sich das, junge Kollegin aus Deutschland. Und jetzt geben Sie mir Ihre Handynummer, damit ich Sie immer und überall erreichen kann.«

***

Zu Hause erwartete mich neben der üblichen Wummermusik aus Henrikes Zimmer ein schön gedeckter Abendbrottisch. Es dauerte einen Moment, bis mir klar wurde, dass vier Teller und vier Gläser dort standen. Also kein Friedensangebot von Henrike an mich, sondern ein Besuch von Hermann und Amalie zum Abendessen.

»Mist«, fluchte ich leise. Ich hatte mein Versprechen, auf einen Kaffee bei ihm und Amalie vorbeizuschauen, nicht gehalten. Schlimmer noch. Nicht einmal zu einem Anruf hatte es gereicht.

»Da bist du ja.« Amalie betrat die Küche, kam auf mich zu und legte mir zur Begrüßung die Hand auf den Arm. »Schön. Dann können wir gleich essen.«

Sie ging zum Kühlschrank und öffnete ihn, nahm eine Platte mit Aufschnitt in die eine und eine Käseplatte in die andere Hand und stellte beides in die Mitte des Tisches. »Wie läuft es so auf der Arbeit?«, fragte sie und drehte sich wieder zum Kühlschrank. Es folgten kleine Schüsselchen mit Mixed Pickles, sauren Gürkchen und selbst gemachtem Kräuterquark sowie eine Rohkostplatte, die sie neben Henrikes Platz absetzte.

»Ehrlich gesagt, nicht so gut.« Ich lehnte mich an das Küchenbüfett, das noch von meiner Großmutter stammte, um Amalie nicht im Weg zu stehen. Bei früheren Gelegenheiten hatte sie mir deutlich zu verstehen gegeben, dass ich, wenn sie für eine Mahlzeit sorgte, in meinem eigenen Haus Gast war und tunlichst keinen Finger zu rühren hatte. Jeder meiner Versuche, zu helfen, war im Keim erstickt worden.

Amalie war der Ansicht, dass ich einen Männerberuf ausübte und deswegen auch wie ein Mann das Recht hatte, ein bisschen betüdelt zu werden. Zumindest, wenn sie zuständig war. Daher wunderte ich mich, als sie meine Antwort auf ihre Frage nicht weiter kommentierte, sondern mich stattdessen bat, für die Getränke zu sorgen.

»Alles in Ordnung?«, fragte ich sie besorgt, während ich die Balkontür öffnete, um Mineralwasser und alkoholfreies Bier aus den Kästen zu nehmen.

»Was soll nicht in Ordnung sein?« Sie sah mich an, nur kurz. Und zu betont gleichgültig, als dass ich nicht misstrauisch geworden wäre.

»Wo ist Hermann?«, wollte ich wissen.

»Bei Henrike.«

Hermann hatte sich in den letzten Monaten zu Henrikes Vertrautem entwickelt. Ihm erzählte sie Dinge, die sie mit mir nicht besprechen wollte. Vielleicht lag es daran, dass Hermann sich immer schon Enkelkinder gewünscht hatte. Er hatte sich mit Freuden auf diese neue Aufgabe gestürzt und ging mit unendlicher Geduld auf Henrike ein. Einer Geduld, die mir in unserem normalen Alltag fehlte, auch wenn ich sie mir immer wieder vornahm.

»Was machen sie?«

»Sie reden.« Amalie legte Kuchengabeln neben die Schalen mit den Beilagen und steckte einen Teelöffel in den Quark. »So. Fertig.« Mit einer fahrigen Bewegung wischte sie die Hände an einem Geschirrhandtuch ab.

»Hat Henrike euch angerufen?«

»Sie hat Hermann angerufen.«

»Und sich bitter über mich beklagt, richtig?«

»So kann man es ausdrücken.«

»Ich vermute, sie hat nicht alles erzählt.«

»Das weiß ich nicht. Ich weiß ja nicht, was alles ist. Sie hat Hermann und er im Anschluss mir das anvertraut, was ihr wichtig erscheint.«

»Möchtet ihr meine Version hören?«

»Was seid ihr, Ina? Zwei Fünfzehnjährige, die sich streiten, wer recht hat? Oder ist eine von euch die Erwachsene, die den Überblick behalten sollte, auch wenn es heftig wird?«

»Heftig ist nicht der richtige Ausdruck.«

»Ich weiß.« Sie lächelte, kam zu mir und legte mir ihre Hand auf den Arm. »Kinder in diesem Alter wissen genau, wo die Schwachstellen ihrer Eltern sind, und sie stechen gnadenlos hinein.« Sie ging zum Tisch, zog einen Stuhl ein Stück nach hinten und nahm Platz. »Auch wenn sie dich verletzt, Ina. Du musst trotzdem Herrin der Lage bleiben.«

»Indem ich was tue?«

»Zuhören. Dasein. Nicht alles gutheißen, was sie sagt und tut. Aber immer zu ihr als Mensch stehen.«

»Jaja. Ist mir klar. Grenzen setzen und einhalten. Verständnis aufbringen. Sie sich abgrenzen lassen.« Ich setzte mich ebenfalls an den Tisch und nahm mein Messer in die Hand. Mit der Spitze ritzte ich Streifen und Muster in die Papierserviette, worauf Amalie missbilligend den Kopf schüttelte und mir die Serviette wegnahm. »Aber es ist nicht so einfach. Das kannst du mir glauben«, ergänzte ich.

»Ich habe nichts anderes behauptet.« Sie sprach leise, und ich hörte, wie sie seufzte.

Ich sah sie an. Unter ihren Augen lagen Schatten, die mir vorher nie aufgefallen waren. Ihre Haut wirkte nicht so strahlend wie sonst, obwohl sie wie immer perfekt geschminkt war. Außerdem schien sie mir dünner geworden zu sein. Was war hier los? Ging es überhaupt um Henrike? Oder war da noch etwas anderes im Busch?

»Geht es dir gut, Amalie?«, fragte ich, und diesmal war ich

es, die ihre Hand suchte. Sie war mehr für mich als nur die Freundin meines Vaters. Unsere Familie war eine Familie von Ersatzmüttern, die alle versuchten, diesen Job so gut wie möglich zu machen. Zurzeit lag Amalie klar vorn im Rennen. Ich strich über ihre runzelige Haut, die dünn wie Papier schien. Sie zitterte. »Bist du krank?« Ich neigte mich zu ihr. Sie verneinte, und in ihren Augen bemerkte ich Tränen.

»Nein. Ich bin nicht krank, aber …«

»So«, tönte Hermann dazwischen, als er die Küche betrat, und sie verstummte. »Fütterung der Raubtiere.«

Er schob Henrike zu ihrem Platz, zog den Stuhl unter dem Tisch hervor und wies sie mit einer übertriebenen Geste an, sich zu setzen. Er lächelte in die Runde, streifte mich mit einem kurzen Blick, und in dem Moment erkannte ich, was ich die ganze Zeit nicht gesehen hatte. Es ging nicht um Henrike. Auch nicht um Amalie. Es ging um Hermann. Meinen Vater. Und es war ernst.

ACHT

Sie haben sie mitgenommen und in ein Krankenhaus gebracht. Es dauert Stunden, bis du erfährst, in welcher Klinik sie behandelt wird, und noch mehr Zeit vergeht, bis du einen Arzt in den langen Gängen und deine Schwester in den übervollen Zimmern gefunden hast.

»Wir werden sie eine Weile hierbehalten und sie beobachten müssen«, sagt er und schaut auf seine schlafende Patientin. Das Gesicht deiner Schwester ist unter dicken Verbänden verschwunden. »Ihre Nase ist gebrochen, und sie hat eine Gehirnerschütterung. Gehen Sie in die Verwaltung und bezahlen Sie für drei Tage. Dann sehen wir weiter.« Geschäftsmäßig wendet er sich ab, der nächsten Patientin im Nachbarbett zu.

Du überlegst, wie du es mit deiner Arbeit vereinbaren kannst. Du wirst ihr das Essen bringen müssen, mindestens einmal am Tag, weil das schlechte Essen im Krankenhaus sie nur noch kränker machen würde. Jeder weiß das, auch wenn niemand darüber spricht. Du wirst sie füttern und waschen, solange sie es nicht selbst kann, weil niemand da ist, der es tun wird. Die Ärzte sind gut. Sie wissen viel und werden deine Schwester heilen, wenn zu heilen ist, was du ihr angetan hast, aber pflegen musst du sie. Du wirst auch das Geld für die Behandlung aufbringen müssen. Viel Geld. Dein Erspartes wird aufgefressen werden von den Kosten für Medikamente und Verbandsmaterial. Wenn du keines in der Apotheke kaufst, werden sie alte Verbände benutzen, von anderen Kranken durchgeblutet, dann gewaschen und wiederverwendet. Du schauderst vor Ekel bei dem Gedanken.

Zwei Tage vergehen. Es ist noch Nacht, wenn du aufstehst, um zu ihr zu fahren und dich um sie zu kümmern. Die Fahrt mit dem Bus zur Klinik dauert eine Stunde, eine weitere brauchst du, um pünktlich auf deiner Arbeit zu erscheinen. Dazwischen fütterst, kämmst und wäschst du deine Schwester, deren Kopf schmerzt, die von Übelkeit und Erbrechen geplagt wird und das wenige, was sie von dem mitgebrachten Essen herunterbringt, mit grüner Galle vermischt wieder ausspuckt. Aber die ganze Zeit lächelt sie dich an. Dankbar für die Hilfe und das Opfer, das du bringst. Dankbar für deine Sorge.

Am Abend der gleiche Weg. Von der Arbeitsstelle ins Krankenhaus. Vorher in einen Laden, Brot und Käse kaufen und Milch. Sie mag Milch, trinkt sie in gierigen Schlucken wie früher. Ihre Erinnerung an die Stunden vor dem Unfall bleibt verborgen, ist im Dunkel der Erschütterung, des Aufpralls begraben, bis du am Morgen des dritten Tages die Tür zu dem Zimmer öffnest, in dem sie mit vier anderen Patienten untergebracht ist, und in ihr Gesicht blickst.

Sie hat sich erinnert.

»Meine Nase ist gebrochen«, sagt sie mit knarzender Stimme, und du nickst. Für einen Augenblick bedauerst du ihr Wiederauftauchen in der richtigen Zeit. Das endgültige Ende der Kindheit.

»Deine Nase ist gebrochen«, wiederholst du ihre Worte. »Wusstest du das nicht? Hat der Arzt dir das nicht gesagt?«

»Doch, doch.«

Du verbirgst deine Verblüffung. Es geht ihr nicht um den gegenseitigen Betrug, nicht um gebrochenes Vertrauen, nicht um den Mann. Ihre Gedanken kreisen um ihr Aussehen. Um ihren Vorteil dir gegenüber. »Sie wird heilen«, sagst du verständnislos.

»Ich werde entstellt sein. Jeder wird es sehen. Ich werde hässlich sein.« Sie rappelt sich in ihrem Bett auf, verzieht ärgerlich den Mund.

»Das ist noch nicht sicher. Wenn die Schwellung abgeklungen ist, wird man fast nichts mehr sehen, hat der Arzt gesagt.«

»Aber ich werde es sehen. Ich werde es wissen.« Sie faucht wie eine Katze. »Und du trägst Schuld daran.«

***

»Natalya Verkova wurde von einer Dame namens Corinna Eckbacher aus Euskirchen eingeladen. Sonst hätte sie das Besuchervisum nie bekommen«, sagte Judith und eröffnete so die Teamsitzung. »Um als Nicht-EU-Bürger unser schönes Land zu bereisen, muss man etliche Voraussetzungen erfüllen. Eine persönliche Einladung ist eine davon.«

»Hat das LKA denn schon eine Antwort geschickt?«, fragte Ina überrascht. »In meinem Mailaccount war nichts. Haben sie es dir direkt zukommen lassen? Ich hatte dich ja cc gesetzt.«

»Nein«, erwiderte Judith, ohne Ina anzusehen. »Es tut nichts zur Sache, woher ich die Infos habe. Wichtig ist, dass wir damit endlich einen Schritt weiterkommen in dieser ganzen vertrackten Angelegenheit.«

Artem Rudenko hatte sie mit seinem Anruf geweckt und ihr knapp und sachlich die gewünschten Informationen durchgegeben. Familienstand, Ausbildung, Kontostand. Vater nicht bekannt, Mutter verstorben, eine Schwester. Verdient ihr Geld als Totenwäscherin, hat sich in der Ukraine aber um ein Stipendium für ein Medizinstudium beworben. Was wollte so eine Frau in Euskirchen?

»Tut nichts zur Sache, soso.« Nils Memmert sah Judith bedeutungsvoll an. »Dann wollen wir auch besser nicht nachhaken, was, Ina?« Er schmunzelte verhalten.

»Wie bitte?« Ina schaute ihn an, als ob sie erst bei der Erwähnung ihres Namens aufmerksam geworden wäre und den Anfang des Satzes gar nicht gehört hätte. Judith fiel auf, wie schlecht sie aussah. Müde, abgekämpft und mit geschwollenen und geröteten Augen, als habe sie geweint. Sie widerstand dem Impuls, Ina zu fragen, wie es ihr ging. Sie musste und wollte die Sache vorantreiben. Persönliche Belange waren wichtig, durften aber nicht im Vordergrund stehen. Weder bei ihr noch bei anderen. Sie würde nachhaken. Später. Nicht jetzt. Ina war zum Dienst erschienen, unabhängig von dem, was ihr privat passiert war. Nur das zählte.

»Die Wege unserer Chefin sind unergründlich«, frotzelte Nils Memmert. Niemand reagierte.

»Ina«, sagte Judith und schob ihrer Kollegin über den Besprechungstisch einen Zettel zu. »Hier ist die Adresse. Ich möchte, dass du mit Nils zu ihr fährst und die Befragung durchführst.«

Ina nickte stumm, zog ihre Dienstmütze, die sie vor sich auf den Tisch gelegt hatte, zu sich heran und stand auf. »Kein Problem.« Sie blieb unschlüssig stehen, starrte für einen kurzen Moment aus dem Fenster. Dann gab sie sich einen Ruck, klebte ein Lächeln in ihr Gesicht und wandte sich Nils Memmert zu. »Fertig?« Ohne seine Antwort abzuwarten, ging sie aus dem Zimmer.

»Was ist der denn über die Leber gelaufen?«, murmelte Nils.

Er nahm mit einem Griff sein Handy und den Wagenschlüssel an sich und folgte Ina. »Ich melde mich, sobald wir etwas wissen.«

***

Es war gut, nicht selbst fahren zu müssen. Es war gut, etwas tun zu können. Etwas, das mich ablenkte. Etwas, das den Ring, der sich gestern Abend um meine Brust gelegt und mit jedem Wort, das Hermann sagte, enger gezogen hatte, vergessen ließ. Krebs. Er hatte so beiläufig darüber gesprochen, wie er mir von einem Sonntagsausflug, den er gemeinsam mit Amalie plante, erzählen würde. Krebs. Das Wort hallte nach in mir. Er spielte es herunter. Redete davon, dass man nicht auf jede Kleinigkeit achten und wegen jedem Mist zum Arzt rennen dürfe. Es sei schon alles nicht so schlimm. Er leugnete es, wollte es nicht wahrhaben. Wir hatten gestritten. Darüber, was er tun sollte. Darüber, dass er es schnell tun sollte. Die Diagnose lag vor. Sie machte nicht viel Hoffnung.

Danach hatte ich versucht, es ihm gleichzutun. Zu verdrängen. Zu vergessen. Die Angst. Die Sorge. Vergeblich. Beides verfolgte mich bis in den Traum und ließ mich schweißgebadet und mit rasendem Herzen aufwachen.

Vielleicht schaffte die Arbeit, was der Schlaf nicht erreicht hatte.

»Voilà. Wir sind da.« Nils Memmert parkte den Wagen am Straßenrand und schaltete den Motor ab. »Stehen auf dem Zettel noch mehr Informationen?«

»Nein.« Ich stieg aus, streckte mich und atmete tief ein. Wir standen vor einem Einfamilienhaus. Nicht luxuriös, nicht auffällig. Kleiner Vorgarten. Pflegeleicht, praktisch. Ich vergewisserte mich, dass die Adresse stimmte, und ging auf die Haustür zu. Ich suchte nach dem Namensschild und drückte auf die Klingel. Nichts rührte sich im Haus.

»Ausgeflogen, der Vogel.« Nils Memmert trat ein paar Schritte zurück, legte den Kopf in den Nacken und betrachtete das Haus. »Die Fenster der Dachgauben stehen weit offen.«

Ich drückte erneut die Klingel und lauschte. Nichts war zu hören. Ich klopfte gegen das kleine Glasfenster in der Haustür und spähte hinein, konnte aber nichts als einen leeren Hausflur sehen. Es dauerte ein paar Sekunden, dann hörte ich Schritte. Eine Frau kam eilig zum Eingang gelaufen. Sie öffnete und lächelte mich außer Atem an.

»Entschuldigen Sie bitte. Die Klingel ist abgestellt, weil die Kleine schläft. Warten Sie schon lange?« Sie musterte meine Uniform.

»Frau Eckbacher?«

»Ist etwas passiert?«

Nils Memmert stellte uns vor und hielt ihr seinen Dienstausweis hin. »Wir möchten uns gern mit Ihnen unterhalten. Dürfen wir reinkommen?«

Sie las, nickte und trat einen Schritt von der Haustür in den Flur zurück. Ein Kind schrie in der oberen Etage. »Bitte kommen Sie rein und nehmen Sie Platz. Ich muss nur eben nach der Kleinen sehen.« Sie wies auf eine Esstischgruppe im angrenzenden Wohnzimmer und stieg die Treppen nach oben. Ich hörte sie mit heller Stimme reden.

Wir setzten uns. Nichts hatte von außen die elegante und wahrscheinlich teure Einrichtung vermuten lassen, die uns im Inneren des Hauses erwartete. Glänzendes Eichenparkett, antike Möbel und schwere Stoffe bestimmten das Bild. Goldgerahmte Bilder und Statuen. Nicht mein Geschmack, aber ich erkannte die Wertigkeit. Frau Eckbacher musste gut verdienen. Nach wenigen Minuten erschien sie mit einem Baby auf dem Arm, das sich verschlafen die Augen rieb und seinen Kopf an ihren Hals drückte.

»Bitte entschuldigen Sie, dass es etwas gedauert hat.« Sie strich mit der flachen Hand über den Kopf des Babys, küsste es und lächelte. »Wenn sie wach wird, ist sie immer ein wenig grummelig.« Sie setzte sich zu uns an den Tisch.

»Ja, das kenne ich.« Nils Memmert lachte und winkte dem Baby zu. Das Kind drehte den Kopf weg und sofort wieder zurück. Nils Memmert winkte erneut. »Wie heißt sie?«, fragte er.

»Josefine. Nach meiner Großmutter.« Corinna Eckbacher nahm ihre Tochter und setzte sie so auf ihren Schoß, dass das Kind uns anschauen konnte. Die Kleine hatte ihren Blick fest auf Nils gerichtet, der weiterhin irgendwas mit seiner Hand machte und ein leises Lied sang.

»Wie alt ist sie denn?«, fragte Nils, als das Lied endete.

»Acht Monate. Sie haben wohl auch Kinder«, mutmaßte Corinna Eckbacher, beugte sich vor und lächelte meinen Kollegen an.

»Ja, ich habe –«

»Frau Eckbacher«, warf ich ein und rückte ein Stück auf dem Stuhl nach vorn, um zu signalisieren, dass das Geplänkel jetzt vorbei war. »Sagt Ihnen der Name Natalya Verkova etwas?«

Corinna Eckbacher stutzte, schaute etwas ratlos und verzog die Mundwinkel. Sie stand auf, das Baby unter den Arm geklemmt, und ging in den Flur hinaus. Dort sagte sie etwas, was ich aber nicht verstand.

»Frau Eckbacher?« Ich wollte ebenfalls aufstehen und ihr folgen, setzte mich aber wieder, als ich sah, dass sie mit ihrer Handtasche zurückkehrte.

»Bitte warten Sie.« Sie kramte in der Tasche und holte ein Tablet heraus. Mit einer Hand bediente sie den Minicomputer. Sie rief eine Datei auf und öffnete sie. Durchsuchte mit schnellen Handbewegungen die Einträge.

Ich beobachtete sie genau, aber ihre Miene verriet keine Regung außer dem ehrlichen Bestreben, uns behilflich zu sein. Nils Memmert rutschte unruhig auf seinem Sitz hin und her. Wir tauschten einen kurzen Blick.

Judith hatte erklärt, Corinna Eckbacher habe eine persönliche Einladung an Natalya Verkova ausgesprochen. Und jetzt saß sie vor uns und gab vor, die Frau nicht zu kennen?

»Ja, doch. Ich kenne den Namen« sagte Corinna Eckbacher, strahlte uns an und drehte dann den Minicomputer so, dass wir lesen konnten, was auf dem Bildschirm stand. Es war eine Tabelle mit Frauennamen. Alle vom Klang her osteuropäischen Ursprungs. Eine endlose Reihe von Elenas, Tatianas, Olesyas, Oksanas und Svetlanas. Alphabetisch geordnet. Sie zeigte auf eine Zeile am Ende der Tabelle. »Hier ist sie. Natalya Verkova. Eine junge Frau aus Izmail in der Ukraine.« Sie fuhr mit dem Finger am Bildschirm entlang. »Gute Bildung. Sehr hübsch, wenn ich mich recht erinnere.«

Sie schenkte uns wieder das strahlende Lächeln. Das Baby quengelte, und sie stellte es auf den Boden, wo es wackelnd und schwankend an ihrer Hand stehen blieb.

»Woher kennen Sie sie, Frau Eckbacher? Was sind das alles für Frauen, deren Namen da stehen?«

»Das? Das sind meine Klientinnen.«

»Klientinnen?« Nils Memmert beugte sich zu dem Kind hinunter und reichte ihm einen Finger. Sofort griff die Kleine danach und kam mit unsicheren Schritten auf ihn zu.

»So nenne ich sie«, erwiderte Corinna Eckbacher. »Kundinnen wäre der falsche Ausdruck, da ich Ihnen nichts berechne. Es sind die Herren, die für die Kosten aufkommen.« Sie ließ Josefines Hand nicht los und lockte sie wieder zu sich.

»Frau Eckbacher«, fragte ich irritiert, »was für eine Art Geschäft betreiben Sie?«

»Eine Heiratsvermittlung.« Sie reichte ihrer Tochter nun auch einen Finger der anderen Hand. Das Kind griff zu und zog. Corinna Eckbacher stand auf und folgte mit gebeugtem Rücken den Gehversuchen ihrer Tochter durch den Raum. Dabei erklärte sie an uns beide gewandt: »Ich habe mich vor Jahren auf die Vermittlung von Frauen aus Osteuropa, der Ukraine und aus Russland spezialisiert.«

»Gibt es hier nicht genügend Singlefrauen, die auf Partnersuche sind?« Ich überlegte vergeblich, ob mir jemand einfiel, der seinen Partner durch eine Agentur kennengelernt hatte. Vermutlich schwiegen die Leute lieber darüber. Ich hatte das für mich nie in Betracht gezogen.

»Doch natürlich. Aber bei einer bestimmten Klientel sind die Frauen aus diesen Staaten beliebter.«

»Welche Klientel ist das?«

»Herren, die viel Wert auf ein feminines Erscheinungsbild der Dame ihres Herzens legen. Schlank, gut gepflegt, gut gekleidet. Weiblich in der Außenwirkung. Denen es wichtig ist, dass die

Ehefrau ihren Geltungsbereich in der Familie sieht. Männer, die stolz darauf sind, ihren Frauen und den Kindern ein gutes Leben bieten zu können.«

»Also solche, die ein sexy Heimchen am Herd bevorzugen«, rutschte es mir heraus. Ich konnte nicht glauben, was Corinna Eckbacher uns da erklärte. In meinen Ohren beschwor sie ein Frauenbild aus einer längst vergangenen Zeit.

»Wenn Sie es so sehen, Frau Weinz.« Sie lächelte verbindlich über ihre Schulter zu uns herüber und lenkte die Kleine wieder in unsere Richtung. »Aber genau das ist der Grund, warum die Männer meine Dienste in Anspruch nehmen. Viele deutsche Frauen denken in diesen Kategorien. Viele Männer auch«, beeilte sie sich zu sagen und blickte in Nils Memmerts Richtung. »Aber es gibt so unzählige verschiedene Vorstellungen darüber, was eine gute Beziehung ausmacht, wie es Männer und Frauen gibt. Zum Glück. Sonst wären Menschen wie ich ja arbeitslos.«

»Was treibt die Frauen an, sich in Ihrer Agentur anzumelden?«, fragte Nils Memmert. »Laut unseren Informationen hat Natalya Verkova sich um einen Studienplatz an einer ukrainischen Universität beworben, im Fach Medizin. In Deutschland könnte sie vermutlich nicht so bald studieren. Hat eine zukünftige Ärztin es nötig, sich gut zu verheiraten?«

»Wenn Sie so fragen, macht es den Eindruck, es ginge nur um die finanzielle Verbesserung, die eine Heirat hier in Deutschland in Aussicht stellt und für die die Frauen auch eine mögliche Karriere in ihrem Land opfern würden. Aber ganz so einfach ist es nicht, die Sache auf den schnöden Mammon zu reduzieren. Jeder hat es nötig, einen guten Partner zu finden, Herr Memmert. Einen Menschen, der einen liebt und zu einem steht. Dem man vertrauen kann.« Sie setzte sich wieder auf ihren Stuhl. »Aber es stimmt natürlich auch zum Teil, was Sie jetzt vermutlich denken, und ich würde lügen, wenn ich diesen Aspekt ausblenden würde. Wissen Sie, was ein Arzt in der Ukraine verdient? Die Mediziner dort sind hervorragend ausgebildet, doch ihre Gehälter sind Bruchteile von dem, was hier gezahlt wird. In Deutschland dagegen werden Ärzte gesucht. Es gibt Kliniken, die bezahlen ihren Mitarbeitern sogar die Sprachkurse.«

»Aber aus der Ukraine kann man nicht so einfach in ein EU-Land einwandern und eine Arbeit aufnehmen. Weil die Ukraine nicht zur EU gehört«, warf ich ein. »Sind die Ehen, die die Frauen eingehen, demzufolge Scheinehen?«

»Nein, Frau Weinz. Das sind sie in den meisten Fällen nicht. Sie dürfen einen weiteren, sehr wichtigen Aspekt nicht vergessen.«

»Und der wäre?«

»So, wie in diesen Ländern ein anderes Frauenbild herrscht, hat man auch ein Männerbild, das sich von dem unsrigen deutlich unterscheidet.« Sie musterte Nils Memmert mit einem raschen Blick. »Der Typus des verständnisvollen, sensiblen und die Frau umsorgenden Mannes ist dort nicht so häufig anzutreffen. Die Herren sind eher an traditionellen männlichen Werten interessiert.« Sie lächelte verbindlich.

Ich sparte mir die Bemerkung über Vorurteile und Klischees, die mir auf der Zunge lag, und schaute sie ernst an. Wir mussten zur Sache kommen. Auch wenn dieses Vorgeplänkel durchaus beabsichtigt war und einiges an neuen Erkenntnissen gebracht hatte, konnten wir es nicht unendlich fortsetzen.

»Frau Eckbacher, leider sind wir nicht gekommen, um mit Ihnen über die kulturellen Unterschiede von Ost und West zu diskutieren.«

»Natürlich.« Die Maske der professionellen Heiratsagentin fiel von ihr ab, und mir wurde klar, dass sie die eben vorgebrachten Sätze schon unzählige Male abgespult haben musste. In den Gesprächen mit ihren Kunden, die solche schmeichelhaften Worte wie »umsorgend« und »sensibel« natürlich liebend gern hörten. Sie neigte den Kopf, und ihr Blick wanderte zwischen mir und Nils Memmert hin und her. »Was ist denn mit Natalya Verkova? Hat sie Probleme bekommen?«

Nils Memmert nickte. »Frau Verkova wurde vor drei Tagen tot aufgefunden. Nach den vorliegenden Fakten handelt es sich um einen gewaltsamen Tod.«

»Aber …« Corinna Eckbacher riss die Augen auf und presste ihre Faust auf den Mund.

»Leider wissen wir bisher nur sehr wenig über sie. Können Sie uns noch mehr Informationen über Frau Verkova geben?«

Corinna Eckbacher starrte uns an und drückte die Kleine an sich. »Natürlich. Was möchten Sie wissen?«

»Wo hat Frau Verkova während ihres Aufenthaltes in Deutschland gewohnt?«

»Ich weiß es nicht genau.« Sie atmete langsam ein und wieder aus. »Bitte verzeihen Sie mir. Das ist sonst nicht meine Vorgehensweise. Im Normalfall stelle ich den Damen ein Apartment in Köln zur Verfügung. Aber Frau Verkova hat das Angebot abgelehnt und mir nicht gesagt, wo sie wohnt. Ich hatte nur eine Handynummer von ihr.«

***

»Gut.« Judith schrieb Corinna Eckbachers Namen auf eine Moderationskarte und befestigte sie mit einer Pinnnadel an der Stellwand, die sie organisiert hatte, während Ina und Nils unterwegs gewesen waren. »Damit sind wir einen Schritt weiter.«

»Wir haben Frau Eckbacher gebeten, eine Liste mit den Namen der Herren anzufertigen, zu denen Natalya Verkova Kontakt aufnehmen wollte.« Nils Memmert reichte Judith ein Blatt mit einer Reihe von Namen und Adressen. Sie nahm es und hängte es ebenfalls an die Wand. Mit einem dicken Filzstift schrieb sie »mögliche Verdächtige« über die Liste und »Kontakte« über Corinna Eckbachers Namen.

»Um die Männer kümmern wir uns als Nächstes.« Sie setzte sich. »Was habt ihr für einen Eindruck? Tut Corinna Eckbacher das, was sie vorgibt zu tun, oder ist das Ganze eine feine Umschreibung für Prostitution?«

»Es gibt eine Homepage, laut der sie offiziell als Heiratsvermittlung agiert. Sie hat ein Gewerbe angemeldet und scheint ansonsten sauber zu sein. Es gibt keine Vorstrafen.« Nils Memmert spulte die Informationen herunter, die er und Ina während ihrer Rückfahrt nach Bonn über die Datenbank eingeholt hatten. »Sie hat eine Ausbildung zur Kosmetikerin gemacht, aber nie ernsthaft in dem Job gearbeitet. Ihre längste Anstellung hatte sie bei einem Steuerberater als Aushilfe. Alles in allem sehr unauffällig.«

»Wie sieht sie aus, Ina? Könnte sie die Leiche aus dem Auto gehoben und bis an den Fundort getragen haben?«, wollte Judith wissen.

»Schwer zu sagen. Ich würde sie als schmal, aber sportlich beschreiben. In Form, aber mit Sicherheit kein Muskelpaket.«

»Okay.« Judith machte sich Notizen. »Während ihr unterwegs wart, habe ich mit dem Rechtsmediziner gesprochen. Es liegen jetzt alle Ergebnisse der Untersuchung vor«, sagte sie. »Er hat keine Drogen oder andere Betäubungsmittel gefunden. Auch keine Hinweise, dass sie niedergeschlagen wurde. Wir müssen also davon ausgehen, dass sie bei vollem Bewusstsein war, als sie ermordet wurde.«

»Was ist mit der Creme?«

»Eine ganz normale Bodylotion, wie man sie in jedem Drogeriemarkt bekommen kann. Er hat die Creme auf Giftstoffe untersuchen lassen.«

»Vermutlich auch Fehlanzeige, richtig?« Nils Memmert starrte auf seine Hände.

Judith nickte. »Ich habe ihn gefragt, ob er feststellen kann, ob die Tote kurz vorher geduscht hatte.«

»Wieso?«

»Weil man sich normalerweise nach dem Duschen eincremt. Vielleicht hat der Mörder sie nicht bewusst ausgezogen und eingecremt, sondern sie umgebracht, als sie nackt aus der Dusche kam. Aber gerichtsmedizinisch nachweisen lässt sich das nicht.«

»Gab es Geschlechtsverkehr? Ist sie vergewaltigt worden?«, wollte Ina wissen.

»Nein. Er hat keine Anzeichen gefunden.« Judith schrieb die einzelnen Punkte auf weitere Karten, stand auf und pinnte sie an die Wand. »Und er hat weiterhin keine Idee, wie die Streifen in den Totenflecken zustande gekommen sein könnten.«

Sie setzte sich wieder zu Ina und Nils Memmert an den Tisch. »Fassen wir also zusammen: Das Opfer war in Deutschland, um heiratswillige Männer kennenzulernen. Die Tat scheint aber nicht sexuell motiviert zu sein, zumindest besteht diesbezüglich kein direkter Tatzusammenhang. Wir wissen nicht, wo die Tote sich vor ihrem Tod aufgehalten hat und wie sie nach Dreiborn gekommen ist. Damit ist der nächste Schritt klar: Hat sie schon mit Männern von der Liste Kontakt gehabt, und wenn ja, mit wem? Außerdem müssen wir herausfinden, was es mit den Streifen auf sich hat.« Sie schaute Ina und Nils an. »Wir teilen die Arbeit auf. Nils, du arbeitest die Liste ab. Ina, du hast doch noch gute Kontakte zu den Kölner Kollegen. Das angemietete Apartment von Corinna Eckbacher dort sollten wir uns trotzdem ansehen. Nur der Vollständigkeit halber. Schau doch bitte, was da zu machen ist. Ich werde mich auf die Suche nach der Ursache für die Streifen in den Totenflecken machen. Irgendwo in meinen Büchern steht mit Sicherheit des Rätsels Lösung.« Sie stand auf.

Ina und Nils Memmert erhoben sich ebenfalls. Während sie ihre Sachen zusammenräumten, um sich wieder an die Arbeit und die ihnen zugeteilten Aufgaben zu machen, fiel Judith noch etwas ein. »Ach, was ich noch sagen wollte: Ina, du brauchst nicht immer nach Bonn zu kommen, damit wir uns abstimmen können. Es frisst nur Zeit, wenn wir ständig durch die Landschaft fahren. Und die kennen alle Beteiligten zur Genüge. Richte doch bitte eine Skype-Verbindung auf deinem Computer ein. Dann kann ich dich per Video zuschalten, wenn wir uns besprechen, und wir sparen eine Menge Benzin.«

NEUN

Eine Zeit lang geht es dir gut. Auch nachdem deine Schwester aus dem Krankenhaus entlassen worden ist und wieder bei dir wohnt. Einige Wochen, Monate sogar. Fast kommt es dir so vor, als habe der Unfall sie ein Stück erwachsener gemacht, reifer und verantwortungsvoller sich selbst und ihrem Leben gegenüber.

»Ich werde studieren«, eröffnet sie dir eines Abends, kurz bevor sie sich mit den Freunden trifft, die einmal deine waren. »Es hat mir gefallen, was die Ärzte im Krankenhaus getan haben, und man kann ins Ausland gehen. Dort bezahlen sie Ärzte besser als hier bei uns.«

»Wovon willst du das finanzieren? Ein Studium ist teuer, allein die Aufnahmegebühren sind höher als das, was wir beide in einem Jahr zusammen verdienen.« Du bist entsetzt.

»Ich muss es nicht bezahlen.« Sie hält dir einen Brief unter die Nase und wedelt damit hin und her. »Ich habe ein Stipendium erhalten, weil ich zu den Besten gehöre.« Du hörst den Triumph in ihrer Stimme.

Sie würde es niemals laut aussprechen, aber du weißt, dass ihr Erfolg durch deinen Misserfolg ein noch größerer für sie wird. Du bist nicht für ein Staatsstipendium ausgesucht worden, als du dich darum beworben hast.

»Und wer bezahlt deine Unterkunft? Dein Essen?« Du schüttelst den Kopf und unterstreichst deine Meinung mit einer Geste, die dich an deine Großmutter erinnert, während du sie machst.

»Ich werde arbeiten und Geld verdienen. Und du wirst mir einen Teil dazugeben«, fordert sie. Ob sie dabei mit Absicht an die kleine unebene Stelle an ihrer Nase fasst? Weil sie dich an deine Schuld erinnern will?

Du nickst. Du weißt: Es wird dir schwerfallen. Du wirst auf vieles verzichten müssen. Auf Kinogänge und neue Bücher. Aber die Einschränkung ist nichts im Vergleich zu der in Aussicht gestellten Freiheit, und die Versuchung ist groß. Sie wird fortgehen und dich allein zurücklassen.

»Ja«, sagst du und lächelst bei dem Gedanken daran, dich von ihr freikaufen zu können. »Ja. Geh. Ich gebe dir Geld.«

Nachdem sie ausgezogen ist, eroberst du dir deine Welt schrittweise zurück. Zuerst die Wohnung. Sie hat Kleidung mitgenommen. Blusen, T-Shirts, Röcke und Hosen, alles, was ihr gefiel. Dein Kleiderschrank ist leer. Nur die alten Stücke sind zurückgeblieben, die unmodernen, die geflickten. Trotzdem liebst du sie, streichst mit den Fingerspitzen über den Stoff und summst leise.

Dann die Freunde. Du triffst dich wieder in Kneipen, redest, willst dich in Worte fassen. Diskutierst. Über die Politik, über die Angst vor den Folgen der Veränderungen im Land, die unausweichlich scheinen.

Du weißt noch nicht, was du über das Große denken sollst. Zu mächtig sind deine Probleme im Kleinen. Erst stehen, dann gehen, dann laufen. Das gefällt nicht allen in deinem Umfeld. Sie ziehen auf die Straßen, sind Opposition, werfen dir Tatenlosigkeit vor. Du bist unentschlossen, zweifelst. Du brauchst Zeit, um dich nach außen zu entscheiden, solange du dein Inneres suchst.

An einem Abend steht er neben dir.

»Möchtest du ein Bier?«

»Nein.«

»Sicher?«

»Ja.« Du wendest dich ab. Es schmerzt, ihn zu sehen. Noch immer.

»Wollen wir nicht reden?«

»Nein.«

»Sicher?«

»Ja.«

***

»Ich habe aber keine Ahnung, wie das funktioniert, Matthias.«

Aus dem Hörer kam ein leises Lachen, und wenn ich mich nicht täuschte, mischte sich eine gehörige Portion Schadenfreude darunter. »Du warst ja noch nie der große Techniker vor dem Herrn, Ina, aber du solltest schon versuchen, auf der Höhe der Zeit zu bleiben.« Er machte eine Pause, hustete und schob dann nach: »Auch im Alter.«

»Arsch.«

»Na, na, na, Frau Kollegin. Heute mal in der ödipalen Phase

unterwegs? Wenn das Ihre Chefin hört, wird sie nicht erfreut sein.« Er verstummte und wartete auf meine Antwort.

Ich schwieg.

»Bist du jetzt beleidigt, Ina? Komm schon. Ich wollte dich nur ein bisschen auf den Arm nehmen.«

»Ich weiß, Mattes. Und du hast recht. Aber mir ist gerade so gar nicht nach Scherzen zumute. Nichts läuft rund, und dazu …« Ich zögerte, weil ich mir nicht sicher war, ob es Hermann recht wäre, wenn ich Matthias einweihte. Aber mit wem, wenn nicht mit ihm, konnte ich über meine Sorgen sprechen? Ich hatte nicht vergessen, dass er mir einmal das Leben gerettet hatte, als ein Serienmörder drohte, mich vom Kölner Dom zu stürzen. Das hatte uns nach Jahren guter Freundschaft noch näher zueinandergebracht und unser Verhältnis auf eine sehr intime Ebene gesetzt, die weit über das hinausging, was man mit einem Liebhaber hätte teilen können. »Mein Vater hat Krebs, und ich weiß nicht, wie es mit ihm weitergeht. Das frisst mich auf.«

»Was für ein Mist. Das tut mir leid. Für ihn und für dich. Wie geht er damit um?«

»Er leugnet und verdrängt. Er hat die Diagnose vor ein paar Tagen bekommen und ist seitdem nicht er selbst.«

»So was braucht Zeit. Hat er gute Ärzte?«

»Ich denke schon. Ich würde ihm gern helfen.«

»Aber dazu muss er sich erst einmal helfen lassen wollen.«

»Er kann doch nicht einfach nichts tun.«

»Doch. Er kann. Wenn es seine Entscheidung ist. Vielleicht gibt es Gründe, von denen du keine Ahnung hast und die er vor dir verbergen will.«

»Warum sollte er Geheimnisse haben?«

»Ina, er ist dein Vater. Er hat eine Rolle dir gegenüber eingenommen, spielt seinen Part in eurer Beziehung. Es ist ihm sicher wichtig, wie du ihn siehst, weil das ein Teil seiner Person ist.«

»Was hat das mit der Krankheit zu tun?«

»Seine dunklen Seiten gehören zu ihm. Wenn du sie gegen seinen Willen aus dem Schatten zerrst, zerstörst du mehr, als du damit erreichst.«

»Über Krankheiten wurde bei uns nie viel geredet oder Aufsehen gemacht. Ich glaube, er kennt es nicht anders von früher. Wenn ich anfange zu fragen, wechselt er das Thema.«

Mattes räusperte sich. »Wie sind denn die Aussichten?«

»Schlecht. Aber es gibt Chancen. Und er ist ansonsten sehr fit. Die Ärzte meinen, er soll es versuchen. Aber er tut so, als ob ihn das alles nichts anginge. Er denkt nicht im Geringsten darüber nach, was er mir und Amalie und Henrike damit antut.«

»Lass ihn, Ina. Bedränge ihn nicht. Er braucht Zeit.«

»Ich kann aber nicht tatenlos danebenstehen und einfach zusehen.«

»Musst du auch nicht.«

»Aber gerade hast du gesagt, es wäre besser, wenn ich –«

»Ich habe gesagt, du sollst ihn nicht bedrängen. Gib ihm die Möglichkeit, sich frei für das zu entscheiden, was er für das Beste hält. Das kann er nicht, wenn er sieht, dass du dich wie ein Kind benimmst und er das Gefühl haben muss, du kämst ohne ihn nicht über die Runden.«

»Ich benehme mich wie ein kleines Kind?«, fragte ich entrüstet.

»Meine liebe Ina. Nimm es mir bitte nicht übel, wenn ich dir als dein alter Kollege – und ich erlaube mir zu betonen, dass sich das auf die Dauer unserer Bekanntschaft und nicht auf mein Alter bezieht – sage: Ja. Das tust du.« Er seufzte. »Du schiebst ohnehin schon Frust, jammerst rum wegen deines Geburtstages, bist von Grund auf unzufrieden mit dir und deiner Lebenssituation und kompensierst das dann damit, noch mehr zu jammern. Über Selbstverständlichkeiten, die eigentlich kaum einer Rede wert sind.«

»Nenn mir ein Beispiel?« Ich presste die Lippen aufeinander.

»Diese Skype-Sache. Was ist so schlimm daran, dass du dich damit befassen musst?«

Ich schwieg.

»Du hast doch einen Laptop.«

»Ja.«

»Und ihr habt einen Internetanschluss auf der Wache.«

»Ja.«

»WLAN?«

»Weiß ich nicht. Hat mich bisher noch nie interessiert.«

»Dann frag.«

»Okay. Was ist, wenn ja?«

»Dann musst du das Programm nur aus dem Netz runterladen und installieren. Keine große Sache. Wirklich nicht. Und wenn du es überhaupt nicht hinbekommst, frag Henrike. Die kann es sicher.«

»Sie nutzt es, um mit ihren Freunden zu telefonieren.«

Ob sie es mir auch erklären würde, stand definitiv auf einem anderen Blatt. Sie sprach noch immer nur das Nötigste mit mir und war, nachdem Hermann und Amalie gestern gegangen waren, sofort wieder in ihrem Zimmer verschwunden.

»Oder hast du auch mit ihr Krach?«

»Eher umgekehrt. Ich bin ihr wohl zu streng, und jetzt schmollt sie. Kann sie ja gern tun, ich –«

»Du wirst die Erwachsene von euch beiden sein und auf sie zugehen. Teenager sind so. Die müssen das machen. Es gehört zu ihrem natürlichen Verhaltensrepertoire.«

»Aha. Da du ja heute so ein unerschöpflicher Quell an guten Ratschlägen bist, werter Kollege, kannst du mir sicher auch in der Sache helfen, wegen der ich dich eigentlich angerufen hatte.«

»Ach. Wolltest du nicht primär einfach nur ein wenig jammern?«

»Nein. In erster Linie wollte ich dich bitten, mir bei unserem Fall zu helfen. Eine reine Routinesache. Wir glauben, einen Ansatzpunkt gefunden zu haben, und müssen jetzt eine Kleinigkeit überprüfen.«

»Und diese Kleinigkeit ist zufälligerweise in Köln?«

»Und diese Kleinigkeit ist zufälligerweise in Köln.«

»Was brauchst du?« Er schaltete den Lautsprecher an der Telefonanlage an.

Ich hörte, wie er aufstand, zur Kaffeemaschine ging und sich einen Kaffee machte. Der Startschuss zur ernsthaften Arbeit.

»Meinst du, du kannst mir da helfen?«, fragte ich, als ich mit meiner Zusammenfassung geendet hatte.

»Sicher. Aber sag mal, diese Heiratssache.« Er atmete langsam ein und wieder aus. Er klang nervös, als er weitersprach. »Wie heißt diese Agenturfrau?«

»Eckbacher. Corinna Eckbacher. Wieso?«

»Nur so.«

Ich hatte mit einem Mal einen Verdacht. »Mattes, gibt es da etwas, was du mir gern sagen würdest?«

»Ich hab das mal überlegt«, sagte er schnell.

»Du willst nicht wirklich so eine Heiratsagentur in Anspruch nehmen?«

»Gibt es irgendeinen Grund, warum ich es nicht tun sollte?«

»Das hast du doch nicht …«, setzte ich an und verstummte wieder.

Doch, er hatte es nötig. Ich wusste es, und er wusste, dass ich es wusste. Mein bester Freund und Kollege Matthias Driesch würde nie auf dem üblichen Weg eine Frau finden. Er musste jemandem begegnen, der über die Bärchenapplikationen auf den Pullovern hinweg- und auf sein liebenswertes Wesen sah.

»Ich wünsche dir von ganzem Herzen, dass es klappt, Mattes«, sagte ich leise.

»Schick mir bitte eine Mail mit allen Infos, die du hast. Größe, Alter, Fotos, auch das DNA-Profil, wenn eines da ist. Ich jubele hier alles durch den Computer. Dann sehen wir weiter.« Seine Stimme klang harsch und betont professionell. »Ich gebe dir Bescheid, sobald ich etwas weiß.«

»Mattes?«

»Ja?«

»Danke.«

***

»Ich habe Termine mit den Heiratskandidaten gemacht.« Nils Memmert zog einen Besucherstuhl zu Judiths Schreibtisch und setzte sich. »Möchtest du mit, oder soll ich allein fahren?«

Judith hob abwehrend eine Hand und schrieb konzentriert weiter, ohne von ihrer Kladde aufzusehen.

»Schreibst du immer in Kinderbücher?«, wollte er wissen, als sie fertig war und das Büchlein zuklappte.

»Was?« Judith runzelte die Stirn und entspannte sich direkt wieder. »Nein. Das ist kein Buch. Nur der Einband. Spezialanfertigung. Das hier ist schon mein drittes. Das Erste habe ich von meinem Lebensgefährten geschenkt bekommen, aus einem Fünf-Freunde-Cover gemacht.« Sie lächelte ihn an. »Also. Was hast du gerade gesagt?«

»Ob du mit möchtest zu den Herren auf der Heiratsliste.«

»Ich beschäftige mich gerade mit der Frage, was für Männer so eine Agentur in Anspruch nehmen.«

»Und bist vermutlich fündig geworden.«

»Natürlich.« Judith grinste. »Willst du es im Detail wissen?«

»Natürlich«, antwortete Nils Memmert im gleichen Tonfall. »Wieso glaube ich wohl, dass du mir jetzt etwas anderes erzählen wirst, als die gute Frau von der Vermittlungsagentur?«

»Sagt dir das Wort Homogamie etwas?«

»Du wirst mich sicher gleich schlaumachen.«

»Die überwiegende Tendenz des Menschen, sich möglichst ähnliche Partner zu suchen. Wobei die Ähnlichkeit sich sowohl auf den Attraktivitätsgrad als auch auf die Weltanschauung, den Kulturkreis und die Religion bezieht.«

»Gleich und Gleich gesellt sich gern.«

»Kann man so sagen. Vor allem der erste Aspekt ist interessant, weil das Ergebnis nicht immer das Gewünschte ist.«

»Soll heißen?«

»Wenn man die Menschheit in attraktive, mittelattraktive und unattraktive Zeitgenossen aufteilt und dann das Paarungsverhalten beobachtet, kann man feststellen, dass die Attraktiven die besten Chancen haben, einen ebenfalls attraktiven Partner zu ergattern. Attraktivität verspricht gute Gene. Da die Menschen von Natur aus bestrebt sind, sich über gute Gene zu verbessern, wollen aber auch die Angehörigen der mittleren Gruppe einen schönen Partner haben.«

»Den bekommen sie bloß nicht, weil die ja schon vergeben sind.«

»Richtig. Deswegen nehmen sie einen ihrer Gruppe. Und in der Gruppe der Unattraktiven setzt sich dieses Schema fort. Sie wollen den Partner aus der nächsthöheren Gruppe, doch weil es nicht gelingt, erbeuten sie das Nächstbeste, das sich anbietet.«

»So wie du es sagst, ist damit aber nicht jeder zufrieden.«

»Richtig. Vor allem, wenn die anderen Parameter die Person deutlich besserstellen. Wenn also jemand aus der unteren Attraktivitätsgruppe eine gute Bildung oder einen guten Job mit hohem Einkommen hat, kann er nicht akzeptieren, keine Partnerin seiner Vorstellung zu bekommen. Weil sie ja zu seinem Statusdenken gehört.«

»Er neidet den attraktiven Geschlechtsgenossen ihren Erfolg beim weiblichen Geschlecht?«

»Ja. Und sieht sich andernorts um. Grob gesagt hat die Wissenschaft die Männer, die sich eine Frau aus einem ärmeren, fremden Land zur Partnerin wählen, in drei Gruppen aufgeteilt, die sich unterscheiden, aber in ihren Vorstellungen sehr ähnlich sind. Es gibt den Unterschichtler, den Älteren und den Karrieretyp. Keiner von ihnen ist vom Äußeren her der Gruppe der Attraktiven zuzuordnen. Meist sind sie so um die vierzig, fünfzig. Übergewicht in unterschiedlicher Ausprägung. Schon mal verheiratet, geschieden. Oft, weil die Frau sich weiterentwickelt und das bei der Eheschließung vorherrschende Rollenmuster verändert hat.«

»Das Heimchen hat den Herd verlassen.«

»So ungefähr. Wobei man natürlich aufpassen muss. Das sind Werte aus empirischen Untersuchungen. Man hat sich eine Menge solcher Männer angeschaut und dann gezählt, wie oft die einzelnen Typen vorkamen. Das heißt noch lange nicht, dass alle Männer, die eine ausländische Partnerin wählen, auch so sind. Es gibt ja auch den Studenten, der sich während seines Auslandsstudiums in eine Kommilitonin verliebt. Oder den Geschäftsmann, der mit der Kollegin beim ausländischen Partner anbandelt.« Judith sah Nils Memmert an und lachte unvermittelt, als ihr bewusst wurde, dass auch er ein exotisches Aussehen hatte.

Er verstand und grinste zurück. »Mischa ist aus Deutschland, weiß, hat studiert und gehört mit Sicherheit der, wie du sie nanntest, ›Gruppe der Attraktiven‹ an.«

»Wie gesagt. Keine Regel ohne Ausnahmen.« Judith blätterte

in ihren Notizen. »Mir geht es ja auch nur darum, die in dieser Hinsicht eindeutig unauffälligen Heiratskandidaten auszusortieren.«

»Du meinst, es gibt auf der Liste möglicherweise jemanden, der durch das Raster fällt und deswegen verdächtig ist?«

»Es wäre eine Möglichkeit, die wir nicht außer Acht lassen dürfen. Wenn jemand keine der eigentlich üblichen Motivationen hat, sich eine Frau aus dem Osten zu wählen …«

»… hat er vielleicht andere Beweggründe.«

»Richtig. Diese Frauen kommen hierher und haben niemanden außer ihrem neuen Partner. Oft sind sie ihm auf Gedeih und Verderb ausgeliefert. Schon allein der Sprache wegen.«

»Gut.« Nils Memmert klatschte in die Hände. »Packen wir es an.«

»Du gehst es an, Nils. Ich kümmere mich um diese Sache mit den Streifen in den Totenflecken.«

***

»Bist du jetzt endlich neugierig geworden und willst es ausprobieren?« Maren Risse grinste Judith an.

»Nur rein dienstlich, Maren. Mach dir keine falschen Hoffnungen«, erwiderte Judith und zwinkerte ihr zu. »Ich muss dich was fragen, als Fachfrau sozusagen.«

»Dann komm.« Sie ging voraus.

Judith folgte ihr durch den Flur ins Wohnzimmer und setzte sich auf das Sofa. Sie hatte während ihres Psychologiestudiums nur zu wenigen ihrer Mitstudenten Kontakt gefunden. Eine davon war Maren Risse gewesen. Zwischen ihnen hatte sich eine mal mehr, mal weniger enge Freundschaft entwickelt, was Judith immer wieder aufs Neue erstaunte, denn Maren Risse war in so ziemlich allen Lebensbereichen das genaue Gegenteil von ihr. Sie war unordentlich, unpünktlich und hatte es mit dem Lernen zumindest zu Beginn des Studiums nicht so genau genommen. Erst in späteren Semestern, als Judith schon längst das Handtuch geworfen hatte und in die Ausbildung bei der Polizei gewechselt war, hatte sie sich richtig reingekniet und einen sehr guten Abschluss erreicht. Heute hatte sie einen Job als Psychologin in der Jugendarbeit.

»Aber einen Kaffee willst du doch sicher trotzdem. Oder darfst du nicht, wenn du im Dienst bist?«

»Doch, natürlich. Wenn du Zeit hast.« Sie öffnete ihren Rucksack, holte einen Briefumschlag heraus und platzierte ihn auf dem Wohnzimmertisch, ohne ihn zu öffnen.

Maren setzte sich ebenfalls, faltete die Hände im Schoß und sah Judith erwartungsvoll an. »Womit genau kann ich dir denn behilflich sein?«, fragte sie freundlich und stand direkt wieder auf. »Ich wollte uns doch einen Kaffee machen. Warte einen Moment.« Sie ging in die Küche, wo Judith sie mit Schranktüren klappern hörte. Eine Sekunde später ertönte das Surren einer Kaffeemaschine.

Maren erschien wieder im Türrahmen. In jeder Hand trug sie einen Kaffeebecher.

Es hatte eine Weile gedauert, bis Judith die Neigung ihrer Freundin zu SM realisiert hatte, und noch länger, bis sie begriffen hatte, dass es sich nicht um eine Abartigkeit, sondern um eine der vielen Spielarten handelte, die Männern und Frauen Lust bereiten konnten. Weil sie es zwar akzeptieren, es sich aber für sich selbst nicht vorstellen konnte, hatten sie dieses Thema bei ihren Gesprächen immer bewusst ausgeklammert. Trotzdem hatte Judith bei ihren Überlegungen, wen sie zu dem Thema befragen konnte, sofort an Maren gedacht.

»Ich möchte dir gern einige Bilder zeigen, Maren. Darauf ist die Leiche einer Frau zu sehen. Sie wurde ermordet. In den Totenflecken sind Streifen, deren Ursprung mir Rätsel aufgibt. Eine Möglichkeit könnte sein, dass es vielleicht Anzeichen einer Fesselung sind. Da es aber keine Abwehrspuren gibt …«

»… vermutest du, dass sie es freiwillig mit sich hat machen lassen.«

»So ist es.« Judith nahm den Umschlag in die Hand, öffnete ihn und zog die Fotos heraus. Sie hielt sie mit der Bildseite nach unten in der Hand, während sie weitersprach. »Und jetzt frage ich mich, ob der Tod der jungen Frau möglicherweise das Ergebnis eines verunglückten Sexspiels war.«

»Denkbar ist alles. Aber in der Szene ist man normalerweise sehr vorsichtig. Wir wissen um die Gefahren und versuchen, sie zu vermeiden.«

»Inwiefern?«

»Es gibt Codewörter, die man sagt, wenn es dem, der sich unterwirft, zu viel wird. Das wird vorher abgesprochen.«

»So was wie ›Hilfe‹ oder ›Stopp‹?«

»Eher Worte, die ganz klar nichts mit dem zu tun haben, was gerade passiert. ›Mayday‹ zum Beispiel.« Maren trank einen Schluck aus ihrer Tasse. »Ich bevorzuge das Ampelprinzip. Grün heißt ›alles okay‹. Gelb bedeutet ›noch okay, aber sei wachsam und vorsichtig‹.«

»Und Rot meint ›stopp, aufhören‹.«

»Ich habe noch Dunkelgelb eingeführt«, sagte Maren. »Es steht für: ›Hör mit dem auf, was du gerade machst, aber beende nicht die ganze Sache.‹«

»Und an solche Codewörter halten sich alle?«

»Solche oder so ähnliche. Wie gesagt. Wir sind achtsam.«

»Ich möchte wissen, ob du denkst, ich könnte mit meiner Vermutung recht haben. Vielleicht folgen sie einem Muster, das ich nicht erkennen kann, weil ich mich auf diesem Gebiet nicht auskenne.« Sie sah Maren in die Augen. Der Anblick von Mordopfern war nicht jedermanns Sache, und Judith vermied es normalerweise, Unbeteiligte damit zu konfrontieren. Sowohl zum Schutz derer, die sie betrachten mussten, als auch aus Achtung der Privatsphäre der Verstorbenen.

Maren streckte ihre Hand aus, und Judith überreichte ihr den Stapel. Sie würde respektvoll sein.

Ihre Freundin nahm sich Zeit. Sie betrachtete jedes der Bilder und drehte sie, um unterschiedliche Perspektiven zu bekommen. Schließlich legte sie die Fotos nebeneinander auf den Tisch und konzentrierte sich erneut darauf.

»Es tut mir leid, Judith«, sagte sie schließlich. »Ich kann nichts entdecken, was mich an Fesselungsarten, die ich kenne, erinnert. Es gibt viele verschiedene Spielarten, und sicher sind mir nicht alle bekannt, aber die meisten zeichnen sich durch eine gewisse Symmetrie aus. Egal, ob man Fesseln nur anlegt, um jemanden zu fixieren, weil man andere Praktiken durchführen möchte, oder ob man eine Fesselung um ihrer selbst willen durchführt. So ein wildes Muster wie hier dürfte das nicht ergeben.« Sie tippte mit dem Zeigefinger auf eines der Bilder, auf dem der Rücken der Toten in einer Nahaufnahme zu erkennen war. »Das sind untypische Stellen.« Sie stand auf. »Warte mal. Ich gebe dir etwas, wo du sehen kannst, was ich meine.«

Sie ging zu einer Kommode und zog eine Schublade auf. Judith erkannte darin eine DVD-Sammlung. Maren beugte sich über die Reihen. Ihr Finger glitt über die Titel. Sie zog eine DVD heraus, suchte weiter und wurde wieder fündig.

»Vielleicht kommst du ja doch noch auf den Geschmack.« Sie reichte Judith die beiden Hüllen und lächelte verschmitzt.

ZEHN

Es gibt Tage, da vergisst du deine Schwester. Denkst nicht daran, wie es ihr geht, was sie macht, ob sie ihr Leben lebt. Diese Tage häufen und sammeln sich zu Zeitblasen der Unbeschwertheit und werden zu Monaten. So hat es von Anfang an sein sollen. Du darfst aufhören, ihr die Mutter zu ersetzen. Sie ist erwachsen geworden, trifft selbstständige Entscheidungen, begeht eigene Fehler und muss allein die Konsequenzen tragen.

Du brauchst länger für die innerliche Abnabelung als sie, zögerst, das Band zu durchschneiden.

Sie meldet sich selten. Eine SMS, eine knappe Mail, ein Anruf. Dann zwitschert sie fröhlich über ihren allumfassenden Erfolg, und du bemerkst, dass der Abstand deinen Neid hat einschlafen lassen. Du kannst dich mit ihr freuen. Annäherung braucht Entfernung, um zu gelingen.

»Bist du zu Hause?«, fragt sie dich an einem Sonntag. Ihre Stimme dringt dünn durch das Telefon, und dir ist nicht klar, ob es an der Leitung liegt.

»Ja.«

»Gut. Gleich bin ich da.« Sie legt auf.

Du starrst noch auf das Telefon in deiner Hand und fragst dich, ob du dich verhört hast, als es an deiner Tür klingelt. Du stehst auf, öffnest die Wohnungstür und lauschst auf die Schritte im Treppenhaus. Schaust durch das Treppenauge nach unten. Sie ist es, deutlich erkennbar an ihrem blonden Haar und ihrem Profil, an den schmalen Händen. Sie trägt einen weiten Mantel. Sie geht langsamer, als du es von ihr erwartest. Du trittst zurück in die Wohnung, lässt die Tür angelehnt und gehst in die Küche. Bis du ihre Bewegungen im Wohnungsflur hörst, hast du Teewasser aufgesetzt und Tassen auf den Tisch gestellt.

»Hallo«, sagt sie in das Klappern hinein.

»Hallo.« Du empfängst sie mit offenen Armen. Freust dich über ihren Besuch, auch wenn du da bereits von einer schlechten Ahnung erfüllt bist. »Zieh doch den Mantel aus«, bittest du sie und streckst

deine Hände aus, um ihn wie eine gute Gastgeberin in Empfang zu nehmen und an der Garderobe aufzuhängen. Sie schaut sich um.

»Es hat sich verändert.«

»Ich habe die Wände gestrichen.«

»Es sieht gut aus.«

»Danke.« Du stehst immer noch da und wartest auf den Mantel. Sie dreht dir den Rücken zu, knöpft ihn auf und lässt ihn über ihre Schultern gleiten. Du beugst dich leicht nach vorn, bereit, ihn aufzufangen, stoppst aber den Impuls im letzten Augenblick. Du bist nicht mehr ihre Dienerin. Du bist es nie gewesen.

Der Mantel fällt auf den Boden. Sie schaut, geht in die Knie und hebt ihn in einer fließenden Bewegung auf. »Entschuldigung«, murmelt sie, und du überlegst, ob das Bedauern ihrem Missgeschick oder ihrer Absicht gilt. Sie lächelt, reicht dir das Kleidungsstück. Erst da erkennst du die deutliche Wölbung ihres Bauches.

***

Die Wohnung war still und leer. Ich hängte den Schlüsselbund an den Haken neben der Tür, streifte die Schuhe von den Füßen und ging in die Küche. Das Frühstücksgeschirr vom Morgen hatte es bis auf die Spüle, aber nicht bis in die Spülmaschine geschafft. Das konnte man so oder so sehen. Sich ärgern, weil Henrike ihre Aufgabe wieder nicht vollständig erledigt hatte, oder sich freuen, weil sie zumindest den Versuch gestartet und nicht wie sonst einfach alles stehen und liegen lassen hatte. Ein Blick in den Kühlschrank bot ein ähnliches Bild. Käse und Aufschnitt lagen zwar darin und nicht auf dem Tisch. Aber dafür wild durcheinander und nicht in der Dose, die ich irgendwann mal angeschafft hatte, um einige meiner stark riechenden Lieblingskäsesorten einzusperren. Ich schloss den Kühlschrank, entschied mich für die zweite Option und freute mich über Henrikes Fortschritt. Vielleicht konnte ich es sogar als eine Art Friedensangebot ihrerseits ansehen. Wir würden sehen.

Ich hatte mir vorgenommen, Amalies und Matthias' Ratschlägen zu folgen und nicht direkt beim nächstbesten Vorfall aus dem Hemd zu hüpfen. Statt die Spülmaschine einzuräumen, holte ich also eine Tasse aus dem Regal und setzte den Wasserkocher in Gang. Unser Küchenschrank offenbarte mir eine erstaunliche Auswahl an Teesorten, die ich irgendwann gekauft, ausprobiert und in einer Art Stapelverfahren im oberen Fach dem Vergessen anheimgegeben hatte. Ich entschied mich für einen Kräutermix, dessen Name mir versprach, mich augenblicklich wohler zu fühlen, und gegen einen, der meine Sinne erwecken würde, und trug den dampfenden Becher zu meinem Arbeitsplatz im Wohnzimmer. Ich klappte den Laptop auf und schaltete ihn ein.

Kurz nachdem ich diese Wohnung von Hermann übernommen hatte, hatte Steffen die gesamte Technik eingerichtet, und ich war froh, dass sie seitdem funktionierte. Mit Computern verhielt es sich bei mir ähnlich wie mit Autos. Ich wollte sie benutzen können, nicht reparieren. Allerdings musste ich zugeben, dass meine Fahrkünste deutlich besser waren als meine Computerkenntnisse. Sicher boten mir die installierten Programme auf meinem Laptop eine Menge Zusatzleistungen, die mein Leben erleichtern sollten, von denen ich noch nicht einmal ahnte, dass es sie überhaupt gab. Deswegen erfüllte es mich mit einem gewissen Stolz, als ich nach einer viertelstündigen Netzrecherche verstanden hatte, was zu tun war, mich daraufhin angemeldet und Judiths Kontakt gefunden hatte. Probeweise wählte ich ihren Anschluss.

In einem rechteckigen Feld rechts unten am Bildschirm konnte ich mich sehen, während das Programm mir anzeigte, dass es eine Verbindung aufbaute. Es ratterte und tutete gleichzeitig. Ich betrachtete mein Bild in dem Ausschnitt. Auch wenn diese Perspektive eine der denkbar ungünstigsten war, die man wählen konnte, weil niemand gut aussah, wenn man ihn aus der Froschperspektive heraus filmte, musste ich zugeben, dass ich auch unabhängig davon schlecht aussah. Meine Haare hätten dringend einen Schnitt vertragen können, meine Haut wirkte grau, und unter meinen Augen hatten sich nicht nur dunkle Ringe gebildet, sondern dicke Tränensäcke. Ich strich die Haare aus der Stirn, zog mit beiden Händen meine Wangen auf Höhe der Ohren nach hinten und begutachtete, wie viel Schwerkraft sich in meiner Mimik breitgemacht hatte.

»Ina? Alles in Ordnung?« Judiths Stimme riss mich aus meinen Überlegungen, und ich schreckte hoch.

»Was?« Irritiert registrierte ich, dass das Videobild aufgebaut worden war und nun den kompletten Bildschirm einnahm. Judith saß etwas versetzt an ihrem Schreibtisch im Polizeipräsidium und hielt die Hände über ihre Computertastatur. Sie hatte den Kopf vom Bildschirm weg in meine Richtung gewandt und sah mich besorgt an. Ich ließ meine Wangen los.

»Hast du ein Problem?« Sie rollte mit ihrem Schreibtischstuhl ein Stück nach hinten und drehte ihren Oberkörper zu mir. Dann kam sie näher und beugte sich, wie es schien, zu mir hinunter.

Sie hatte dieses Videoprogramm also nicht auf dem Dienststellencomputer, und ich fragte mich, was sie stattdessen benutzte. Sie griff nach vorn, es sah aus, als ob ihre Hand nach mir greifen würde.

»Nein. Ich bin okay. Es hat geklappt, und jetzt wollte ich eigentlich nur –«

»Warte«, sagte sie. Ich muss die Lautstärke höher drehen, damit ich dich verstehe. Judiths Bild wackelte, ich sah ihre Finger aus nächster Nähe und begriff, dass man auch mit dem Handy Videoanrufe machen konnte. »Also, was wolltest du?«

»Ausprobieren, ob es funktioniert. Und ich bin überrascht, wie gut«, musste ich zugeben.

»Sehr schön.« Judith nickte. »Dann können wir das gleich nutzen. Ich habe mich wegen der Streifen in den Totenflecken erkundigt, weil ich die Vermutung hatte, es könnten vielleicht Fesselspuren sein, die bei bestimmten Sexpraktiken angewendet werden. Es scheint aber kein Unfall beim Sex gewesen zu sein.«

»Mit wem hast du da gesprochen? Mit einem Kollegen von der Sitte?«

»Nein. Mit einer Bekannten, die man, glaube ich, als echte Fachfrau bezeichnen kann.« Judith reckte sich zur Seite, ihre Kopf- und Schulterpartie verschwand kurz aus dem Bild. Als sie wieder auftauchte, hatte sie zwei DVD-Hüllen in der Hand. »Die hat sie mir gegeben. Studienmaterial sozusagen.« Sie hielt die Cover so, dass ich sie sehen konnte.

Es handelte sich augenscheinlich um SM-Pornofilme. Das eine Cover entsprach ganz dem, was ich mir bei solchen Videos vorgestellt hätte. Viel nackte Haut, Leder und Gerätschaften, über deren Verwendung ich nur spekulieren konnte. Das andere überraschte mich. Es zeigte eine Szene im Freien. Auch hier waren Fesseln, Peitschen und Knebel zu sehen, die in der Natur seltsam fremd wirkten, hinsichtlich des Genres jedoch keinen Zweifel aufkommen ließen.

Ich zögerte. War die Assoziation, die mir beim Anblick des Covers durch den Kopf ging, zu weit hergeholt? Ich musste sie überprüfen. Ich notierte mir den Titel des Films.

»Hast du sie schon angesehen?«, fragte ich.

»Bisher nicht. Das mache ich noch. Aber ich verspreche mir nicht allzu viel davon.« Sie schob die Hüllen zur Seite. »Wie auch immer. Nils ist noch unterwegs und spricht mit den Männern auf Corinna Eckbachers Liste. Morgen früh machen wir eine Besprechungsrunde und tauschen unsere Ergebnisse aus.«

»Weshalb ich mich dann zuschalte.«

»Ja. Bis morgen.« Judith kappte die Verbindung, der Bildschirm wurde dunkel, und es erschien eine Art Statistik, die zum Beispiel die Dauer des Telefonats auflistete.

Ich musste gestehen, diese Sache gefiel mir gut. Sie sparte Zeit und Wege und war darüber hinaus besser als ein reines Telefonat, weil man seinem Gegenüber ins Gesicht schauen konnte und so auch die nicht ausgesprochenen Teile des Gesprächs mitbekam.

Ich nahm den Zettel, auf dem ich den Titel des Films notiert hatte, und gab diesen in die Suchmaschine ein. Ich hätte erwartet, auf einer exotischen Seite in den Weiten des Internets zu landen, wurde aber eines Besseren belehrt. Im erstgenannten Internetshop gab es ihn in verschiedenen medialen Darreichungsformen, und zusätzlich wurden mir noch fünf Alternativen angeboten, die Käufern dieses Produktes auch gefallen hatten.

Während ich das Coverbild ausdruckte, las ich die Inhaltsangabe auf dem Bildschirm. Ein Hüsteln ließ mich hochschrecken. Henrike stand hinter mir und schaute über meine Schulter hinweg auf den Computer.

»Henrike.«

»Hallo, Ina.« Ich sah, wie sie ein Grinsen zurückhielt. »Ich will dich ja nicht stören bei was auch immer du da treibst, aber …«

»Ich treibe nichts, ich *be*treibe Recherchen.«

»Hm. Ja. Schon klar.« Sie nickte. »Es geht mich ja auch nichts an.« Sie trat einen Schritt zurück und verschränkte die Arme vor der Brust. Ihr Gesicht wurde ernst.

»Was wolltest du denn?«, fragte ich freundlich und unterdrückte meinen ersten Impuls, ihr zu erklären, dass das noch nichts für sie sei. So, wie sie schaute, wusste sie vermutlich mehr darüber als ich, und es hatte keinen Sinn, das Bild zu wechseln.

»Nichts Besonderes.« Sie umfasste mit einer Geste den Raum. »Ich meine, das hier ist das Wohnzimmer. Ich wollte ein bisschen Fernsehen gucken.«

»Ich möchte noch eine Weile weiterarbeiten, wenn es dich nicht stört«, setzte ich vorsichtige Schritte auf dem dünnen Eis unseres momentanen Waffenstillstands. »Ist alles okay bei dir?«

»Ja. Alles okay.« Sie blieb stehen, starrte auf den Computer. »Jan hat sich gemeldet.«

»Und?«

»Er will sich doch noch mit mir treffen.«

»Gut.«

»Ich weiß noch nicht, ob das gut ist. Er will reden.«

»Reden ist immer gut.«

»Reden zu wollen, bedeutet, jemandem etwas, das richtig scheiße ist, möglichst schonend beizubringen.« Henrike überraschte mich mit einer Lebensweisheit, die ich ihr so noch nicht zugetraut hätte. »Ich denke, er will jetzt endgültig Schluss machen.«

»Ich dachte, das hätte er schon.«

Sie zuckte mit den Schultern, beugte sich näher zum Bildschirm, und ihr Blick klärte sich. »Max macht so was«, murmelte sie.

»Was macht Max? Zweimal Schluss mit seinen Freundinnen?« Ich war vollkommen irritiert.

»Nein. So was.« Sie zeigte auf das Cover der DVD. »Er dreht so Videos.«

Ich wandte den Kopf und blickte nun ebenfalls auf den Computer. Es dauerte einen Moment, bis ich begriff.

»Du meinst solche Filme?«, fragte ich wie vor den Kopf gestoßen.

»Das war es, was ich gesagt habe. Richtig.«

»Und bitte wer ist Max?«, wollte ich wissen und merkte, wie sich Blutdruck und Stimmlage hochschraubten. »Was für einen Umgang hast du, Henrike?«

Sie ging einen Schritt zurück, und in ihr Gesicht trat der verschlossene Ausdruck, den sie in den letzten Tagen viel zu oft zur Schau getragen hatte.

»Chill mal, Ina.« Sie hob abwehrend die Hände.

Ich atmete durch, schraubte mich innerlich ein paar Etagen tiefer und startete einen neuen Versuch.

»Entschuldigung.« Ruhig bleiben, Ina. »Es schockt mich nur ein wenig, wenn du mir sagst, dass du mit Leuten Kontakt hast, die solche Streifen drehen. Das ist ziemlich …« Ich suchte nach einem Wort, das mich in ihren Augen nicht direkt als komplette Spießerin deklassieren würde. »… ungewöhnlich.«

»Max ist ein Kumpel von Jans älterem Bruder. Und ich bin nicht mit ihm befreundet.«

»Und woher kennst du die Filme?«

»Ich kenne sie nicht, ich weiß nur von ihnen. Die Jungs haben von einem neuen Projekt erzählt, das er angehen will.«

»In dieser Richtung?« Ich zeigte auf das Coverbild.

»BDSM in der Natur«, sagte Henrike in einem Tonfall, als würde sie über das Wetter reden, und ich fragte mich, ob ich mich jetzt alt fühlen oder mich moralisch entrüsten sollte. Vermutlich bedingte das eine das andere.

»Weißt du, ob sie schon was gedreht haben?«, fragte ich und wartete gespannt auf ihre Antwort. Die gestanzten Löcher in den Blättern, die Steffen bei unserer Suche nach der angeblich am Urftsee erwürgten Frau aufgefallen waren, konnten von einem Kamerastativ stammen. Vielleicht wäre das die Erklärung für einen Teil der Fragen, die meinen Schreibtisch bevölkerten.

»Keine Ahnung. Die Sache ist nicht so meins«, erwiderte sie beiläufig, wandte sich ab und ging zum Sofa.

Henrike ließ sich in die Kissen fallen, zog die Beine an und umschlang sie mit beiden Armen. Dann starrte sie vor sich auf den Wohnzimmertisch, und ihr Gesicht hatte die Maske der Coolness verloren. Hier saß wieder das kleine Mädchen, das nach dem Tod der Mutter zu mir gekommen war.

»Wird Hermann sterben, Ina?« Ihre Stimme klang dünn und jagte mir einen Schauer über den Rücken, weil sie meine eigene Hilflosigkeit der Krankheit gegenüber spiegelte. Die Furcht der Tochter vor dem Verlust des Vaters. Hermann hatte auch in Henrikes Leben eine zentrale Rolle übernommen. So wie in meinem und in Amalies. Ich stand auf, ging hinüber zum Sofa und setzte mich neben Henrike. Sie kuschelte sich an mich, ergriff meine Hand und legte sich meinen Arm um ihre Schultern. »Ich habe solche Angst um ihn.«

Ich drückte sie und lehnte stumm meinen Kopf an ihren.

***

Schlaflos. Wie ich das hasste. Zu liegen, jeden Knochen zu spüren und zu brüten. Das war das Entscheidende. Das Denken. Wirre Gedanken krochen durch meinen Nacken bis in die Stirn, zwickten und zogen an meinen Lidern. Ohne einen Sinn und ohne eine Richtung schwirrten sie wie Libellen, ließen sich nicht fassen. Ich suchte nach Lösungen zu Problemen, die mir über den Kopf wuchsen. Dabei wusste ich, dass alles, was mir einfiel, mich nur weiter wach halten, weitere Wirbel produzieren und die Müdigkeit am nächsten Tag wie Blei an meinen Gliedern hängen würde.

Der Fall ließ mich nicht los. Ein Teil war gelöst. Vielleicht. Ich wusste es nicht. Hatte es noch nicht überprüft. So lange ließ es sich nicht abschütteln. Woher sollte die Adresse kommen? Ich würde Henrike fragen, bevor sie in die Schule ging. Das Gedankenkarussell drehte sich. Immer weiter. Immer schneller. Das Gefühl, alles vom ersten Moment an falsch angegangen zu sein. Nichts so gemacht zu haben, wie es richtig war. Meine Schultern krampften. Ich wälzte mich umher. Die Augen geschlossen und doch hellwach.

Ein Blick auf den Radiowecker zeigte mir, dass dreißig Minuten vergangen waren. Eine Stunde. Zwei. Wie ein Lidschlag und doch in quälender Langsamkeit.

Hermann. Warum tat er nichts? Begrüßte er die Krankheit? War sie ihm Fluch oder Segen? Warum verharrte er in dieser Starre, statt aktiv dagegen anzugehen? Er hatte Krebs. Er war endlich, wie wir alle endlich waren. Auch ich. Der Tod wurde greifbarer, rückte näher. Wie die Angst vor dieser Erkenntnis. Vor der Unverrückbarkeit. Der Unausweichlichkeit. Ich starrte durch die Dunkelheit an die Decke meines Schlafzimmers. Schwarze Schatten im dunklen Grau. Vertraut fremdes Terrain. Judith. Judith tat die richtigen Dinge. Sie handelte und ließ sich nicht das Heft aus der Hand nehmen. Das erinnerte mich daran, wie ich hätte sein können. Wie ich einmal gewesen war, bevor ... Ja, bevor was?

Ich öffnete die Augen und empfand das unwirkliche Gefühl eines hellwachen Geistes in einem schlafenden Körper.

Judith war zwanzig Jahre jünger als ich. Sie stand am Beginn ihrer Laufbahn. Sie hatte Pläne, die ich bereits zur Seite gelegt und in unerfüllte Träume verwandelt hatte, denen ich nur noch wehmütig hinterherblicken konnte. Sie hatte Perspektiven und eine Zukunft. Ich hatte ein Jetzt und ein So-ist-es, ohne ein Bald.

Schmerz stach durch meinen Rücken, zwang mich, mich aufzurichten. Ich schwitzte. Ich fror. Ich war müde. Ich war wach. Nicht endgültig. Alles dazwischen. Der Schlaf lauerte hinter meinen Lidern wie ein Raubtier.

Ich wollte noch einmal da sein, wo Judith heute stand. Ich wollte Pläne machen können. Eine Zukunft haben, egal, wie sie auch werden würde. Chancen ergreifen und sie vertun. Vieles anders angehen. Aus Fehlern, die ich machte, lernen.

Die Müdigkeit riss Mauern ein, die ich um meinen inneren Kern errichtet hatte. Ich sah mich. Nackte Seele. Ehrlich. Ohne Verstellung und Selbstbetrug. Es war Neid, der an mir fraß, in mir bohrte und mich stach. Ich hasste mich dafür.

***

Judith setzte sich, legte den Umschlag auf den Wohnzimmertisch und atmete tief ein. Sie zögerte und nahm die schmale blaue Verpackung ebenfalls aus ihrer Handtasche. Das also bestimmt meine Zukunft, dachte sie, während sie beides betrachtete und sich zurück in die Polster fallen ließ. Das eine oder das andere. Ein Dazwischen oder ein Und gab es nicht. Nur Schwarz oder Weiß. Sie schloss die Augen.

Sie musste eine Entscheidung treffen, bevor sie den Brief öffnen und den Schwangerschaftstest machen würde. Die verschiedenen Möglichkeiten abwägen. Prioritäten setzen. Ein Kind? Jetzt, zu diesem Zeitpunkt? Es wäre nicht geplant. Wäre es gewollt? Über diesen Aspekt ihres Lebens hatte sie nie zuvor nachgedacht. Würde er je kommen, dieser Augenblick, in dem sie eine Schwangerschaft planen würde? Irgendwo in ihr spukten die bekannten Sätze vom Richtigen, der erst kommen müsste, vom Nest, das zuerst gebaut sein sollte, von der Absicherung durch Heim, Haus und Ehemann. Erst das, dann das, und dann, irgendwann, könnte man einen ersten Gedanken wagen. Aber sie hatte nie etwas in dieser Richtung gewagt. Nie daran gedacht. Sie verspürte keine Sehnsucht nach einem wie auch immer fremdfinanzierten Nest, weil sie Angst hatte, sich und ihre Unabhängigkeit zu verlieren. Ihre Möglichkeiten. Wollte es offenhalten. Nach allen Seiten. Sich nicht festlegen. Nicht mit der Wohnung, der Beziehung, dem Leben. Weil jede Entscheidung auch die Gefahr des Fehlers beinhaltete, der dann nicht mehr rückgängig zu machen wäre.

Und nun stand dieser Weg im Raum. Ungefragt, aber mit der Dringlichkeit, eine Antwort darauf zu finden. Wie es sein könnte, ein ungeplantes Leben? Wie es sein müsste, mit der Entscheidung dagegen klarzukommen? Damit, den ursprünglichen Plan wieder aufzunehmen?

Judith öffnete die Augen, beugte sich mit einem Ruck nach vorn und griff nach dem Umschlag. Was, wenn das eine das andere unmöglich machte? Das Papier fühlte sich ungewohnt an unter ihren Fingerspitzen. Es gab ihr eine Ahnung davon, dass in einem anderen Land alles neu und fremd sein konnte, auch wenn es auf den ersten Blick wie das Vertraute wirkte.

Langsam ritzte sie mit dem Nagel ihres kleinen Fingers den Falz des Briefes auf, legte den Umschlag wieder zurück, ohne das Anschreiben herausgenommen zu haben, und griff nach dem Schwangerschaftstest.

Es war ganz einfach, behauptete der Beipackzettel. Nur Minuten, und sie würde wissen, in welche Richtung ihr Leben verlaufen sollte.

Ihre Hand zitterte. Es fiel ihr so schwer, sich selbst gegenüber ehrlich zu sein. Sie horchte tief in ihr Innerstes. »Was willst du?«, flüsterte sie, um dem Ganzen mehr Gewicht zu verleihen. »Was willst du wirklich? Für dich. Nicht für jemand anderen. Was kannst du leisten? Und was nicht?«

Ein Geräusch ließ sie zusammenzucken. Sie sah auf.

»Hallo, Judith.« Kai lehnte im Türrahmen. Die Arme vor der Brust verschränkt, einen Koffer an der Seite.

»Wie lange stehst du schon da?«

»Du hast mich nicht gehört, warst so versunken. Ich wollte dich nicht unterbrechen.« Er stieß sich ab, kam zu ihr und setzte sich neben sie auf das Sofa. »Für welche Option steht das?« Er wies auf den Umschlag.

»Ein Praktikum in den USA«, sagte Judith.

Kai nickte. »Wie lange?«

»Warum bist du hier?«

»Störe ich dich?«

»Nein.«

»Geht es mich etwas an?« Er griff nach dem Test.

»Ja«, antwortete Judith knapp. Das Lächeln auf seinem Gesicht überraschte sie. »Natürlich.«

»Willst du wissen, was ich denke?«

»Ich weiß es nicht. Ich weiß ja selbst nicht, was richtig ist.«

»Du hast gefragt, warum ich hier bin.«

»Ja.«

»Ich habe eine Entscheidung getroffen, die mich verwundert hat.«

»Welche?«

»Erst du. Ich will nicht, dass du nachher sagst, meine Wahl hätte deine beeinflusst.«

»Damit ich es dir nicht vorwerfen kann, wenn wir beide erkennen, dass wir einen Fehler begangen haben?«

»Weil wir die Folgen des Entschlusses, egal, wie es ausgeht, nicht richtig abgeschätzt haben, meinst du?«

»Ja.«

»Nein. Darum geht es mir nicht.« Er spielte mit der Packung. »Willst du ihn machen?«

»Ich muss.«

»Wann?«

»Jetzt?«

»Hier steht etwas von Morgenurin.«

»Dann morgen früh.« Judith nahm den Umschlag, stand auf und legte ihn in ein Buchregal, froh über den Aufschub. »Wird es an deiner Entscheidung etwas ändern?«

»Nein.« Kai stand ebenfalls auf, trat neben sie und strich über ihren Oberarm. Judith griff nach seiner Hand, zog ihn an sich und umarmte ihn. Durch seinen dicken Pullover hindurch fühlte sie seine Rippen und seine Wirbelsäule. Seinen Herzschlag.

Sie durfte ihre Wahl nicht von ihm abhängig machen, musste sie allein treffen.

ELF

»Wie weit bist du?«

»Ende fünfter Monat«, sagt sie und umfasst den Becher mit beiden Händen. Sie klammert sich daran fest, versteckt sich dahinter, sinkt auf dem Stuhl in sich zusammen.

Du rechnest stumm, überschlägst und kommst zu einem Ergebnis. Sie lässt dich nicht aus den Augen, registriert dein Stirnrunzeln und dein Erkennen.

»Ja«, sagt sie. »Es muss da passiert sein.« Sie stellt die Tasse ab, holt tief Luft, um weiterzusprechen. »Auch wenn du mich für ein Flittchen hältst und mir nicht glaubst, wenn ich dir sage, ich klettere nicht mit jedem ins Bett, ist es doch so. Er war eine Ausnahme. Wenn ich geahnt hätte, wie viel er dir bedeutet, dann –«

»Sei still«, sagst du. »Ich will das nicht hören. Es interessiert mich nicht, von wem du dir ein Kind hast machen lassen.« Du bist überrascht über die aufspritzende Wut in dir. »Was ist jetzt mit deinem Studium?«

Sie senkt den Kopf.

»Was? Sag es mir.«

»Es ist nicht das, was ich mir davon versprochen habe. Es ist alles anders, und ich kann mir nicht vorstellen, jemals in dem Beruf zu arbeiten, auch wenn er meine Fahrkarte in den Westen sein könnte.«

»Es gibt immer Zeiten, in denen es schwierig ist. Da musst du jetzt durch. Du darfst die Sache nicht hinwerfen«, hörst du dich sagen, von einem Augenblick zum anderen erneut in der Rolle der Älteren, der Verantwortlichen verhaftet. »Es werden sich Alternativen für dein Kind finden, sodass du studieren kannst. Du bist nicht die einzige alleinerziehende Mutter in diesem Land.«

Du sagst das, als ob es üblich und mühelos wäre, Kinder ohne eine Familie großzuziehen, aber du weißt, dass es nicht so ist.

Sie öffnet den Mund, will etwas erwidern. Du lässt sie nicht zu Wort kommen, sprichst lange Sätze, redest dich in die Wut hinein.

»Warum hast du es nicht wegmachen lassen? Es gibt Möglichkeiten. Dann hättest du jetzt keine Probleme und könntest dein Studium

erfolgreich zu Ende bringen, für das ich auf so vieles verzichte.« Du stockst. Das ist es, was dich im Grunde genommen verletzt. Ihre erneute Unbekümmertheit und Sorglosigkeit. Sie nimmt, sie fordert, sie denkt nicht nach über die Folgen ihres Tuns. Nichts hat sich geändert. »Und jetzt kommst du zu mir gelaufen wie ein kleines Kind. Willst Hilfe. Willst, dass ich die Kartoffeln für dich aus dem Feuer hole. Wieder einmal alles für dich richte. Aber da hast du dich geirrt. Ich kann dir nicht helfen.« Du lachst bitter. »Was ist mit ihm? Geh doch zu ihm und frag, was mit seinem Balg passieren soll. Vielleicht heiratet er dich ja.«

Sie hebt den Kopf und sieht dich an. In ihrem Blick erkennst du viele Antworten und noch mehr Fragen. Aber sie schweigt, stellt die Tasse ab und steht auf. Mit den mühsamen Schritten einer alten Frau geht sie in den Flur, klaubt ihren Mantel vom Haken.

Du bleibst sitzen, die Füße verankert auf dem Boden, die Handflächen auf der Tischplatte, und schaust ihr nicht hinterher. Als die Tür ins Schloss fällt, weinst du.

***

Henrike hatte sich schon auf den Weg zur Schule gemacht. Sie musste früh raus, um den Bus zu bekommen, der sie nach Schleiden brachte. Ich hatte mir angewöhnt, das Badezimmer erst zu betreten, nachdem sie ihre Morgenzeremonie abgeschlossen hatte, um unnötigem Streitpotenzial aus dem Weg zu gehen. Unsere Vorstellungen davon, wie man auszusehen hatte, wenn man sich der Außenwelt präsentierte, unterschieden sich erheblich. Ich fand, sie machte viel zu viel von allem, und sie bezeichnete meinen nicht existenten Ehrgeiz in dieser Hinsicht als sträflich. Aber Make-up war noch nie mein Freund gewesen, und meine Einstellung dazu wurde mit den Jahren nicht besser. Henrikes bevorzugter Schminkstil war die Kombination dicker schwarzer Lidstriche mit eimerweise Wimperntusche, und sie ärgerte sich jedes Mal, wenn ich es »Modell Nofretete« nannte.

Ich trank den letzten Schluck Kaffee im Stehen und verließ die Wohnung. Der Zettel, auf dem die Adresse des jungen Mannes mit den cineastischen Ambitionen notiert war, lag während der Fahrt dorthin neben mir auf dem Beifahrersitz. Sie hatte von selbst daran gedacht, sie mir aufzuschreiben, und ich musste lächeln, als ich ihre geschwungene und verschnörkelte Mädchenhandschrift betrachtete.

Ich wollte diese Sache endgültig aus meinem Kopf bekommen.

Die Straße lag auf dem Lützenberg in Olef, nicht weit von der Polizeiwache entfernt. Ich parkte meinen Wagen direkt vor dem Haus. Hinter einigen Fenstern brannte Licht.

Die Türglocke dröhnte, ich hörte Schritte langsam näher kommen, und eine ältere Dame im Morgenrock öffnete mir. Sie sah mich an und lächelte freundlich.

»Haben Sie etwas vergessen?«, wollte sie mit Blick auf meine Uniform wissen. Dann stutzte sie. »Sie sind ja eine andere.«

»Guten Morgen, Frau Keller«, versuchte ich mein Glück, obwohl ich nicht wusste, ob der Name ihres mutmaßlichen Enkels auch der ihre war, und stellte mich vor. »Was meinen Sie mit ›etwas vergessen‹ und ich sei eine andere?«

»Was wollen Sie denn von mir?« Sie reckte ihr Kinn vor.

»Von Ihnen möchte ich gar nichts. Ich bin auf der Suche nach Max Keller.« Ich hielt ihr meinen Dienstausweis hin. Der freundliche Gesichtsausdruck verschwand und machte einem großen Unmut Platz.

»Mein Enkel ist nicht zu Hause. Der ist arbeiten. Und ich heiße Janssen.« Sie schüttelte verärgert den Kopf und schloss die Tür.

Ich blieb verdattert davor stehen. Was war das denn? Stimmungsumschwung von »sehr nett« auf »harsch und abweisend« innerhalb von Sekunden? Allzu gut schien sie auf den Herrn Enkelsohn demnach nicht zu sprechen zu sein. Oder sie war überfordert mit der Situation. Manche Leute wurden im Alter seltsam. Ich grinste, drehte mich um und wollte zum Auto gehen, hielt aber mitten in der Bewegung inne. Vielleicht war sie gar nicht seltsam, sondern ich brauchte nur etwas länger, um die Puzzleteile zusammenzufügen. Erneut klingelte ich.

»Was wollen Sie denn noch?«, ertönte umgehend ihre Stimme.

Anscheinend hatte sie hinter der Haustür gewartet und gelauscht, ob ich wegging.

»Entschuldigen Sie, Frau Janssen.« Ich bemühte mich um einen ruhigen Tonfall. »Können Sie bitte kontrollieren, ob Ihre Geldbörse noch da ist?«

»Die liegt hier«, kam es prompt.

»Schauen Sie hinein, ob Ihr Geld noch da ist.«

Schweigen. Ich erhielt keine Rückmeldung.

»Frau Janssen?«

Statt einer Antwort wurde die Tür aufgerissen, und die alte Dame tauchte mit entsetztem Gesichtsausdruck und fahler Hautfarbe vor mir auf.

»Weg«, stammelte sie. »Das Portemonnaie ist leer.« Sie schwankte, und ich beeilte mich, zu ihr zu kommen und sie zu stützen, damit sie nicht umfiel. Sie zitterte. Ich führte sie zu einem Stuhl, der in der Nähe der Treppe stand, und half ihr, Platz zu nehmen.

»Als Sie eben meinten, dass ich etwas vergessen hätte, für wen hielten Sie mich denn da?«

»Für die andere Polizistin, die vor Ihnen hier war. Sie sagte, sie müsse eine Aussage überprüfen, aber sie hatte wohl die Adresse verwechselt.«

»Haben Sie die Frau reingelassen?«, fragte ich, obwohl ich die Antwort schon kannte.

»Sie musste kurz auf die Toilette, da konnte ich doch schlecht Nein sagen.«

»Haben Sie sich den Ausweis zeigen lassen?«

Frau Janssen sah mich von unten herauf an.

»Nein.«

»Wie lange ist es her, dass die Frau hier war?« Vielleicht hatte ich Chancen, die Betrügerin noch zu erwischen.

»Nicht so lange. Fünf Minuten. Oder zehn?«

»Haben Sie gesehen, ob sie mit einem Auto da war?««, wollte ich wissen und fischte mein Handy aus der Tasche. Ich musste sofort die Kollegen informieren und einen Krankenwagen rufen. Frau Janssen zitterte immer noch, und ich machte mir Sorgen um ihre Gesundheit.

»Nein.« Ihre Stimme gewann an Festigkeit. »Sie kam zu Fuß und ist im Anschluss weiter die Straße hinaufgegangen. Sie suchte ja noch die richtige Adresse.«

»Das war keine echte Polizistin, Frau Janssen«, erklärte ich, nachdem ich die beiden Anrufe getätigt hatte. »Das war eine Betrügerin.«

»Aber sie hatte eine Uniform an, so wie Sie. Wie kann ich denn ahnen, dass sie eine Verbrecherin ist?«

»Es tut mir sehr leid, was Ihnen passiert ist. Ich habe die Kollegen bereits informiert, und sie sind auf dem Weg. Es dauert keine drei Minuten, bis sie hier eintreffen.«

»Bis dahin kann dieses Weib über alle Berge sein.« Ihre Augen blitzten. Der Zorn über die Ungeheuerlichkeit, die ihr widerfahren war, verlieh ihr neue Energie. »Nun laufen Sie schon, junge Frau, und fangen Sie die Verbrecherin.«

Sie stand auf, fasste mich am Arm und drängte mich zur Tür. »Ich falle schon nicht in Ohnmacht. Keine Angst.«

Ich musterte sie, nickte und wandte mich in die Richtung, in die die Trickbetrügerin verschwunden war.

***

»Gute Arbeit am frühen Morgen«, sagte Hansen, als er zwei Stunden später mein Büro betrat. Ich sah von dem Bericht auf.

»Es war wohl eher ein Zufall, dass sie ausgerechnet dort ihr Glück versucht hat, wo ich einen Zeugen befragen wollte.«

»In welchem Zusammenhang?«

»Mit den Vorfällen im Nationalpark.«

»Der angeblich beobachtete Mord?«

»Ja.«

»Du lässt nicht locker, richtig?« Hansen verschränkte die Arme vor der Brust. »Ich hatte das aber schon deutlich genug ausgedrückt, dass das kein Fall ist, dem wir uns widmen? Wir haben sowieso nicht ausreichend Leute. Und du bist für die Bonner Mordermittlung abgestellt.«

»Die Recherche zu dem Nationalparkvorfall heute Morgen war mehr oder minder ein Nebenprodukt dieser Ermittlungen.

Und keine Angst.« Ich grinste ihn an. »Diese Sache ist allem Anschein nach harmlos. Auch wenn einige das vielleicht anders sehen.«

»Inwiefern?«

»Als ich mit Steffen den Bereich abgesucht habe, in dem der angebliche Mord beobachtet wurde, haben wir doch einige durchlöcherte Blätter gefunden.«

»Von denen ihr euch nicht erklären konntet, wie die Löcher entstanden sind.«

»Nun. Jetzt haben wir die Erklärung: Einige junge Leute haben dort einen Film gedreht. Die Löcher sind vom Kamerastativ, und der beobachtete Mord war eine Filmhandlung.«

»Eine anscheinend sehr realistische, wenn es den Zeugen so beunruhigt hat.« Hansen pfiff durch die Zähne. »Gut muss ich so was ja nicht finden, oder?«

»Nein. Musst du nicht. Aber einen Film zu drehen, ist erst mal nicht verboten. Über den Inhalt lässt sich sicher streiten.«

»Wenn sie es nicht kommerziell gemacht haben«, wandte Hansen ein, »können wir einen Haken dahinter machen.«

»Eben das muss ich noch herausfinden. Wenn ja, bleibt nur das unerlaubte Betreten des Nationalparkgeländes. Und wenn nein, darf sich zusätzlich noch das Finanzamt damit beschäftigen.«

»Es lohnt sich immer, das Offensichtliche zu hinterfragen.« Hansen lächelte mir zu. »Wie gesagt, Ina, gute Arbeit. Ich bin froh, dass du in unserem Team bist.« Er drehte sich um und ging, ohne die Tür hinter sich zuzuziehen.

Ich speicherte die Datei ab, druckte das Protokoll aus und heftete es in die Akte. Ich konnte zufrieden sein. Einen Fall hatte ich gelöst, ein anderer löste sich gerade vor meinen Augen wohlgefällig in Luft auf. Das war recht ordentlich für einen Vormittag. Trotzdem haderte ich mit mir. Ohne meine Mitarbeit in dem Mordfall an Natalya Verkova wäre das vermutlich der Höhepunkt des Tages gewesen. Nachdenklich starrte ich aus dem Fenster. Bis zur Rente waren es noch mindestens zwölf Jahre.

»Immer noch Zeit genug, um manche Dinge zu ändern«,

murmelte ich und ging wieder an den Computer. Hansen hatte mich auf eine Idee gebracht.

***

»Denkst du über einen neuen Anstrich nach?«

»Was?« Judith wandte den Kopf in Nils Memmerts Richtung.

»Na, so wie du die Fassade anstarrst, könnte man glauben, du probierst im Geiste verschiedene neue Farbvarianten durch. Dabei ist es doch eigentlich ganz hübsch.« Er öffnete die hintere Tür seines Wagens und nahm einen Rucksack von der Rückbank. Er hatte im Parkhaus des Präsidiums direkt neben Judith geparkt, ohne dass sie es bemerkt hatte, so tief war sie, an die Fahrertür ihres Wagens gelehnt, in ihre Überlegungen versunken gewesen.

Am Morgen war sie aufgestanden, zur Toilette gegangen und hatte den Test gemacht. Sie hatte den Badezimmerschrank geöffnet, den Test hineingelegt und sich fertig gemacht. Ein Schritt nach dem anderen. Zwei auf einmal waren zu viel.

»Man könnte es bunt machen. Wie einen Regenbogen, was meinst du? Das wär doch was, oder?«

Sie mühte sich ein Lächeln auf die Lippen, stieß sich von ihrem Auto ab und folgte Nils. Aus den Augenwinkeln erkannte sie den Kindersitz auf seiner Rückbank, daneben eine bunte Kinderdecke und ein Netz mit Spielzeug, das an der Rückseite des Fahrersitzes baumelte.

»Wie habt ihr das eigentlich mit der Betreuung geregelt?«, fragte sie beiläufig, während sie über die schmale Brücke zum Nebeneingang gingen. »Du hast ja eine Vollzeitstelle.«

»Mischa ist den ganzen Tag zu Hause, im Homeoffice, mit gelegentlichen Präsenztagen im Büro. Wir hatten das Glück, dass Mischas Arbeitgeber alternativen Arbeitsformen gegenüber offen eingestellt ist. Vielleicht wollte er aber auch einfach nicht riskieren, dass Mischa komplett abspringt.« Nils Memmert grinste.

»Das hat sicher Vor- und Nachteile.« Judith hielt ihm die Tür auf.

»Klar. So ist immer jemand für die Kleine da. Auch wenn sie mal krank wird. Das ist schon toll.«

»Aber während du den ganzen Tag außer Haus bist und tust, was du immer tust, muss Mischa die Arbeit der Kinderbetreuung unterordnen. Vermutlich fallen dann auch die Abendstunden der Arbeit zum Opfer?«

»Genau. Es ist deutlich schwieriger, Arbeitszeit und Freizeit zu trennen«, sagte Nils und folgte Judith in ihr Büro. »Aber das ist bei uns ja auch nicht wesentlich anders. Die Toten fragen nicht nach dem Feierabend«, sagte er theatralisch, legte Jacke und Tasche zur Seite und ging zur Kaffeemaschine. »Auch einen?«, wollte er wissen und hielt einen Becher hoch.

Judith nickte stumm, setzte sich an ihren Schreibtisch und fuhr den Computer hoch.

Nils Memmert sah sie prüfend an. »Ist irgendwas?«, fragte er ernst.

»Bitte?« Sie erwiderte seinen Blick. »Nein. Nein, alles klar.« Sie rückte einen Kugelschreiber gerade. »Warum?«

»Weil du mich noch gar nicht gefragt hast, was ich herausgefunden habe.«

»Was hast du herausgefunden?«

»Eine Menge.« Er kam zu ihr, stellte die Tasse mit dem dampfenden Kaffee vor ihr ab und stemmte die Hände in die Hüften. »Es ist schon ungewöhnlich, dass die Leiterin der Mordkommission nicht einen einzigen Gedanken auf den Fortgang der Ermittlungen verschwendet, findest du nicht? Und so, wie ich dich in den letzten Tagen kennengelernt habe, ist es bei dir besonders bemerkenswert. Also. Was ist los?«

»Es ist privat, und ich möchte nicht darüber reden.«

Nils schwieg einen Moment. Dann seufzte er leise. »Okay. Ich kann dich nicht zwingen, mir was zu erzählen. Aber ich hätte ein Ohr für dich, wenn du es denn brauchst.« Er drehte sich um, nahm seinen Kaffee und setzte sich Judith gegenüber.

Die betrachtete ihn verstohlen. Ihre Zusammenarbeit war wirklich noch sehr frisch, aber sie hatte den Eindruck, dass sie dabei waren, ein gutes Team zu werden. Mit Nils Memmerts unprätentiöser Art kam sie wunderbar zurecht, und sie ergänzten sich gut. Ganz anders war es bei ihr und Horst Sauerbier gewesen, ihrem ehemaligen Kollegen und Teampartner, der es nie versäumt hatte, ihr auf die ein oder andere Art klarzumachen, wer der dienstältere Kommissar und damit in seinen Augen auch automatisch der erfahrenere und bessere Ermittler war. Aber trotzdem. Sie wollte nicht reden. Mit niemandem.

»Was hast du herausgefunden?« Sie lächelte, und Nils nickte ihr zu. Noch ein Punkt auf der Liste mit Pluspunkten, dachte Judith. Er versteht, ohne dass ich es groß erklären muss.

»Ich habe die Liste durchgeackert. Ein ziemlich heißer Kandidat ist der hier. Mark Räuter. Abteilungsleiter bei einer großen Versicherung. Fünfundvierzig Jahre.« Er legte den Ausdruck eines Fotos auf den Tisch. Ein Mann schaute ernst in die Kamera. Das Businesshemd, die Krawatte und der edle Anzug schienen irgendwie nicht zu ihm zu passen. Viel eher hätte Judith sich zu seinem Gesicht einen Blaumann oder eine Mistgabel und einen Traktor vorstellen können. »Noch ledig. Er würde es gern ändern.«

»Was aber nicht so einfach zu sein scheint, sonst stünde er nicht auf der Liste.«

»Ich war bei ihm zu Hause.« Nils tippte mit dem Zeigefinger auf das Bild. »Um es mal freundlich zu formulieren: Das Foto schmeichelt ihm. Homogamietechnisch ist er also auf der sicheren Seite.«

»Was für einen Eindruck machte er auf dich?«, wollte Judith wissen und schob hinterher: »Ich wusste gar nicht, dass du auch boshaft sein kannst.« Sie schmunzelte.

»Immer wieder gern.« Nils deutete eine Verbeugung an. »Nach außen hin sehr geleckt und glatt. Oberflächenfreundlich.«

»Auf den ersten Blick. Und darüber hinaus?«

»Auf den zweiten verursacht er mir Unbehagen.«

»Inwiefern?«

»Du kennst doch diese Art Leute, die nach außen hin nett und höflich und kollegial wirken und hinterrücks zuschlagen. Dich in die Pfanne hauen, wenn sie glauben, sich dadurch einen Vorteil zu verschaffen. Die sich irgendwas aus den Fingern saugen, nur um dir zu schaden.« Er redete sich in Rage. Judith musste unwillkürlich lachen.

»Oje.« Judith verzog leicht den Mund. »Hat da etwa jemand auf ein bestimmtes Knöpfchen gedrückt?«

»Was?«

»Du ereiferst dich, als seist du selbst schon einmal zum Opfer eines solchen Typen geworden«, sagte Judith.

Nils Memmert nickte. »Kann schon sein.« Er schüttelte sich. »Mir ist so jemand mal untergekommen. Hat allen Ernstes versucht, mich anonym bei einem Vorgesetzten schlechtzumachen, mit einer Sache, die so gar nichts mit der Qualität meiner Arbeit zu tun hatte.«

»Ist er damit durchgekommen?«

»Nein. Ich bin dahintergekommen und habe ihn dann bei passender Gelegenheit und vor versammelter Mannschaft zur Rede gestellt.« Er lehnte sich mit zufriedenem Gesichtsausdruck in seinem Stuhl zurück. »Ich würde lügen, wenn ich behaupten würde, diese kleine Racheaktion hätte mir keinen Spaß gemacht.«

»Und so ein Typ ist Mark Räuter?«

»Dem Anschein nach, ja. Wobei ich mich natürlich täuschen kann.« Er blickte Judith in die Augen. »Was ich aber nicht glaube.«

»Du bist dir aber schon im Klaren, dass das nicht reicht, um ihn einen heißen Kandidaten zu nennen.«

»Natürlich.«

»Ich höre.«

»Er wurde auffällig nervös, als ich auf die Sache zu sprechen kam.«

»Inwiefern?«

»Er fing an zu stottern und behauptete, Natalya Verkova nie begegnet zu sein.«

»Aber er steht auf der Liste, die Corinna Eckbacher uns gegeben hat.«

Nils Memmert nickte.

»Vielleicht hatte sie ihn ja noch nicht kontaktiert. Sagt er, er kennt sie gar nicht?«

»Nein. Das behauptet er nicht. Er sagt, er hat mit ihr telefoniert, sie aber nicht getroffen.«

»Warum nicht?«

»Sie ist nicht erschienen.«

»Wann war er denn mit ihr verabredet?«

»An dem Tag, an dem sie gestorben ist.« Er blickte Judith über den Rand seiner Tasse hinweg an. »Deswegen ist die Sache ja auch so interessant.«

»Hm. Hat er versucht, sie zu erreichen?«

»Ja. Mehrfach. Er hat mir die Liste seiner Anrufe auf seinem Smartphone gezeigt.« Nils Memmert zog einen Zettel aus seiner Hosentasche. »Hier ist die Nummer. Ich habe sie bereits überprüft. Ist dieselbe, die uns Corinna Eckbacher gegeben hat, leider ein Prepaidhandy.«

»Das war zu erwarten. Hat er ein Alibi?«

»Ja und nein. Er sagt, er hätte bis kurz vor dem vereinbarten Zeitpunkt in seinem Büro gearbeitet und sich dann zum Treffpunkt aufgemacht.«

»Hast du die Angaben überprüft?«

»Oui, bien sûr, chérie. Nicht wasserdicht. Er war allein im Büro und hat keine Zeugen.«

»Okay. Wir werden ihn genauer unter die Lupe nehmen. Was ist mit den anderen Männern auf der Liste?«

»Es waren insgesamt fünf. Mark Räuter war am Tag ihres Verschwindens mit ihr verabredet. Drei andere haben gesagt, sie hätten noch gar keinen Kontakt zu ihr gehabt, weder schriftlich noch mündlich. Außerdem hatten sie Alibis für den möglichen Tatzeitraum.«

»Was ist mit dem Fünften?«

»Den konnte ich noch nicht ausfindig machen. Er hat der Vermittlerin zwar eine Kölner Adresse angegeben, aber an dieser Stelle befindet sich ein Hotel, keine Privatwohnung.«

»Ach, schau an.«

»Ich bin reingegangen und habe nach ihm gefragt.«

»Lass mich raten: Niemand dort kennt seinen Namen. Und die Telefonnummer gehört zu einem Prepaidhandy.«

ZWÖLF

Wieder vergehen Monate, wieder willst du sie vergessen, aber diesmal gelingt es nicht. Obwohl sie schweigt. Ihr Bild steht dir vor Augen, ihr Gesicht, der schwangere Leib. Wie sie zaghaft lächelt, wie sie dich um Hilfe bittet und wie du sie abweist. Es überkommt dich auf der Arbeit, wenn du unterwegs bist und in deinem Schlaf. Du träumst von ihr. Von dem Kind. Es sind wirre Träume. Sie lassen dich aufschrecken, nicht mehr einschlafen, morgens müde und gerädert in den Tag gehen. Du stellst dir vor, wie das Kind in ihr wächst, wie ihr Bauch anschwillt, und verlierst selbst an Gewicht, weil dir das Essen zur Last wird.

Schließlich überwindest du dich, bist bereit, dich zu entschuldigen, deine Worte zurückzunehmen und ihr alle Hilfe anzubieten, derer du fähig bist. Du rufst sie an, erreichst sie jedoch nicht. Du versuchst es wieder und wieder, zu verschiedenen Tageszeiten, an unterschiedlichen Tagen. Du schreibst ihr an die Adresse des Zimmers, für das du die Miete bezahlst. Doch du erhältst keine Antwort. Zu dem Schuldgefühl gesellen sich die Sorgen um deine Schwester.

Die Fahrt mit der Bahn dauert acht Stunden, zweimal musst du umsteigen, bis du ankommst. Die Landschaft rattert an dir vorbei, Felder, Dörfer, einsame Gehöfte, alles wirkt gleich, austauschbar, bis es zur Stadt wird. Und da ähneln sich die Straßen, die nackten Bäume am Rand, die gesichtslosen Gebäude.

Am Bahnhof steigst du aus, fragst nach dem Weg, folgst den Richtungen, die man dir weist, und findest die Adresse. Die Klingeln sind namenlos, und so drückst du wahllos, bis dir jemand öffnet und du das Haus betreten kannst. Es gibt vier Türen auf jeder der fünf Etagen. Spärliche Behausungen mit nur einem Raum, einem winzigen Badezimmer, ausreichend für einen oder zwei Studenten, die darin nichts als ihre Bücher, Kleidung und ein Bett unterbringen. Es sind Privilegierte, die hier leben dürfen. Die Wohnungen sind Teil des Stipendiums, auch wenn sie selbst bezahlt werden müssen.

Du bist früh am Morgen losgefahren. Jetzt ist es Nachmittag, fast Abend, und viele sind zu Hause, brüten nach einem langen Tag an der Universität über ihrem Stoff. Du erntest Schulterzucken auf deine

Fragen nach deiner Schwester, steigst Etage für Etage nach oben, klopfst, fragst, gehst weiter.

Ganz oben öffnet eine junge Frau und nickt als Antwort auf deine Frage. Hinter ihr siehst du den alten Wandspiegel deiner Großmutter.

»Ist sie zu Hause?«

»Sie wohnt nicht mehr hier.«

»Aber das ist doch ihre Wohnung.« Du zeigst auf den Spiegel.

»Sie ist vor fünf Wochen ausgezogen und hat mir alles verkauft.« Die junge Frau zieht die Tür, in deren Rahmen sie steht, etwas näher zu sich heran. »Ich habe ihr Geld gegeben.« Sie schaut erschrocken. Vielleicht denkt sie, du seist gekommen, um ihr die Sachen abzunehmen.

»Wissen Sie, wohin sie gegangen ist?«

»Nein. Sie hat nichts gesagt.«

»Hat sie Ihnen eine Adresse dagelassen?«

»Nein.« Erneutes Kopfschütteln. Sie zögert, erinnert sich. »Warten Sie.«

Sie dreht sich um, verschwindet mit wenigen Schritten in der Wohnung. Du folgst ihr, betrittst das Zimmer, schaust dich um und entdeckst Vertrautes. Kissen, Decken, zwei Fotos des Deltas. Sie hat nichts mitgenommen, wie es scheint.

Die junge Frau zieht eine kleine Kiste aus dem Regal. »Hier. Ich habe alles, was ich von ihr an Unterlagen gefunden habe, in diese Kiste gepackt. Wenn sie wiederkommt.«

»Hat sie gesagt, sie kommt wieder?«

»Nicht direkt.«

»Sondern?«

»Sie hat gesagt, wenn ich etwas finde, von dem ich denke, es könnte wichtig sein, soll ich es aufbewahren. Vielleicht wäre es noch einmal nützlich.«

»Darf ich?«, fragst du und zeigst auf die Kiste.

»Natürlich.« Sie tritt zur Seite.

Du nimmst sie, gehst damit zum Tisch in der Nähe des Fensters und kippst den Inhalt aus. Mit beiden Händen breitest du die Papiere aus. Quittungen, eine Gebrauchsanleitung, zwei Schreiben der Universität. Sie hat sich mit eurem vollen Namen eingeschrieben. Irina Kateryna Natalya Verkova. Mutter, Großmutter und Urgroßmutter sind darin verewigt. Es ist der Name, den ihr euch teilt und von dem jede nur einen Teil nutzt.

Unter den Papieren findest du eine zerlesene Modezeitschrift. Du schaust die junge Frau fragend an. Sie zuckt mit den Schultern, greift nach der Illustrierten und schlägt sie auf.

»Die habe ich aufbewahrt, weil sie das hier markiert hat.« Sie dreht die Zeitung so, dass du es sehen kannst. »Ich dachte, es könnte wichtig sein.«

***

Die Suchmaschine spuckte auf meine beiden Stichworte hin fünf Bilder mit sehr attraktiven jungen Frauen und eine Flut von auf Osteuropa spezialisierten Partnervermittlungsagenturen aus. Wahllos klickte ich den ersten Eintrag an. Neben der Begrüßungsseite erwartete mich eine Auflistung der angebotenen Damen. Fein säuberlich nach Ländern und Altersklassen getrennt. Da gab es Damen aus der Ukraine, aus Polen und natürlich aus Russland. In einer Extrarubrik fand ich die Antworten, die ich suchte.

Was hatte Hansen gemeint? Das Offensichtliche hinterfragen. Laut Corinna Eckbacher war Natalya Verkova nach Deutschland gekommen, um sich mit verschiedenen Männern zu treffen. Weder Judith noch ich hatten darüber nachgedacht, ob das denn dem üblichen Vorgehen entsprach.

»Ach, guck an«, murmelte ich und zog Notizblock und Stift zu mir heran.

»Alles klappt wunderbar«, bestätigte ich eine halbe Stunde später Judiths Nachfrage nach meinem Umgang mit der neuen Technik. Es hatte nur wenige Sekunden gedauert, bis die Verbindung per Videokonferenz aufgebaut war.

Nils Memmert erschien auf dem Bildschirm. Er hatte sich hinter Judith platziert und beugte sich zur Kamera hinunter, winkte mir zu.

Ich winkte zurück und kam direkt zur Sache. »Die Heiratsvermittlung funktioniert im Allgemeinen ganz anders, als

Corinna Eckbacher uns das hat weismachen wollen.« Ich hatte keine Lust auf ein langes Geplänkel. »Genau andersherum, heißt das. Nicht die Frauen kommen nach Deutschland und stellen sich den Herren vor. Bei allen anderen Agenturen, die ich mir angesehen habe, sind es die Männer, die sich den Frauen vorstellen. Und zwar in der Ukraine.« Ich zog meine Notizen zurate. »Zuerst suchen sie sich über die Fotos und Beschreibungen in der Agenturkartei einige Kandidatinnen aus. Die Frauen werden darüber informiert und können entscheiden, ob sie den Mann kennenlernen möchten oder nicht. Und erst wenn sie Ja gesagt haben, kommt in den seriösen Agenturen überhaupt ein Vermittlungsvertrag zustande.«

»Die Männer setzen sich dann also in den Flieger und arbeiten die Frauen ab?«

»Vorher müssen sie noch eine Art Bewerbungsschreiben an die Frauen senden, in dem sie sich vorstellen und erzählen, was sie von ihrer Partnerin erwarten. Die Agenturen empfehlen, erst dann zu fliegen, wenn einige der Frauen auch wirklich die Bekanntschaft des Mannes machen wollen.«

»Ich bin gespannt auf die Erklärung von Frau Eckbacher, warum sie die Sache anders aufzieht.« Nils Memmert richtete sich auf und schob entschlossen die Hände in die Hosentaschen.

***

»Einige meiner Kunden können aus persönlichen Gründen nicht in die Ukraine fliegen oder möchten es so aussehen lassen, als ob sie ihre zukünftige Ehefrau hier in Deutschland kennengelernt haben.«

»Warum?« Judith schob ein Stofftier zur Seite und setzte sich auf das Sofa in Corinna Eckbachers Wohnzimmer.

»Nicht immer lässt sich die gesellschaftliche Stellung mit dem Image einer Heiratsvermittlung vereinbaren. Oder die Herren sind beruflich so stark eingebunden, dass sie nicht mehrere Tage abkömmlich sind.«

Sie setzte ihre Tochter auf den Boden, und das Mädchen stakste auf eine bunte Decke in der Mitte des Raumes zu, auf der etliche Spielsachen verteilt lagen. Nils Memmert nickte lächelnd, als es einen Ball aufhob und ihn stolz den Gästen präsentierte.

»Ball.« Die Kleine freute sich sichtlich.

»Ja, das ist ein Ball«, bestätigte Nils, und Judith hatte den Eindruck, er würde sich am liebsten zu dem Mädchen auf die Decke setzen und mit ihm spielen.

»Bei anderen Agenturen scheint es außerdem üblich zu sein, dass die Männer den Frauen, wenn es tatsächlich zur Heiratsabsicht kommt, den für das Visum notwendigen Einladungsbrief schreiben.«

»Da meine Kunden Wert auf Diskretion legen, übernehme ich diese Aufgabe.« Sie strich ihren engen Rock glatt. »Meine Klientel stellt die höchsten Ansprüche. Nicht nur, was die Frauen persönlich angeht, sondern auch, was den Service durch die Agentur betrifft.« Sie sah zwischen Judith und Nils hin und her und wartete auf eine Antwort.

Judith schwieg und warf Nils Memmert einen Blick zu, von dem sie hoffte, dass er ihn verstand. Sie wollte Corinna Eckbacher von allein weiterreden lassen, in der Hoffnung, sie würde mehr erzählen, als sie eigentlich preisgeben wollte.

Corinna Eckbacher schnappte unvermittelt nach Luft und stand auf. »Oh nein«, sagte sie entrüstet und stemmte die Hände auf die Hüften. »Ich weiß, was Sie jetzt denken, aber so ist es nicht. Ganz bestimmt nicht.«

»Was denken wir denn, Frau Eckbacher?« Nils Memmert fragte das in einem Tonfall, der nichts mehr mit der freundlichen Zuwendung zu tun hatte, die er dem Kind entgegenbrachte, und beugte sich vor. Zum ersten Mal wirkte er bedrohlich auf Judith, und sie erkannte hinter seiner allgegenwärtig scheinenden Verbindlichkeit eine in der Sache unnachgiebige Härte.

»Sie denken, dass die Frauen für mich als Prostituierte arbeiten, aber das ist nicht so«, sagte Corinna Eckbacher laut.

Die Kleine stand auf, wackelte auf sie zu und legte ihre Arme um ihre Beine. »Mama.« Sie schmiegte sich an sie. »Mama.«

Corinna Eckbacher bückte sich zu ihrer Tochter hinunter, hob sie hoch und gab ihr einen Kuss. »Alles in Ordnung, Süße.«

Sie atmete tief ein und setzte sich wieder. »Das ist ganz sicher nicht so«, betonte sie. »Ich weiß, dass ich mich mit meiner Vorgehensweise von den anderen Agenturen abhebe, aber das ist auch der Sinn der Sache, es macht mich konkurrenzfähig.« Sie schnaubte verächtlich. »Haben Sie mal gesehen, wie viele Heiratsvermittlungen es mittlerweile gibt? Manchmal habe ich das Gefühl, jede dieser Frauen macht ihre eigene Agentur auf, sobald sie hier Fuß gefasst hat. Dabei ist es harte Arbeit, bis man davon leben kann.«

Sie umarmte ihre Tochter. »Ich bin eine alleinerziehende Mutter. Ich bin mir nicht sicher, ob Sie sich vorstellen können, was das bedeutet. Sie müssen Ihrem Kind Sicherheiten bieten können. Ein Dach über dem Kopf. Kleidung, Essen, Spielzeug. Alles. Und für alles müssen Sie allein aufkommen. Da ist niemand, der Ihnen mit einem zweiten Einkommen zur Seite steht. Niemand, der Ihnen das Kind mal für eine Stunde abnimmt, wenn die Kopfschmerzen unerträglich werden.« Sie verstummte.

»Wenn es stimmt, was Sie sagen, Frau Eckbacher, werden sich dafür sicher Beweise finden lassen.« Judith blieb sachlich. Das, was ihr Corinna Eckbacher gesagt hatte, berührte und beunruhigte sie.

Auf dem Gesicht der Heiratsvermittlerin erschien wieder die glatte Professionalität, die Judith schon kannte. »Es tut mir leid, wenn ich ausfallend geworden bin«, sagte sie an Judith und Nils Memmert gewandt und gab ihrer Tochter einen Kuss auf den Scheitel. Das Kind drehte sich, strampelte und streckte die Arme in Richtung ihres Spielzeugs aus.

»Auto«, krähte es fröhlich und lief los, sobald Corinna Eckbacher es freigegeben hatte.

»Die Kleine ist wirklich das Wichtigste in meinem Leben. Und dass es ihr gut geht.«

»Wir haben die Männer überprüft, mit denen Natalya Verkova laut Ihrer Liste Kontakt aufnehmen sollte«, wechselte Nils Memmert das Thema. »Leider konnten wir nicht alle ausfindig machen. Sie können uns doch sicher noch mehr Informationen geben?«

»Inwiefern?«

»Überprüfen Sie die Angaben, die Ihre Kunden bei Ihnen machen?«

»In Bezug auf was?«

»Ob die Daten stimmen.«

»Nein. Das Verhältnis zwischen mir und meinen Kunden beruht auf gegenseitigem Vertrauen.«

»Nachdem die Rechnung bezahlt ist?«

»Das Honorar für meine Dienstleistung wird erst fällig, wenn es wirklich zu einem Treffen kommt.«

»Also nicht erst, wenn eine Beziehung entsteht?«

»Nein.« Corinna Eckbacher lachte verhalten. »Es gibt ja keine Garantie dafür, dass die Frau sich in den Mann verliebt und umgekehrt. Das wäre ja so, als ob Sie Ihren Steuerberater nur dann bezahlen, wenn Sie durch seinen Einsatz eine Rückerstattung vom Finanzamt bekommen.«

»Leiten Sie die Angaben Ihrer Kunden an die Frauen weiter, bevor es zu einem Treffen kommt?«, wollte Judith wissen.

»Natürlich.«

»Welche Informationen bekommen die Frauen?«

»Adresse, Telefonnummern, ein Foto und die Angaben zu Alter, Beruf und den allgemeinen Lebensumständen.«

»Haben Sie die Fotos von den anderen Männern hier?«, warf Nils Memmert ein.

»Selbstverständlich. In meiner Computerdatei.«

»Können wir bitte die Bilder der Herren auf Natalya Verkovas Liste sehen?

»Aber sicher.« Corinna Eckbacher stand auf. »Ich muss sie ausdrucken. Das dauert ein paar Minuten.« Sie sah Nils Memmert an. »Wären Sie so freundlich, in der Zwischenzeit auf Josefine aufzupassen?«

Nils Memmert nickte, stand auf und ging neben dem Kind, das auf der Decke saß und mit einem Plastikauto spielte, in die Hocke. Als Josefine ihn bemerkte, strahlte sie übers ganze Gesicht, stand auf und ging auf ihn zu, das Auto fest im Griff.

»Auto«, sagte sie stolz, und Nils Memmert lächelte.

»Du hast ein feines Auto, Josefine.« Er streckte die Hand aus. »Gibst du es mir?«

»Auto«, wiederholte die Kleine, überreichte es ihm und freute sich, als er es ihr zurückgab.

Judith betrachtete die Szene und sah sich im Geiste an Nils' Stelle sitzen. Mein Sohn, meine Tochter, dachte sie und horchte dem Gefühl hinterher, das diese Worte bei ihr auslösten, fand aber nichts außer einer Beklommenheit, die ihren Brustkorb einschnürte.

»Meine Kleine konnte das stundenlang spielen«, erklärte Nils Memmert und reichte dem Mädchen zum x-ten Mal das bunte Spielzeug. »Ab einem gewissen Punkt braucht es viel Liebe, um das auszuhalten.« Er wandte sich wieder dem Kind zu.

»So. Bitte schön.« Corinna Eckbacher betrat den Raum mit einem dünnen Papierstapel in der Hand. »Ich habe die Dateien gleich komplett, mit allen Informationen, die ich von den Kunden habe, ausgedruckt.« Sie musterte Judith. »Ich gehe davon aus, dass Sie die Daten vertraulich behandeln?«, sagte sie in einer Mischung aus Bitte und Forderung.

»Selbstverständlich.« Judith nahm die Papiere an sich und schaute nacheinander die Fotos an. Die Männer hatten sich von ihrer besten Seite präsentiert. Lächelten verhalten, ohne aufdringlich zu wirken. »Sind die Bilder alle vor dem gleichen Hintergrund aufgenommen worden?«, wollte sie wissen.

»Ja«, bestätige Corinna Eckbacher. »Das Fotografieren gehört zu meinem Service. Ich mache die Bilder und sorge dafür, dass meine Kunden sich im besten Licht zeigen.«

»Inwiefern?«

»Nun ja.« Sie wies mit einer knappen Geste auf Nils Memmert und musterte ihn von Kopf bis Fuß. »Nicht jeder weiß sich so gut und so stilsicher zu kleiden wie Sie, Herr Kommissar.«

Judith wandte automatisch den Kopf und betrachtete Nils Memmerts Kleidung. Corinna Eckbacher hatte recht. Nicht nur, was die Kleidung ihres Kollegen an diesem Tag anging. Auch sonst kleidete er sich der Situation angepasst, dabei aber immer sehr gepflegt und modisch. Ihr war es nur bisher nie aufgefallen.

»Viele meiner Kunden haben sich über die Jahre vernachlässigt. Nicht im hygienischen Sinne, aber was das Bewusstsein für ihre optischen Stärken angeht. Da unterstütze ich sie ein wenig. Ich habe zum Beispiel immer eine Reihe frisch gebügelter weißer Oberhemden in verschiedenen Größen vorrätig. Darin sieht jeder Mann gut aus.« Sie lächelte verbindlich. »Darüber hinaus biete ich vor dem Foto ein leichtes Herren-Make-up an. Nichts Auffälliges. Aber eine glänzende Stirn wirkt einfach nicht souverän.«

»Sie schminken die Männer?«

»Auf Wunsch. Ja.« Sie nickte. »Eine kleine Reminiszenz an meinen erlernten Beruf als Kosmetikerin.«

»Was bedeutet ›Flug ab Kunde‹?« Judith tippte auf eine Zeile in Mark Räuters Datenblatt.

»Möchte der Kunde eine bestimmte Dame kennenlernen, kommt er für den Hinflug auf. Damit hat er sozusagen das Recht erworben, die Frau als Erster kennenzulernen.«

»Wie eine Art Vorkaufsrecht?«

»Ein unschönes Wort. Ich nenne es lieber eine exklusive Chance.« Corinna Eckbacher ging zu ihrer Tochter, bückte sich und hob das Kind auf ihre Hüfte. »Josefine muss jetzt essen. Haben Sie noch weitere Fragen? Ich stehe Ihnen selbstverständlich auch weiterhin gern zur Verfügung.«

Judith und Nils erhoben sich ebenfalls.

»Eines noch.« Judith zog ein Blatt aus dem Stapel. »Die Angaben dieses Herrn stimmen nicht. Weder der Name noch die Adresse hat sich als richtig herausgestellt.« Sie strich mit dem Finger über das Bild. »Ist das hier gemacht worden?«

»Natürlich.« Corinna Eckbacher straffte die Schultern. »Er war hier, und wir haben die Bilder gemacht. Er war sehr angenehm überrascht von seinem veränderten Erscheinungsbild.«

»Sie haben keine anderen Daten?«

»Nein. Ich habe über die Telefonnummer Kontakt zu ihm gehalten und ihm Mails geschrieben.«

»Danke, Frau Eckbacher«, sagte Judith, faltete die Blätter zusammen und steckte sie in ihren Rucksack. Sie reichte ihr zum Abschied die Hand und verließ mit Nils Memmert das Haus.

»Sie ist aalglatt.« Nils Memmert schloss die Beifahrertür. »Sie hat auf jede Frage eine Antwort. Alles ist erklärbar und logisch nachvollziehbar. Wo ist der Haken? Der Punkt, an dem wir den Hebel ansetzen können?«

»Vielleicht …« Judith wurde vom Klingeln ihres Handys einer Antwort enthoben. Sie zog es aus dem Rucksack und meldete sich.

»Das war die Kölner Rechtsmedizin«, erklärte sie, nachdem sie das Gespräch beendet hatte, und ließ das Handy in ihren Schoß sinken.

»Die Kölner?« Nils Memmert schüttelte verständnislos den Kopf. »Was wollen die denn von uns?«

»Sie haben die Ergebnisse von Natalya Verkovas DNA-Probe routinemäßig mit einigen ihrer ungeklärten Fälle abgeglichen.«

»Und?«

»Sehr seltsam. Sie haben dort seit fast einem Jahr eine Frauenleiche liegen, deren Identität sie nicht feststellen können. Und Natalya Verkovas DNA weist etwas mehr als fünfzig Prozent Übereinstimmung zur DNA dieser Frau auf.«

»Die beiden sind Schwestern?«, schlussfolgerte Nils Memmert überrascht.

»Sieht ganz so aus.« Judith legte die Hände ans Steuer des Wagens und starrte über die Motorhaube auf die Straße. »Dem Rechtsmediziner zufolge hat sie sich vor einen Zug geworfen.«

Sie löste ihre verkrampften Hände und startete den Motor. »Ruf Ina Weinz an«, bat sie Nils Memmert. »Sie kennt die Kölner Rechtsmedizin noch von früher. Ina soll hinfahren und alles in Erfahrung bringen, was es zu wissen gibt. Wir suchen weiter nach diesem unbekannten Herrn auf der Liste.« Sie biss auf ihre Unterlippe. »Und ich muss einen Anruf machen.«

DREIZEHN

Es ist eine von den Zeitschriften, die den Frauen erzählen wollen, wie sie auszusehen, was sie anzuziehen und was für Musik sie gut zu finden haben. Glänzende Bilder vom schönen Schein. Schminktipps, Frisurvorschläge. Welche Handtaschen zu welchem Kleid passen und welche Farbe sie auf keinen Fall kombinieren dürfen. Du kennst den Namen der Zeitschrift, hast sie oft genug in den Müll geworfen, als deine Schwester noch bei dir gewohnt hat. Sie hat sie gelesen wie eine Bibel. Hat vorm Spiegel gestanden und mit den vorhandenen Kleidungsstücken Stylingvorschläge ausprobiert, um so nah wie möglich an die Vorbilder heranzukommen.

Deswegen überrascht dich der Artikel, an dessen Rand deine Schwester dicke Ausrufezeichen gesetzt und Bemerkungen zu Sätzen, die von ihr unterstrichen wurden, geschrieben hat. Der Text erzählt von Frauen, die weggegangen sind, um in anderen Ländern ihr Glück zu finden. Einen Mann, wie sie ihn sich vorstellten. Eine Familie, um die sie sich kümmern wollten. Ob die Versprechen eingehalten wurden, will der Reporter wissen, und die Antworten der Frauen wirken auf den ersten Blick so, als ob ihre Träume Wirklichkeit geworden wären. Aber zwischen den Zeilen und in den Aussagen hinter den Antworten ist die dunkle Seite spürbar. Da erzählen sie von dem Heimweh nach ihrem Land, nach den Müttern und Geschwistern, nach dem Lachen der Freunde. Sie haben viel hinter sich gelassen, um ein Leben zu führen, von dem sie glauben, dass es ein besseres ist.

Du setzt dich an den Tisch und lässt die Hand mit der Zeitschrift auf deinen Schoß sinken. Warum hat deine Schwester diesen Artikel aufbewahrt? Warum alle Details angestrichen? Wollte sie etwa den Weg dieser Frauen gehen und alles verlassen?

Du starrst auf den Text. Die Worte springen dich an, und du verstehst. Sie hat nichts zu verlieren von dem, was die Frauen beklagen. Sie hat keine Heimat, keine Mutter und auch keine Schwester mehr. Weil du sie fortgeschickt hast.

Es ist deine Schuld.

Aber sie kann nicht gegangen sein, denkst du und stehst auf. Sie ist schwanger. Wird bald ein Kind zur Welt bringen. Kein Mann wird sie nehmen, wenn sie so eine Last mit sich herumträgt. Und weil du weißt, dass sie das weiß, kriecht die Angst in dir hoch. Du schleuderst die Zeitschrift fort. Sie fächert sich auf, ein einzelnes Blatt schwebt in der Luft und trudelt wie eine Feder zu Boden.

Du gleitest vom Stuhl, gehst auf die Knie und kriechst unter dem Tisch hindurch. Nimmst die Zeitschrift wieder an dich. Auf dem Blatt stehen einige Namen und Zahlenreihen, hinter denen du Telefonnummern vermutest.

»Kann ich das alles mitnehmen?«, fragst du die Frau, und sie nickt.

»Natürlich. Wenn sie wiederkommt, sage ich ihr, dass Sie die Sachen haben.« Die Frau lächelt. »Ich habe gerade erst mit meinem Studium angefangen. Ich miete das Zimmer also noch ein wenig länger und bin für sie erreichbar.«

Du stutzt. Du zahlst jeden Monat die Miete auf das Konto der Hausverwaltung.

»An wen überweisen Sie das Geld?«

»Sie hat mir eine Kontonummer gegeben, dahin schicke ich es.«

»Darf ich die Nummer sehen?« Du stehst auf und klopfst dir den Staub von der Hose.

»Sicher.« Sie dreht sich um, geht zum Regal und nimmt eine Kladde heraus, dann nennt sie dir eine Zahlenabfolge. Es ist die Kontonummer deiner Schwester.

»Vielen Dank«, sagst du und beschließt, die Frau nicht darüber aufzuklären, sondern weiter die Miete zu zahlen, damit deine Schwester dieses Geld zum Leben hat. Egal, wo sie gerade ist.

***

Die Einfahrt zum Parkplatz der Kölner Rechtsmedizin lag am Ende einer langen Backsteinmauer, die den Melatenfriedhof umfasste. Ich stellte den Wagen ab und ging zum Haupteingang des Gebäudes. Nüchterne Atmosphäre empfing mich, die durch die Siebziger-Jahre-Architektur noch verstärkt wurde. Automatisch lenkte ich meine Schritte zum Empfang und erklärte mein Anliegen.

Wie oft ich hier in meinen Jahren bei der Kölner Mordkommission ein und aus gegangen war, konnte ich nicht mehr sagen. Wie vielen Obduktionen oder, wie die Rechtsmediziner sie bezeichneten, Sektionen ich beigewohnt hatte, ebenfalls nicht. Ich hätte meinen Weg durch die Gänge zum Büro des Rechtsmediziners, der mit dem Fall betraut war, auch allein gefunden. Aber ich sollte warten, bis er mich am Empfang abholen kam.

»Frau Weinz«, begrüßte Dr. Nordrupp mich schon von Weitem, und ich erkannte ihn. »Ich habe Sie ja sehr lange nicht mehr hier empfangen dürfen.« Er streckte mir die Hand entgegen.

»Ich arbeite nicht mehr in Köln. Es hat mich in die Eifel verschlagen.«

»Ah, natürlich, Sie haben die tote Schwester unserer Frauenleiche.« Er deutete den Gang hinunter und ging voraus. »Kommen Sie, Frau Weinz. Kommen Sie. Wir sind wirklich lange im Dunkeln getappt und sehr erleichtert, dass nun wohl endlich etwas Licht in dieses Dunkel kommt.« Nordrupp lachte. »Auf Dauermieter sind wir hier nämlich nicht eingestellt.«

Ich folgte ihm. Nils Memmert hatte mich telefonisch über das Ergebnis des routinemäßigen DNA-Abgleichs in Kenntnis gesetzt und mich gebeten, nach Köln zu fahren, um mit dem zuständigen Rechtsmediziner zu sprechen. Mehr als das, was man ihm und Judith darüber durchgegeben hatte, wusste ich nicht.

»Seit wann genau ist diese Leiche bei Ihnen?«, fragte ich, während wir zu seinem Büro gingen.

»Etwas mehr als zehn Monate sind es jetzt. Beinahe ein Jahr. Den genauen Termin muss ich in der Akte nachsehen.« Nordrupp redete und wandte sich dabei immer wieder zu mir um. In den schmalen Gängen war es schwierig, nebeneinanderzugehen. »Das Alter der Frau haben wir auf Anfang, Mitte zwanzig festgelegt. Sie war organisch gesund, soweit wir das noch feststellen konnten.«

Ich nickte. Ich hatte die Körper von Menschen gesehen, die sich vor Züge geworfen hatten, um ihr Leben zu beenden. Beziehungsweise das, was noch von ihnen übrig gewesen war. Es gehörte zu den schlimmsten Aufgaben von Polizei und Feuerwehr, die über weite Geländestrecken verteilten Stücke einzusammeln, damit sie in der Rechtsmedizin wieder so zusammengesetzt werden konnten, dass eine Identifizierung möglich wurde, und ich hatte niemanden je um diese Aufgabe beneidet. Nicht immer gelang es den Assistenten, den Leichnam so herzurichten, dass Angehörige Abschied von dem Toten nehmen konnten.

»Wir haben alle Register gezogen, um sie zu identifizieren, sind aber auf der ganzen Linie gescheitert. Zahnstatus, Fingerabdrücke, das komplette Programm.« Er öffnete die Tür zu seinem Büro, ließ mich eintreten und schloss dann die Tür hinter uns. »Dass der Routineabgleich so ein Ergebnis bringen würde, damit hat niemand gerechnet. Aber natürlich freuen wir uns, dass die Sache auf diese Weise zu einem Abschluss kommen kann.«

»So einfach ist das nicht.« Ich setzte mich auf den Besucherstuhl.

»Sie enttäuschen mich, Frau Weinz«, erwiderte er mit einem Zwinkern, wurde aber sofort wieder ernst. »Was wissen Sie über unsere Tote?«

»Wenn es stimmt, dass die beiden Frauen miteinander verwandt sind –«

»Schwestern«, unterbrach mich Dr. Nordrupp. »Dass sie Schwestern sind, ist sehr wahrscheinlich.«

»Wenn es stimmt, dass sie Schwestern sind«, fuhr ich fort, »heißt die junge Frau in Ihrer Leichenkammer mit Nachnamen vermutlich Verkova und stammt aus Izmail in der Ukraine. Mehr wissen wir noch nicht über unser Mordopfer. Meine Kollegin kümmert sich gerade darum, genauere Informationen zu erhalten, aber das kann dauern.« Ich lehnte mich zurück. »Was haben Sie zu bieten?«

»Das meiste habe ich Ihnen eben schon gesagt. Suizid an der Bahnstrecke.« Er griff nach einer Akte, schlug sie auf und reichte sie mir. »Hier sind die Bilder, die ich vor Ort gemacht habe, nachdem die Spurensicherung durch war.«

Ich nahm die Akte entgegen, schlug sie aber nicht auf. »Was haben Sie mir noch nicht gesagt?«

»Die toxikologischen Ergebnisse waren ohne Befund. Kein Alkohol, keine Drogen. Außer ein bisschen Aspirin keine Medikamente. Organisch war sie gesund und litt nicht an einer Infektion.«

»Gab es Hinweise auf Fremdeinwirkung?«

»Es ist schwierig, angesichts des Zustands der Leiche dazu präzise Aussagen zu treffen. Sie hatte zumindest keine älteren Hämatome, die darauf hätten schließen lassen, dass sie vor ihrem Tod geschlagen oder misshandelt wurde. Ob sie allerdings unmittelbar davor gestoßen oder niedergeschlagen wurde, könnten wir nicht feststellen. Die Art der Verletzungen ist denen, die der Zug verursacht hat, zu ähnlich. Das kann man nur, wenn es Zeugen gibt.«

»Das Protokoll der Vernehmung des Lokführers ist hier drin, nehme ich an?«

Dr. Nordrupp nickte. »Der Mann stand verständlicherweise unter Schock.« Er schüttelte traurig den Kopf. »Wissen Sie, Frau Weinz, der Tod ist mir mit Sicherheit nicht fremd, und ich habe schon viele Selbstmörder vor mir auf dem Tisch liegen gehabt. Bei einigen habe ich sogar so etwas wie Verständnis für ihr Tun entwickelt, etwa wenn sie eine unheilbare Krankheit hatten und ein selbst gewähltes Ende gnädiger war als das, was sonst auf sie zugekommen wäre. Aber was mich wütend macht, ist, wenn jemand, der sterben will, einen anderen ungefragt zu seinem Mörder macht. Und keinen einzigen Gedanken an die Qualen verschwendet, die er demjenigen damit bereitet.«

Ich war überrascht. Solch leidenschaftliche Reden hatte ich früher nie bei ihm erlebt. Die meisten Rechtsmediziner, die ich kannte, behielten immer eine emotionale Distanz zu ihrer Arbeit und dem, was damit zusammenhing. Sahen die Körper, die Spuren, die Erkenntnisse, aber nie das Schicksal des einzelnen Menschen. Ganz ähnlich, wie es ein guter Polizist tun sollte, um die Fälle nicht zu nah an sich heranzulassen. Ich nickte Dr. Nordrupp zu. Die Jahre und die Erfahrungen veränderten uns alle. Ob zum Guten oder zum Schlechten, musste sich im Einzelfall herausstellen.

»Wissen Sie, ob er eine psychologische Betreuung bekommen hat?«

»Davon gehe ich aus.« Dr. Nordrupp hatte sich wieder beruhigt.

»Kann ich eine Kopie der Akte bekommen?«, wollte ich wissen und stand auf.

»Offiziell?«

»Nein. Wenn wir etwas darin finden, was wir benötigen, machen wir es offiziell. So lange ist es nur zu unserer Kenntnis.«

»In Ordnung.« Dr. Nordrupp erhob sich ebenfalls. »Wir können das sofort erledigen.«

Er ging um seinen Schreibtisch herum zu einem Drucker, der in der Ecke des Raumes stand, und kopierte die einzelnen Blätter der Akte.

»Sie halten mich auf dem Laufenden, Frau Weinz?«, bat er, rollte die Papiere zusammen und band ein Gummi darum, den er aus seiner Hosentasche fischte.

»Natürlich.« Ich reichte ihm die Hand. »Sobald wir mehr wissen, bekommen Sie Bescheid.«

Er verabschiedete mich mit einem Lächeln. »Es war schön, noch mal mit Ihnen zusammenzuarbeiten, Frau Weinz. Vielleicht sehen wir uns ja jetzt wieder öfter?«

Ich zögerte und nickte dann. »Ja. Das wäre möglich.« Ich wandte mich um, suchte mir meinen Weg durch das Labyrinth der Flure bis zum Ausgang und ging zu meinem Wagen.

Mein Aufenthalt in der Rechtsmedizin war kürzer ausgefallen, als ich erwartet hatte. Während ich vom Parkplatz fuhr, schaute ich auf die Uhr im Armaturenbrett. Vermutlich würde ich um diese Zeit auf mehr als nur einen Stau treffen und deutlich länger für die Heimfahrt benötigen.

»Mattes, ich komme«, sagte ich, nachdem ich mich in den Verkehr auf dem Melatengürtel eingefädelt hatte, grinste in den Rückspiegel und wechselte zwei Spuren nach rechts. So ein spontaner Überraschungsbesuch schadete doch nie.

Nach fünfundzwanzig Minuten sah ich auf der linken Seite die beiden ineinander verschachtelten Türme des Haupteingangs, fuhr daran vorbei und wendete an der nächsten Ampel. Es war lange her, dass ich dem Polizeipräsidium einen Besuch abgestattet hatte. Das letzte Mal hatte ich mich erleichtert und frei gefühlt, als mir klar geworden war, dass ich nicht mehr hier arbeitete. Dieses Mal verspürte ich keine Erleichterung, sondern Zweifel.

Ich parkte den Wagen im Parkhaus, stellte den Motor ab und sah durch das transparente Fassadenplakat, auf dem eine junge, lächelnde Kollegin abgebildet war, hinaus. Die Welt lag hinter einem Schleier. Kein direkter Blick auf das Wesentliche. Nicht sehen wollen. War es das, was ich die letzten Jahre an den Tag gelegt hatte?

War meine Versetzung in die Eifel vor vier Jahren nichts anderes gewesen als eine Flucht vor mir selbst? Vor wem war ich geflohen? Vor was? Ich versuchte, mir vorzustellen, wie es wäre, hier wieder jeden Tag ein und aus zu gehen.

Ich legte die Hände auf das Lenkrad und fokussierte mit meinem Blick abwechselnd den Stoff des Plakats und die Gebäude dahinter. Klarsehen. Die Perspektive erweitern. Sich nicht einschränken.

Aber die Beschränkung bot Sicherheit. Ich musste mich nicht kümmern. Alles lief in Bahnen, die ich zwar betreten, aber nicht gestaltet hatte. Bequem. Ruhig. Kalkulierbar.

Ich hatte mich ausgelaugt gefühlt, als ich mich damals von hier fortbeworben hatte, leer und ausgebrannt. Die Eifel hatte meine Wunden geschlossen. Aber je länger ich darüber nachdachte, umso mehr erkannte ich, dass darunter, unter der Oberfläche, der Heilungsprozess nicht stattgefunden hatte. Es gärte und eiterte. Machte mich unzufrieden mit dem, was ich tat, wie ich lebte. Dem immer Gleichen. Eintönigen. Eingebundenen. Neidisch auf das, was andere erreichten. Hadernd. Und dieser Zustand würde anhalten, solange ich nichts dafür tat, ihn zu ändern. In welche Richtung, das musste ich erst für mich klären. Blinder Aktionismus war fehl am Platz. Keine Schnellschüsse mehr. Durchdenken. Mich. Das Leben. Mein Leben. Den Grund für mein So-und-nicht-anders-Sein.

Ich gab mir einen Ruck, öffnete die Wagentür und stieg aus. Das sollte ein Freundschaftsbesuch sein. Nicht mehr und nicht weniger. Ein bisschen Spaß haben. Erst jetzt fiel mir auf, dass ich nicht wusste, ob Mattes heute überhaupt im Dienst war. Vielleicht hatte ich mich umsonst durch den Stadtverkehr gequält.

»Ach was. Nichts ist umsonst, Ina«, murmelte ich, verschloss den Wagen und hörte im Geiste Amalies Stimme: »Alles hat einen Sinn. Auch wenn man ihn nicht sofort erkennt.«

***

»Entschuldigung, bin ich hier richtig? Ich wollte meine Achatschnecke als vermisst melden. Ich hab nur eine Sekunde nicht aufgepasst, und da war sie weg, Herr Kommissar«, sagte ich und öffnete die Tür zu Mattes' Büro einen Spaltbreit, nachdem ich angeklopft und auf sein »Herein« gewartet hatte.

»Da sind Sie hier falsch. Wir sind –«

»Aber ich befürchte, dass mein Nachbar sie ermordet hat«, unterbrach ich ihn sofort in weinerlichem Ton. »Da bin ich doch wohl richtig hier, Herr Kommissar. Sie sind doch die …«

Die Tür wurde vollends aufgerissen, und Mattes stand vor mir. »… die Mordkommission, oder nicht?«, beendete er den begonnenen Dialog, der früher zu unserem Standardrepertoire an Begrüßungsformeln gehört hatte. »Ina!« Er strahlte. »Was machst du in diesen heiligen Hallen? Komm rein.«

Er drehte sich um, ging an ein Sideboard und nahm einen handgetöpferten Becher aus seiner Sammlung heraus. »Kaffee?«

Ich nickte, ging zu seinem Schreibtisch und setzte mich, während er einen Kaffeeautomaten bediente, Milch dazugab und mir das dampfende Gemisch vor die Nase hielt.

»Hier. Wie immer.«

»Danke, Mattes.« Ich schaute ihn an und lächelte.

Er ging um den Schreibtisch herum, setzte sich ebenfalls und lehnte sich zurück, die Arme hinter dem Kopf verschränkt.

Er hatte sich verändert. Sah älter aus. Müder. Das rosige Schimmern auf seinen Wangen, das ihn immer wie eine Unschuld vom Lande hatte wirken lassen, verblasste langsam. Viele unserer »Kunden« waren damals auf seine vermeintliche Naivität hereingefallen und hatten überrascht reagiert, wenn sie seinen messerscharfen Verstand zu spüren bekamen.

»Was bringt mich zu der Ehre deines Besuches?«

»Nichts Besonderes. Ich war in der Rechtsmedizin und habe

beschlossen, lieber mit dir einen Kaffee zu trinken, als im Nachmittagsstau zu stehen.«

»Das ist schön, Ina.« Er musterte mich nachdenklich. Ich erwiderte seinen Blick.

»Du siehst blass aus, Mattes«, sagte ich und stellte im gleichen Moment fest, dass es mehr war als das Fehlen von Farbe. Seine Haut war fahl, als ob er nur wenig Tageslicht und Frischluft abbekommen würde. Die Falten, die ich schon lange an ihm kannte, hatten sich tiefer eingegraben und zerfurchten sein Gesicht. »Müde.«

»Ich sehe nicht nur so aus, ich bin es auch.« Er stand auf, ging zum Fenster und sah hinaus. Er seufzte. »Der Job als Dienststellenleiter strengt mich schon jetzt mehr an, als ich dachte.«

Jetzt erkannte ich, dass er auch dünner geworden war.

»Bist du krank, Mattes?«, wollte ich wissen, aber er schüttelte den Kopf.

»Nein, nein.« Er wandte sich mir wieder zu, zwang die Mundwinkel in ein Lächeln und kam zurück zum Schreibtisch. »Nur sehr erschöpft. Es ist viel, was in den ersten Tagen hier auf mich einströmt. Ich hatte gedacht, alles wäre gut zu bewältigen. Aber da habe ich mich allem Anschein nach getäuscht. Das Leben überrascht auch einen alten Hasen wie mich ab und an mal noch und zeigt mir völlig neue Seiten an mir, die ich bisher nicht kannte und die mir nicht zwingend gefallen.« Er straffte sich. »Aber du bist nicht hergekommen, um mich jammern zu hören, oder liege ich da falsch?« Wieder schenkte er mir ein Strahlen, dessen Kern aber nicht bis zu den Augen durchdrang.

»Mattes, wie lange kennen wir uns?«

»Deutlich über zwanzig Jahre.«

»Hattest du jemals das Gefühl, du müsstest mir etwas vormachen?«

»Nein.«

»Warum fängst du dann jetzt damit an?«

»Womit?«

»Mich mit einem professionellen Strahlemanngrinsen abzufrühstücken.«

»Gut, dass du es erwähnst, Ina. Dann werde ich wohl noch ein wenig daran arbeiten müssen, damit es glaubhafter wird.«

»Dann üb mal fleißig.«

Mattes lachte, und ich hörte ein Stückchen seines alten Selbst heraus.

»Du tust mir gut, Ina.«

»Ich weiß.«

»Komm, gib es zu. Du bist hier, weil du es dir überlegt hast und doch wieder nach Köln willst.«

»Nein«, wehrte ich lachend ab, verstummte aber sofort. Wenn ich wollte, dass Mattes ehrlich zu mir war, durfte ich ihn nicht belügen. »Ich weiß es nicht, Mattes. Ich weiß nichts zurzeit. Nicht, was ich tun soll. Nicht, was ich sein lassen soll. Hü oder hott. Ich stehe genau dazwischen und denke, wenn ich mich für das eine entscheide, verbaue ich mir das andere.«

»Ist das nicht immer so gewesen, dass man nicht alles haben kann?«

»Das stimmt schon. Aber früher habe ich gedacht, wenn ich etwas versäume, kann ich es später nachholen. Mattes, ich werde fünfzig. Da hat man nicht mehr allzu viel Zeit.«

»Hast du dir schon einen Platz auf dem Gemünder Friedhof ausgesucht? Da gibt es doch ein paar lauschige Eckchen ...«

»Ach, hör auf mit dem Quatsch.«

»Wenn man dich so anhört, ist das aber kein Quatsch. So, wie du redest, rechnest du damit, dass der Sensenmann hinter der nächsten Kurve steht und auf dich wartet.«

»Tut er ja auch.«

»Nun ja. Wie man es nimmt.

»Du weißt, wie ich das meine, Mattes.«

»Ehrlich gesagt nicht.«

»Ich rede von verpassten Chancen. Von Wünschen und Träumen, die ich habe. Die aber komplett verschüttet sind unter den Bergen von Alltag, die unsere Wege bestimmen. Jede Änderung muss hart erkämpft werden, weil jedes Rädchen funktionieren muss. Und trotzdem ist es ein gleichbleibender Trott, der mich unendlich langweilt. Ich fühle mich eingeklemmt und so eingespannt, dass ich es bald nicht mehr aushalte.«

Ich verstummte, pustete in den mittlerweile abgekühlten Kaffee. Matthias sah mich mit hochgezogener Braue und einem Lächeln an, das ich im besten Fall als süffisant bezeichnet hätte.

»Jetzt tu doch nicht so, als ob du wunschlos glücklich wärst, Mattes«, fuhr ich ihn an. »Was ist zum Beispiel mit dem Wunsch nach einer Frau? Sag nicht, es geht dir am Arsch vorbei. Das glaube ich dir nämlich nicht. Ich weiß doch, wie gern du –«

»Das reicht, Ina.« Mattes ließ seine Handflächen auf den Schreibtisch fallen und beugte sich mit Schwung zu mir vor.

Ich zuckte zusammen.

»Ich wüsste nicht, was dich mein Liebesleben angeht. Das ist ganz und gar meine Sache. Verstanden?« Die Muskeln an seinem Unterkiefer mahlten. »Das geht niemanden etwas an. Niemanden.«

Irritiert runzelte ich die Stirn. Wir hatten immer über alles miteinander reden können, weil wir Freunde und nicht nur Kollegen waren. Dass Matthias so harsch reagierte, wunderte mich.

»Entschuldigung. Ich wollte dir nicht zu nahe treten«, sagte ich und bemühte mich um einen ruhigen Ton.

»Und du meinst, damit wäre es getan? Mal eben um Verzeihung bitten? Du machst es dir sehr einfach, Ina. Viel zu einfach. Du tanzt hier an, glaubst, ich stünde wie immer bei Fuß. Ich bin ja der nette, wenn auch etwas vertrottelte Mattes. Der mit den seltsamen Pullovern und dem Tassentick. Der mit den Problemen mit den Frauen«, sagte er wütend. »Hast du dir eigentlich jemals überlegt, wie ich das fand, als du hier mir nichts, dir nichts den Abgang gemacht hast? Vermutlich nicht. Es ging ja um dich. Um deine Befindlichkeit. Um niemand anderen. Nur Ina. Immer Ina.«

Er lachte bitter. »Klar, Mattes ist ein toller Kollege. Mattes ist ein toller Kumpel. Auf den kann man zählen. Auch wenn es mal eng wird. Selbstverständlich unterstützt er dich bei allem, was dir am Herzen liegt. Wie es mir dabei geht, interessiert dich nicht. Dich interessiert nur dein eigenes Ding. Und jetzt bist du dir nicht sicher, ob die Entscheidung, die du damals getroffen hast, die richtige war? Na bravo. Alles zurück auf null. Kein Problem.

Können ja alle anderen sehen, wie sie damit klarkommen.« Erschöpft ließ er sich auf seinem Stuhl nach hinten fallen, legte den Kopf in den Nacken und atmete heftig aus. Dann bedeckte er sein Gesicht mit seinem Unterarm.

Ich sah ihn an, geschockt von dem Ausbruch, von einer Seite, die ich bisher nie an ihm kennengelernt hatte. Ich schloss die Augen. Fühlte mich schwindelig. Mit dem, was er gesagt hatte, hatte er recht. Das war das Schlimmste. Ich stand auf, ging um den Schreibtisch herum zu ihm. Reglos blieb ich stehen. Er atmete heftig, schluchzte. Behutsam berührte ich ihn mit den Fingerspitzen am Arm, strich langsam darüber und legte ihm, als er nicht darauf reagierte, die Hand auf die Schulter.

»Es tut mir leid, Mattes.« Ich verstummte, weil mir auffiel, wie hohl auch diese Entschuldigung für ihn klingen musste. »Ich dachte …«

Er ließ den Arm sinken. »Alles gut, Ina. Alles ist wieder gut.« Er setzte sich gerade und straffte den Rücken. »Alles. Wieder. Gut.« Er grinste schief. »Gehen Sie bitte weiter. Hier gibt es nichts zu sehen, meine Herrschaften.« Er bedeckte mit seiner Hand meine, die immer noch auf seiner Schulter lag, tätschelte sie und stand auf.

Ich trat einen Schritt zurück und sah ihn an. »Ich bin auch für dich da, Mattes. Das ist keine Einbahnstraße. Auch wenn du das glaubst.«

»Ich weiß es, Frau Kommissarin.« Er lächelte, umarmte mich und legte sein Kinn auf meine Schulter. »Danke. Ich weiß dein Angebot sehr zu schätzen und werde vermutlich bald darauf zurückkommen. Aber noch nicht. Zuerst muss ich mir über ein paar Dinge in meinem Leben klar werden. Was ich getan habe. Und was nicht. Wichtige Dinge.«

»Du kannst auf mich zählen, Mattes. Diesmal lasse ich dich nicht hängen.«

Mattes löste die Umarmung, hielt mich an beiden Armen fest und schob mich ein Stück nach hinten. »Ich werde dich beizeiten daran erinnern, beste Kollegin.«

VIERZEHN

Vor der Tür des Hauses bleibst du mit der Kiste in den Händen stehen. Ratlos. Die Straße zieht sich schnurgerade, Häuser kleben aneinander. Du weißt nicht, wohin du dich wenden sollst. Erst jetzt wird dir klar, dass du keinen Plan hattest, was du tun solltest, wenn dich deine Schwester abweisen würde. Du bist davon ausgegangen, bei ihr übernachten zu können, hast es nicht in Frage gestellt, bei allem Streit.

Es ist Nachmittag, zu spät, um heute noch zurückzufahren. Du weißt nicht, ob überhaupt noch ein Zug geht, aber wenn, müsstest du durch die Nacht fahren, und das willst du nicht. Außerdem, auch das wird dir jetzt bewusst, wirst du dann ihre Spur verlieren und sie vielleicht nie wiedersehen, wirst deine Schwester endgültig verlieren. Entschlossen wendest du dich in die Richtung, in der du das Stadtzentrum vermutest.

Eine Unterkunft ist schnell gefunden, ein billiges Hotel, eine Absteige, in der du den Schlüssel in deiner Zimmertür heute Nacht zweimal herumdrehen wirst. Ein alter Fernseher steht in der Ecke. Du schaltest ihn an, um dich nicht allein zu fühlen, um Stimmen zu hören, und kippst den Inhalt der Kiste auf das Bett. Jetzt hast du Zeit, um dir alles in Ruhe anzuschauen und auf Antworten zu hoffen, die vielleicht auf die richtigen Fragen warten, damit sie ans Licht kommen können.

Wenn deine Berechnungen stimmen, wird das Kind deiner Schwester in zwei oder drei Wochen geboren werden. Vielleicht hat sie es auch schon bekommen, in irgendeinem Krankenhaus, und es dann fortgegeben, um ihr Leben weiterleben zu können. Ohne Hindernisse. Um gehen zu können, wohin sie will.

Du schiebst die Papiere auseinander, sortierst die Quittungen, sichtest, liest, und weil du nichts findest, was dich weiterbringt auf der Suche nach ihr, wischst du mit einer wütenden Handbewegung alles vom Bett. Wie tote Fische liegen die Blätter vor dir auf dem Boden. Du bückst dich, hebst jedes einzelne auf und stapelst sie. Eine Zeitschrift, die du noch nicht durchsucht hast, ist halb unter das

Bett gerutscht. Du nimmst sie und schlägst das Inhaltsverzeichnis auf. Nichts. Du leckst über die Spitze deines Zeigefingers, blätterst und trennst die aneinanderklebenden Seiten voneinander. Ganz hinten wirst du fündig. Das dünne grüne Papier knistert, als du es aufnimmst und auseinanderfaltest.

Der Durchschlag eines Formulars liegt vor dir. Du liest die Zeilen, und es dauert eine Weile, bis du verstehst, was das ist. Ein Antrag auf ein Visum für Deutschland. Der Name deiner Schwester steht darauf und noch ein anderer. Eine Adresse. Kreuze an Stellen, wo sie richtig zu sein scheinen, um den Antrag bewilligt zu bekommen. Ein Stempel, auch auf dem Durchschlag. Bewilligt. Deine Schwester hat einen Antrag auf ein Visum gestellt, und es wurde genehmigt. Das Datum neben dem Stempel lässt deine jähen Hoffnungen, sie schnell zu finden, wie Blasen zerplatzen. Wenn es stimmt, was die junge Frau in der Wohnung deiner Schwester gesagt hat, ist sie vor fünf Wochen ausgereist, ohne dir davon etwas zu sagen. Du legst das Blatt neben dich auf das Bett, streichst darüber, spürst das dünne, billige Papier.

Du schließt die Augen, umfasst mit beiden Händen dein Gesicht, drückst die Fingerkuppen in deine Wangen, an die Stirn, presst mit Kraft gegen dein eigenes Fleisch, um dich zu spüren, um dich zu verorten in der unwirklichen Situation. Deine Gedanken fließen durch Watte, versickern in der Müdigkeit. Du wirst dich entscheiden müssen, was du tun willst.

Deine Schwester ist fortgegangen, ohne dir davon zu berichten. Ohne dir eine Nachricht zu senden. Sie will ein neues Leben. Ohne dich. Aber willst du das auch? Kannst du dir vorstellen, den einzigen Menschen, den du Familie nennst, zu verlieren? Nein. Es sind zwei Menschen. Das Kind deiner Schwester, eine kleine gesichtslose Seele, gehört auch dazu. Welchen Wert hat das Kind? Wenn sie es fortgibt in fremde Hände, ihm die Wurzeln nimmt, was bleibt dann?

Kannst du das ertragen?

Morgen früh geht dein Zug zurück in die Heimat. Bis dahin musst du dich entschieden haben.

***

»In diesem Fall klappt nichts, aber auch nichts einfach mal beim ersten Versuch.« Judith fluchte und knallte die Computermaus auf den Tisch. »Dieser Typ hier. Warum finde ich nichts über ihn?«

»Hast du das Foto schon durch die Bildersuchmaschine im Internet gejagt?«, fragte Nils Memmert.

»Das kann ich noch versuchen.«

Judith öffnete die Suchmaske und lud das Foto hoch. Wenige Sekunden später lag das Ergebnis vor.

»Keine direkten Treffer. Und die, die eine angebliche Ähnlichkeit aufweisen, bringen uns auch nicht weiter.« Sie betrachtete die Fotos auf dem Bildschirm noch mal genauer, schüttelte dann aber den Kopf.

»Was?«, fragte Nils Memmert.

»Nein. Doch nicht. Ich dachte, das Gesicht erinnert mich an jemanden. Aber das stimmt nicht.«

»Vielleicht fällt es dir ja noch ein.«

»Na, wir wissen doch alle, was man in so einer Situation am besten macht, damit die Erinnerung eine Chance hat, ihren Weg ans Tageslicht zu finden.« Judith seufzte und griff nach ihrem Handy. »Etwas ganz anderes tun.«

Sie suchte den Kontakt in der Adressliste und wartete auf das Freizeichen.

»Judith!«, knarzte es wenig später aus dem Hörer. »Wie schön, dass Sie anrufen! Wie ist das Wetter bei Ihnen in Deutschland?«

Judith zögerte kurz und stellte dann den Lautsprecher an.

»Es ist auszuhalten. Mal besser, mal schlechter.«

Nils Memmert sah sie erstaunt an, sagte aber nichts.

»Ich freue mich sehr, mit Ihnen am Telefon zu plaudern. Noch mehr würde ich mich aber freuen, wenn ich Ihnen dabei in die Augen sehen könnte.«

»Ich habe nur eine kurze Frage.«

»Auch bei kurzen Fragen ist es angenehmer. Warten Sie bitte einen Moment.« Es klackte im Hörer. Im nächsten Moment meldete Judiths Laptop einen Videoanrufer. Es war Rudenko. Sie nahm an, bestätigte den Kontakt und beendete das Telefonat.

»Hallo«, sagte sie und hob grüßend die Hand.

Rudenko richtete den Bildschirm aus, und Judith erkannte, dass er sich in einem Büro befand.

»Sie sind im Dienst? Soll ich später anrufen?«

»Ein Kommissar ist immer im Dienst.« Er verzog den Mund zu etwas, das vermutlich ein Lächeln sein sollte. Trotzdem hatte Judith den Verdacht, dass er keinen Scherz machte.

»Warum wollten Sie mich dann unbedingt sehen?«

»Ich mag es, wenn nicht alle Welt weiß, mit wem ich mich über was unterhalte, junge Kollegin. Eine alte Gewohnheit von mir. Das hier«, er wies auf den Bildschirm, »ist am schwierigsten abzuhören. Sie bekommen es einfach nicht hin. Vor allem, wenn wir uns kurz fassen.«

»Verstehe. Dann kommen wir am besten gleich zur Sache«, sagte Judith. »Sie hatten mir doch gesagt, dass Natalya Verkova eine Schwester hatte.«

Rudenko nickte.

»Wir haben sie vermutlich gefunden. Hier. In Deutschland.«

»So, wie Sie es sagen, und die Art, wie Sie mich dabei anschauen, lässt mich vermuten, dass es ihr nicht unbedingt gut geht.«

»Sie ist tot.«

»Und jetzt möchten Sie, dass ich was für Sie herausbekomme?«

»Natalya Verkovas Schwester ist schon länger Gast in einem Kühlfach der Rechtsmedizin. Beziehungsweise das, was von ihr an Proben und Gewebestücken übrig ist. Irgendwer muss auch ihr einen Einladungsbrief geschrieben haben, damit sie hierher nach Deutschland kommen konnte. Können Sie mir ein weiteres Mal helfen?«

»Und Ihnen sagen, was wir hier über die Frau wissen?«

»Das wäre sehr nett.«

»Das wird einige Zeit in Anspruch nehmen, junge Kollegin aus Deutschland. Ich melde mich bei Ihnen, sobald ich etwas weiß.« Artem Rudenko beugte sich vor und beendete das Gespräch.

Judith ließ sich auf ihrem Stuhl nach hinten fallen, verschränkte die Arme vor der Brust und legte den Kopf in den

Nacken. »Wir kommen nicht wirklich weiter, weil wir uns von den wesentlichen Fragen immer wieder durch Nebensächliches ablenken lassen«, sagte sie leise und schloss die Augen.

»War das jetzt gerade das, was man den kurzen Dienstweg nennt?«, fragte Nils Memmert interessiert. Ein Lächeln umspielte seine Mundwinkel.

»Frag nicht«, sagte Judith, kippte ihren Kopf leicht zur Seite und sah ihn durch halb geschlossene Lider an. »Ich mag es nicht, wenn alle Welt weiß, mit wem ich mich unterhalte, junger Kollege aus Indien«, ahmte sie Rudenkos Tonfall nach und grinste.

Nils Memmert grinste zurück. Dann fragte er in übertrieben gleichmütigem Tonfall: »Was wären denn die wesentlichen Fragen, die du gerade erwähntest?«

»Die, nach denen die Fallanalyse vorgeht. Zum Beispiel, was uns die Art und Weise sagt, wie und wann die Leiche beseitigt wurde.« Sie öffnete die Augen ganz und sah Nils Memmert an, während sie weitersprach. »Das Aussehen der Totenflecken sagt uns, dass sie nach ihrem Tod zuerst noch lange gefesselt irgendwo gelegen haben muss. Als sie zum Patersweiher gebracht wurde, hatten sich die Totenflecken schon gesetzt. Es muss einen Grund dafür geben.«

»Der Mörder oder die Mörderin wollte es vielleicht so, weil jedes Detail eine Bedeutung für ihn hatte«, warf Nils ein.

Judith sog nachdenklich ihre Unterlippe ein. »Wäre eine Möglichkeit. Das spräche für eine sexuell motivierte Tat. Der Mörder befriedigt damit ein Bedürfnis oder empfindet einen Kick dabei.«

»Was wäre die andere Möglichkeit?«

»Ein klassisches Motiv, Rache, Eifersucht, Hass zum Beispiel, und eine situativ angelegte Vorgehensweise. Ich glaube, die größte Gefahr liegt darin, in allem immer den Psychopathen zu suchen. Dabei sind es viel häufiger Beweggründe, die jeder von uns nachvollziehen kann, die einen Mörder handeln lassen, wie er eben handelt.«

»Zum Beispiel könnte er einfach keine Zeit oder keine Gelegenheit gefunden haben, die Fesseln sofort abzunehmen.«

»Oder er wurde unterbrochen.«

»Oder hat es allein nicht geschafft.«

»Mal angenommen«, sagte Judith, nahm ein Blatt Papier aus dem Drucker und schrieb den Namen »Corinna Eckbacher« in die Mitte. »Mal angenommen, Corinna Eckbacher hat Natalya Verkova getötet und muss die Leiche verschwinden lassen. Sie will sie von ihren Fesseln befreien, schafft es aber nicht, den Leichnam anzuheben, um die Fesseln zu lösen.«

»Das macht keinen Sinn. Sie hätte sie ja später doch noch bewegt.«

»Dann hat sie uns dadurch bewusst verwirren wollen, um ihre Spur zu verwischen.«

»Oder es war einfacher, die Tote ohne die Fesseln zu bewegen.

»Das denke ich nicht. So lange, wie die Leiche den Totenflecken nach zu urteilen gelegen haben muss, hatte sich die Totenstarre mit Sicherheit bereits gelöst. Da wären Fesseln beim Transport eher hilfreich gewesen.«

»Das mit dem Spurenverwischen sollten wir näher ins Auge fassen.« Nils Memmert stand auf und ging zum Fenster. Er starrte hinaus. »Was, wenn die Art der Fesselung doch etwas aussagt?«

»Das hatten wir doch schon abgeklärt.«

»Nicht ganz. Du konntest einen SM-Fetisch-Grund ausschließen. Es können aber sicherlich auch andere rituelle Hintergründe eine bestimmte Art der Fesselung erfordern. Mir fällt nur gerade wirklich nicht ein, welche das sein mögen.«

Judith schloss die Augen, holte tief Luft und konzentrierte sich. Sie hatten verschiedene Möglichkeiten erwogen, ohne dass sie das Gefühl hatte, der Lösung näher gekommen zu sein. Warum fanden sie nichts? Vielleicht, weil sie nicht alle Herangehensweisen berücksichtigten? Aber welche gab es denn, abgesehen von der Fesselung als Mittel zum Zweck, um das Opfer bewegungsunfähig zu machen, und der Fesselung als Selbstzweck, aus sexuellen Gründen?

»Bist du eingeschlafen?«

»Was?« Sie fuhr zusammen und setzte sich aufrecht hin.

»Nein. Natürlich nicht. Das sah nur so aus. Ich bin hoch konzentriert.«

Nils Memmert lachte, verstummte aber abrupt. »Warte. Was hast du gerade gesagt?«

»Ich sagte, ich bin hoch konzentriert.«

»Nein. Ja. Auch. Du sagtest: ›Das sah nur so aus‹.« Er wirkte mit einem Mal aufgeregt. »Was, wenn es hier auch nur so aussieht, als hätte eine Fesselung stattgefunden, während in Wirklichkeit alles ganz anders war?«

»Wie meinst du das?«

»Vielleicht ging es nicht darum, das Opfer bewegungsunfähig zu machen. Sondern die Fesselung war nur ein Weg, eine Art Technik, die etwas anderes bewerkstelligen sollte.«

»Und was könnte das sein?« Judith gähnte und biss im gleichen Augenblick die Kiefer aufeinander.

»Ich weiß es nicht. Nur haben wir diesen Gedanken bisher noch gar nicht berücksichtigt.« Er notierte das Stichwort auf einem Zettel.

»Das stimmt. Und noch etwas haben wir uns bisher nicht gefragt.« Judith stand auf, ging zum Fenster und öffnete es. Frische Luft zog durch das Büro, Sauerstoff füllte ihre Lungen.

»Und das wäre?

»Es hat keinen Versuch gegeben, die Identifizierung der Leiche zu erschweren oder unmöglich zu machen. Die Fingerspitzen waren unberührt, das Gebiss intakt.«

»Vielleicht war es dem Täter egal, ob sie identifiziert würde, weil er sicher sein konnte, dass man ihn sowieso nicht mit der Toten in Verbindung bringen würde.«

»Was gegen Corinna Eckbacher spricht. Ihr hätte klar sein müssen, dass sie die Erste wäre, die wir aufsuchen, sobald die Identität der Toten feststeht.«

»Sie wusste allerdings, dass es so gut wie unmöglich sein würde, die Tote anhand ihrer Fingerabdrücke oder des Zahnstatus zu identifizieren.«

»Nicht nur so gut wie«, warf Judith ein. »Ina hat die Geldbörse gefunden. Sonst säßen wir heute noch hier und wüssten nichts.« Ihr Handy meldete sich mit einem kurzen Ton. Eine

SMS. Auf dem Display erschienen die ersten Zeilen des Nachrichtentextes.

»Du hast den USA-Brief nicht aufgemacht«, stand da in ausschließlich kleinen Buchstaben unter Kais Telefonnummer. Er war also in ihrer Wohnung. Hatte er das Ergebnis des Schwangerschaftstests schon gesehen? Sollte sie ihn anrufen und ihn bitten, nachzusehen?

Das Handy kündigte eine weitere SMS an. »Soll ich es tun??« Judith hob das Handy hoch. Ihr Daumen zögerte, glitt über die Tastatur.

»Nein«, entschied sie. »Nein, ich will es noch nicht wissen. Beides nicht.«

***

Routinearbeiten. Akten sortieren. Protokolle über Autounfälle schreiben. Die letzten Stunden, in denen ich darüber hinaus nichts zu tun gehabt hatte, hatten mir sehr deutlich gezeigt, dass ich kein vollwertiges Mitglied der Mordkommission war, und das schmeckte mir überhaupt nicht. Wenn es drauf ankam, hatte mich das in der Vergangenheit zwar noch nie davon abgehalten, zu tun, was ich für richtig hielt, aber meine »ständige sehr freie Interpretation der Regeln«, wie Hansen es einmal ausgedrückt hatte, wurde allmählich anstrengend. Sogar für mich.

Ich starrte aus dem Fenster. Mattes hatte recht. Ich benahm mich unmöglich. Nicht wie eine fünfzigjährige Frau, sondern wie ein fünfjähriges Mädchen. Verwöhnt und gewohnt, seinen Willen zu bekommen, ohne vorher darüber nachzudenken, was sein Verhalten für andere bedeutete. Aber was bedeutete das im Umkehrschluss? Hätte ich mich damals entschieden, in Köln zu bleiben, wenn ich gewusst hätte, wie nah mein Wechsel Mattes gehen würde? Hätte ich meine Bedürfnisse verleugnet? Sie verleugnen dürfen? Selbst wenn ich es gewollt hätte, wäre es vermutlich nicht gegangen. Ich war schockiert gewesen. Traumatisiert. Bis heute fragte ich mich, ob Jan Weber keinen Selbstmord begangen hätte, wenn ich anders reagiert, wenn ich die Gefahr früher erkannt hätte. Wenn meine Gefühle für ihn mich nicht blind gemacht hätten für die Wahrheit.

Die Wahrheit war, dass er ein Mörder gewesen war.

Mein Wunsch, nach dieser Sache vor allem zu fliehen, hatte mich in die Eifel gebracht, in der Hoffnung, Frieden zu finden. Aber den Frieden fand man nicht wie einen Pfennig auf der Straße. Und niemand brachte ihn zu einem. Den Frieden in und mit sich selbst konnte man nur aus eigener Kraft erreichen. Ich war, das erkannte ich nun, meilenweit davon entfernt. Weil ich weggelaufen war und mich nicht meinen wirklichen Problemen gestellt hatte.

Es wurde Zeit, das zu ändern.

Das Telefon klingelte, und ich sah auf die Uhr. Fast sieben. Hatte Judith noch etwas erreichen können?

»Ina?« Ich erkannte Henrikes Stimme. Im Hintergrund spielte laute Musik, ich hörte Stimmengewirr und Gläserklirren. »Du musst kommen. Schnell!«

»Wo bist du?«

»Zu Hause. Ich wollte nur ein paar Freundinnen einladen, und jetzt ist hier …«, sie brach ab, es knackte in der Leitung. Jemand lachte. Dann war die Verbindung unterbrochen.

Ich sprang auf. Was war da los? Wieder klingelte es. Ich riss den Hörer hoch.

»Hallo, Ina, hier ist Judith. Kannst du –«

»Hallo, Judith«, unterbrach ich sie, während ich hastig meine Sachen zusammensuchte und alles in meiner Handtasche verstaute. »Egal, was es ist. Jetzt geht es nicht. Henrike ist in Schwierigkeiten. Ich muss sofort nach Hause. Ich melde mich, sobald ich kann.«

Ich legte auf, rannte aus meinem Büro, den Flur hinunter und in Hansen hinein, der mich mit einer Handbewegung stoppte. Verdattert sah ich ihn an, überlegte kurz und bat: »Kannst du einen Wagen bei mir zu Hause vorbeischicken? Henrike hat Probleme mit Jugendlichen, die sie nicht eingeladen hat. Ich weiß nicht, was da abgeht, aber es hörte sich nicht gut an.« Ich wartete nicht auf seine Antwort, sondern öffnete die Tür zum Treppenhaus.

»Partysprenger?« Hansen drehte sich auf dem Absatz um und folgte mir.

»Was?«

»Partysprenger. Die neue Masche bei den Jugendlichen. Irgendwer hat wohl beschlossen, dass es Spaß macht, auf fremde Partys zu gehen und da zu randalieren.«

»Nachmittags?«

»In der Hauptsache dann, wenn sturmfreie Bude ist.«

Er ging in die Wachstube. Ich beeilte mich, zu meinem Auto zu kommen.

Normalerweise dauerte die Fahrt von Schleiden nach Gemünd ungefähr zehn Minuten. Manche schafften es schneller, und manchen Touristen gelang es, die Strecke auf das Doppelte auszudehnen. Ich telefonierte mit Hermann, während ich durch Olef raste, und bat ihn, ebenfalls zu uns zu kommen. Es war zwar unvernünftig, vor allem angesichts seines Zustandes, aber ich wusste, er würde sich noch mehr aufregen, wenn ich ihm nicht Bescheid sagte.

Schon im Treppenhaus hörte ich Henrikes Stimme über die Musik hinweg, ohne zu verstehen, was sie sagte. Die Wohnungstür stand offen. Zigarettenqualm drang in den Hausflur. Nach wenigen Sekunden stand ich in der Wohnung. Laute Musik und ein Haufen Jugendlicher. Gläser und Tassen standen überall herum. Bilder waren von den Wänden gerissen worden, und der Inhalt diverser Chipstüten lag auf den Sofas und dem Boden verteilt. Irgendwer hatte den Bierkasten vom Balkon geholt und auf den Couchtisch gestellt. Einige Jugendliche tanzten. Dazwischen entdeckte ich Henrike und zwei ihrer Freundinnen, die versuchten, die Lage in den Griff zu bekommen.

»Ina!« Henrike kam auf mich zugestürzt, als sie mich sah. Sie hatte geweint, wirkte gleichzeitig hilflos und erleichtert, mich zu sehen. Hinter mir hörte ich zwei Kollegen die Treppe hochkommen. Dicht gefolgt von Hermann und Amalie.

Ich ging zur Musikanlage und schaltete sie aus. Als Antwort kam Protestgejohle.

»Ruhe«, brüllte ich über die Köpfe hinweg.

Gelächter. Henrikes Freundinnen drückten sich an die Wand. Meine beiden Kollegen in Uniform bauten sich vor der Tür auf. Langsam wurde es ruhiger.

»Die Party ist vorbei«, sagte ich mit immer noch deutlich autoritärer Stimme. »Und damit wir auch niemanden vergessen, wenn wir euch kleine Dankeschönkärtchen schreiben, werden meine beiden Kollegen dort in der Tür jetzt eure Personalien aufnehmen.«

***

»Ich kann nicht verstehen, wieso diese Kinder das machen.« Amalie saß auf einem unserer Küchenstühle vor einem Glas Wasser. Henrike lehnte wie ein Häufchen Elend an Hermanns Schulter. Sie war blass, hatte sich aber wieder gefasst.

»Du musst mir glauben, Ina. Ich wollte keine Party machen. Wir hatten nur vor, mit ein paar Mädels Karaoke zu singen und uns einen netten Abend zu machen.«

Ich nickte und sah mich um. Der Schaden war zum Glück nicht so groß, wie ich zuerst gedacht hatte. Nur ein paar Bilderrahmen und drei CDs hatten die Chaosparty nicht überlebt. Nachdem alle mitangepackt und aufgeräumt hatten, sah die Wohnung jetzt, eine Stunde später, schon wieder begehbar aus.

»Sie standen auf einmal einfach vor der Tür, und ich wusste nicht, wie ich sie loswerden sollte.«

»Du hast mich angerufen, Henrike. Das war richtig.« Ich tauschte einen Blick mit meinem Vater. Dann lächelte ich schief, zog sie von Hermanns Schulter fort und in meine Arme. »Gut gemacht, Kind.«

»Bist du jetzt sauer?«

»Klar. Aber nicht auf dich. Sondern auf diese Idioten.« Ich zeigte auf die vollen Müllbeutel neben der Wohnungstür. »Meinen Abend hatte ich mir eigentlich anders vorgestellt. Zumindest umfassten meine Planungen keine Grundreinigung.«

»Es tut mir leid, Ina.« Sie sah zu Boden. »Auch das von letztens.«

Ich drückte sie einmal und gab sie dann frei. Sie wandte sich zu mir und grinste.

»Aber ein Gutes hat die Sache doch, oder?«

»Ach ja? Hat sie?«

»Ja klar.« Ihr Grinsen wurde breiter. »Die Wohnung ist jetzt top aufgeräumt für deine Feier morgen.«

»Meine was?« Ich verstummte. Richtig. Mein Geburtstag.

Hermann griff in seine Westentasche, zog einen Umschlag hervor und platzierte ihn in der Mitte des Tisches.

»Unser Geschenk bekommst du schon heute, Ina.« Er schob den Umschlag ein Stück auf mich zu. Ich legte meine Hand darauf und sah ihn an.

»Es bringt doch Unglück, vorher zu gratulieren, Pap.« Ich stupste den Umschlag zurück in seine Richtung. »Und auch wenn ich nicht feiere, eine Tasse Kaffee und ein Glas Sekt werde ich morgen trotzdem für euch bereithalten.«

»Ich gehe am Vormittag in die Klinik.« Er straffte sich. »Chemo. Ich habe mich entschieden, dagegen anzugehen.« Er griff nach Amalies Hand. »Die Ärzte haben gesagt, es gibt eine Chance. Keine hundertprozentige, noch nicht mal eine fünfzigprozentige, aber eine Chance. Und die nutze ich. Für euch.«

»Für dich nicht?«, fragte ich leise.

Hermann schwieg und senkte den Blick. Niemand sagte etwas. Ich hörte das Pulsieren meines eigenen Herzschlags durch die Stille im Raum.

»Doch«, sagte er schließlich. »Auch für mich.« Er strich mit der flachen Hand über den Küchentisch, hob den Kopf und sah uns der Reihe nach an. »Als der Arzt mir die Diagnose gesagt hat, konnte ich es nicht glauben und hab mich davor versteckt.« Er benetzte seine Lippen. »Auch vor euch. Ich wollte zuerst mit niemandem darüber reden. Und es fällt mir auch jetzt schwer. Weil ich immer noch morgens wach werde und denke, sie haben sich vertan. Sie meinen gar nicht mich. Da sind irgendwelche Ergebnisse vertauscht worden.« Seine Stimme knarzte.

Ich legte meine Hand auf seine, spürte, wie der Kloß in meinem Hals wuchs, sich ausdehnte und jedes Wort unmöglich zu machen schien.

Hermann nickte. »Ich bin wütend. Ja. Ich fühle mich ungerecht behandelt. Ja. Und ich bin neidisch. Ein drittes Ja. Auf dich, Ina, auf deine Probleme, die mir so klein erscheinen, auch wenn ich weiß, dass ich dir damit unrecht tue.« Er sprach immer schneller. »Auf dich, Amalie, weil du gesund bist, obwohl du älter bist als ich. Auf dich, Henrike, weil du alles noch vor dir hast und es nicht zu schätzen weißt.« Er verstummte. Atmete heftig. Kämpfte gegen die Tränen. »Wenn ich mich auf die Therapie einlasse, habe ich vielleicht eine Chance, mich noch ein bisschen länger mit euch herumzuärgern.«

FÜNFZEHN

Der Traum entgleitet dir und lässt dich allein in dem klammen Zimmer zurück. Du frierst. Die dünnen Decken fest um die Schulter gewickelt, ziehst du dich zu einem kleinen Bündel zusammen.

Deine Entscheidung ist gefallen. Irgendwo in diesem Dämmerzustand zwischen Wachen und Schlafen, in dem die Gedanken fließen und alle Hindernisse scheinbar mühelos überwinden. Du wirst ihr folgen, sie suchen und finden, auch wenn du dazu in ein anderes Land fahren musst.

Im Traum hast du dich in einem anderen Zug gesehen, in einer anderen Stadt. Noch weißt du nicht, wohin deine Schwester gegangen ist. Das ist der nächste Schritt.

Du zitterst. Durch das Fenster dringen die Geräusche der Straße zu dir hinein. Motoren, Hupen, ein Scheppern wie von Blecheimern. Du stehst auf und gehst zum Fenster. Der kalte Linoleumboden klebt an deinen nackten Füßen, du ekelst dich bei dem Gedanken an die Füße deiner Vorgänger in diesem Zimmer. Das Licht fällt hart in den Raum, als du die Vorhänge aufziehst.

Es wird schwierig werden. Nicht wie in dem Traum.

Du straffst den Rücken, öffnest das Fenster und atmest die kalte Luft ein, die dich weckt und den letzten Rest Schlaftrunkenheit aus deinen Zellen vertreibt.

Das Gebäude der Bank ist groß, aber nicht so beeindruckend, wie du es dir vorgestellt hast. Das Konto deiner Schwester wird hier geführt. Wenn deine Schwester darauf zugreift, wird man dir hier sagen können, wo sie ist.

Du betrittst den Schalterraum. Hinter vergitterten Absperrungen sitzen die Bankangestellten. Es ist früh am Morgen. Du hast auf das Hotelfrühstück und die abschätzigen Blicke der anderen Gäste verzichtet und bist direkt hierher gegangen. Keine Zeit verlieren.

Du wartest am Eingang, suchst Blickkontakt, um abzuschätzen, ob du willkommen bist oder ob dein Erscheinen eine Störung im Arbeitsablauf bedeutet. Du weißt, dass du etwas verlangst, was sie dir eigentlich nicht geben dürfen. Dass es schwer werden wird, sie zu überzeugen.

»Guten Morgen«, sagst du und lächelst, nachdem eine der Angestellten dich zu sich gewunken hat. Sie ist eine gepflegte Erscheinung, das blonde Haar hat sie zu einem dicken Zopf geflochten und um den Kopf geschlungen wie die Timoschenko. Sie macht einen mütterlichen Eindruck.

Sie lächelt und erwidert deinen Gruß.

»Ich habe ein Problem, und ich hoffe, Sie können mir helfen«, beginnst du und wartest ab. »Vielleicht sind Sie sogar die Einzige, die mir helfen kann. Wenn es nicht klappt, bin ich schon jetzt gescheitert und kann meiner schwangeren Schwester nicht helfen.«

»Sagen Sie doch bitte erst einmal, was Sie von mir möchten.«

»Meine einzige Chance, sie zu finden, ist die, dass Sie mir sagen, ob und wo meine Schwester zuletzt Geld abgehoben hat«, erklärst du, ohne wirklich zu hören, was sie gesagt hat. »Ich muss es einfach wissen. Um ihretwillen und um des Kindes willen.«

Die Frau zögert. »Sie möchten den Aufenthaltsort Ihrer Schwester feststellen«, sagt sie.

»Ich muss herausfinden, wo sie ist.«

»Ich darf Ihnen keine Auskunft geben, weil es nicht Ihr Konto ist. Haben Sie Ihre Schwester denn bereits bei der Polizei als vermisst gemeldet?«

»Nein.« Du schüttelst den Kopf. »Das würde nichts nutzen. Sie ist erwachsen. Kann tun und lassen, was sie möchte. Auch das Land verlassen, wenn es denn sein muss.« Du siehst ihr in die Augen. »Vermutlich würde mir das nur noch mehr Schwierigkeiten bereiten. Eine Schwester, die das Land verlässt.« Du verstummst.

Du musst nicht deutlicher werden. Ihr versteht euch ohne Worte. Mit ihrer Frisur zeigt sie, auf welcher Seite sie steht, ohne es aussprechen zu müssen.

Sie nimmt den Zettel mit der Nummer, wendet sich dem Bildschirm zu und öffnet das Konto. Ihr Blick wandert über die Zahlenreihen, die du spiegelverkehrt in ihren Augen sehen kannst.

»Sie ist in Deutschland«, sagt sie schließlich und bestätigt, was du schon vermutet hast. »Ihre letzte Abhebung hat sie in einem Ort gemacht, der Euskirchen heißt.«

»Euskirchen«, murmelst du, und die fremden Laute sperren sich auf deinen Lippen und in deinem Rachen, klingen seltsam rau nach. »Danke.« Du nickst ihr zu und willst dich abwenden.

»Warten Sie«, ruft die Bankangestellte leise. »Da ist noch etwas.«

Du bleibst stehen und schaust sie über deine Schulter hinweg fragend an.

»Sie hat alles Geld vom Konto abgehoben, auch das Kleingeld hinter dem Komma. So etwas macht man nur, wenn man das Konto aufgeben will.«

★★★

Die Leiche musste hier irgendwo sein. Judith hielt den Lageplan fest umklammert. Dunkle Kreuze auf grünem Grund markierten die Positionen. Sie hörte die allgegenwärtigen Fliegen. Rascheln. Surren. Zweige knackten mit jedem Schritt unter ihren Füßen. Sie musste die Leiche finden. Sie hatte eine Aufgabe zu lösen.

Sie starrte auf das Blatt Papier auf ihrem Klemmblock, aber die Buchstaben tanzten vor ihren Augen, verschwammen und schoben sich zu neuen Wörtern zusammen, deren Sinn sie nicht verstand. Judith blinzelte. Konzentrierte sich. Sie durfte nicht versagen. Sie war eine von vielen. Dabei wollte sie die Beste sein. Sie schwitzte. Spürte, wie der Schweiß ihren Rücken hinunterlief.

Sie nahm den Stift, kontrollierte ihren Standpunkt, fuhr mit der Minenspitze den vorgezeichneten Weg auf der Karte entlang. Es musste hier sein.

Sie drehte sich um sich selbst. Schneller und immer schneller folgten Blätter, Zweige, Äste, Grün, das Braun der Stämme, Wiese, wieder Zweige. Sie schnappte nach Luft, fiel, stürzte, immer tiefer. Der Untergrund wurde weich, öffnete sich und gab nach. Knochen brachen, als sie sie berührte. Sie schrie. Ein Kindergesicht lachte sie mit toten Augen an. Judith wurde von Ekel überrollt. Sie würgte, hustete, hatte Angst zu ersticken.

»Judith!« Jemand zerrte an ihr. Rüttelte an ihrer Schulter. Sie kämpfte sich hoch. Gegen die Welle der Übelkeit. »Judith!«, tönte es nah an ihrem Ohr. Sie schnappte nach Luft. Zitterte. »Judith.« Ein drittes Mal. Leiser.

Sie schlug die Augen auf. Kai lag neben ihr. Sein Gesicht war dem ihren so nah, dass sie jede Einzelheit seiner Haut erkennen konnte. Er strich ihr das Haar aus der Stirn.

»Es ändert alles«, flüsterte sie und spürte die Übelkeit, die aus den Tiefen des Traums in ihr Bewusstsein rollte, ihren Körper erfasste. Sie beugte sich über den Bettrand und erbrach sich in einem Schwall auf den Boden.

Kai stand auf, ging ins Badezimmer und kehrte mit einem Eimer und einem Putzlappen zurück. Schweigend säuberte er den Boden und die umstehenden Möbel. Er öffnete das Fenster, ließ Luft ins Zimmer. Dann trug er alles hinaus, und Judith hörte, wie er die Wasserspülung betätigte. Wie er danach in die Küche ging und ein Glas aus dem Schrank nahm. Wie er sich kümmerte. Um sie. Um das, was er willkommen heißen wollte in seinem Leben, um das, was sie nicht richtig benennen konnte.

Ein zweiter Strich auf dem Teststreifen. Ein Hormonnachweis. Verblasst schon und verschwommen, und sie hatte gehofft, es wäre nicht wahr. Aber es war da. Unumstößlich. Sie musste sich dem stellen. Es würde ihr eine Entscheidung abfordern, bei der sie von vornherein als Verliererin feststand. Egal, wie ihre Antwort ausfiele.

»Es ändert alles«, sagte auch Kai, nachdem er sich wieder neben ihr ausgestreckt hatte. Dieselben Worte. Aber bei ihm klangen sie anders. Nach Hoffnung. Nach Wünschen. Nach einem Traum, dessen Erfüllung in greifbarer Nähe war.

Die Enge um ihre Brust zog sich weiter zusammen, nahm ihr die Luft.

»Ich kann nicht alles haben. Ich muss mich entscheiden. Das eine oder das andere.« Sie griff nach dem Brief, der neben ihr auf dem Nachttisch lag. Das Papier fühlte sich fremd an. Eine Nachricht aus einem anderen Teil der Erde, die ihre eigene Welt erweitern und vergrößern würde. Wenn sie die Chance wahrnahm, die man ihr bot. Wenn sie sie wahrnehmen durfte.

»Du hast dich schon entschieden.«

»Ja.«

»Aber damit entscheidest du auch über mein Leben.« Kai ließ sich auf den Rücken fallen, schaffte Distanz zwischen ihnen.

»Ja.«

»Was, wenn ich es anders will?«

»Willst du es anders?«

»Ja.«

»Was willst du anders?« Sie rappelte sich hoch, stützte sich auf die Ellbogen und wandte ihm den Kopf zu. »Willst du, dass ich ein Heimchen am Herd bin? Dass ich alles, wofür ich gekämpft habe, aufgebe? Dass alle Nächte, die ich gesessen und gelernt habe, umsonst gewesen sein sollen? Willst du das?«

»Nein.« Er mied ihren Blick. »Ich will es anders. Für mich anders.« Er setzte sich auf. »Ich kann es machen. Und du tust, was du tun willst.« Er legte den Kopf in den Nacken. Seine Stimme klang kehlig. »Nicht du kümmerst dich um das Baby. Ich kann es tun. Ich kann es versorgen, bei ihm bleiben.« Er wischte sich über die Augen und sah sie an. »Das ist es, was ich will.«

»Bis zum nächsten Mal, wenn ich heimkehre und eine leere Wohnung vorfinde. Ach nein. Dann wird sie ja nicht leer sein. Ein schreiendes Kind wird auf mich warten, und ich werde mich kümmern müssen und meinen Beruf aufgeben und alles wegwerfen, wofür ich so hart arbeite.« Sie lachte hart.

»Ich werde nicht mehr weggehen. Ich verspreche es.«

»Wie du es mir schon unzählige Male vorher versprochen hast?«

»Ich verspreche es nicht dir. Ich verspreche es meinem Kind.«

»Und du glaubst, das ändert etwas?«

»Es ändert alles.«

***

Ich konnte nicht schlafen. Wieder einmal kreiselten meine Gedanken durch mein Hirn, wirbelten alles durcheinander und hielten mich bis auf einige kurze Dämmerphasen wach. Hermann, Henrike, der Fall, Mattes, meine eigenen Probleme.

Nichts ordnete sich, für nichts fand ich eine Lösung oder einen Weg, wie ich damit umgehen konnte. Es gab zu viel, auf das ich keinen Einfluss hatte und das ich nur geschehen lassen konnte. Schicksalsautonomie.

Um halb fünf reichte es mir, und ich stand auf. Ich musste etwas tun, sonst würde ich verrückt werden.

Ich schaltete den Computer ein, rief die Homepage von Corinna Eckbachers Vermittlungsinstitut auf und klickte mich durch die Seiten, auf denen die Frauen sich vorstellten.

Wieder erschreckte mich die Art und Weise, wie sich die meisten von ihnen präsentierten. Auf den Porträtfotos wirkten sie wie aufgestylte Models, blätterte man weiter, erwarteten den Besucher Ganzkörperbilder in Kleidern und Dessous, die zum Teil sehr aufreizend wirkten.

Über hundertvierzig Seiten mit jeweils zwölf Frauen hatte die Datenbank zu bieten. An der rechten Seite konnte der interessierte Kunde die Eckdaten seiner Wunschkandidatin in ein Suchformular eingeben. Körpergröße, Gewicht, Alter. Den Namen. Ich tippte »Natalya« in das Feld. Siebzehn Frauen mit diesem Namen wurden angezeigt, eine davon war die, die ich gesucht hatte. Der Tod hatte sie verändert, aber sie war es. Ich druckte mir ihr Bild aus.

Nachdenklich betrachtete ich ihre Augen, stellte mir vor, wie sie ausgesehen hatte, wie sie sich bewegt, wie sie gesprochen hatte. War sie ein fröhlicher Mensch gewesen? Ihr Lächeln wirkte warm und herzlich, aber nicht naiv. Eine Frau, die wusste, was sie wollte. Was wollte sie?

»Familie ist mir wichtig«, hatte sie in den kurzen Vorstellungstext geschrieben. »Sie gibt mir Halt und Sicherheit.«

Familie. Sie wollte eine Familie. Zu Hause hatte sie keine mehr. Ihre einzige Verwandte war die Schwester, die nach Deutschland gekommen und dort vor fast einem Jahr verschwunden war.

Was, wenn Natalya Verkova sich nur in diese Liste der heiratswilligen Frauen eingetragen hatte, weil ihre Schwester vor ihr denselben Weg gegangen war? Wenn sie nach Deutschland gekommen war, um ihre Schwester zu suchen, und das vermutlich dort, wo ihre Schwester ihre letzten Spuren hinterlassen hatte? Bei Corinna Eckbacher.

Ich blätterte und scrollte durch die Reihen der jungen Frauen, suchte, verglich. Augenform. Haarfarbe. Nasen. Blicke. Lippen. Wenn ich Glück hatte, bestand zwischen den beiden eine Ähnlichkeit. Irgendwann flirrten die Bilder der Frauen vor meinen Augen, und mir wurde klar, dass ich Natalya Verkovas Schwester selbst dann nicht mehr hätte erkennen können, wenn sie eineiige Zwillinge gewesen wären.

Ich stand auf, reckte mich und schaute auf die Uhr. Halb sechs. Ich hatte mir einen Kaffee verdient.

Die Maschine brummte und fabrizierte eine Tasse heißen, starken Kaffee. Henrike kam, rieb sich mit beiden Händen den Schlaf aus den Augen und setzte sich mit untergeschlagenen Beinen auf die Eckbank.

»Möchtest du auch?« Ich hob die Tasse. Sie nickte verschlafen. Dann fuhr sie mit einem Ruck hoch, schälte sich aus der Bank und verschwand in ihrem Zimmer. Ich hörte sie darin rumoren.

»Mach mal bitte das Licht kurz aus«, rief sie.

»Bitte?«

»Mach nur einmal dunkel, Ina, bitte. Ganz kurz«, wiederholte sie mit flehentlicher Kleinmädchenstimme.

»Okay.« Ich tat ihr den Gefallen. »Warum?«

Statt einer Antwort trat sie in den nun abgedunkelten Flur. Vor sich trug sie einen Teller, auf dem ein kleiner Gugelhupf stand. Fünf in den Kuchen gepikte Kerzen flackerten und ließen den Schokoladenüberzug wie Lack glänzen.

»Happy birthday to you«, sang Henrike zaghaft und balancierte ihre süße Last vor sich her. »Happy birthday to you.« Sie kam auf mich zu. Im Schein der Kerzen glühten ihre Wangen vor Freude. »Happy birthday, liebe Ina, happy birthday to you!« Sie zog das letzte Wort mit einem theatralischen Tremolo in die Länge und hielt mir den Kuchen vor die Nase. »Auspusten. Alle auf einmal. Sonst bringt das Unglück.«

Ich holte tief Luft und blies alle Kerzen aus.

Henrike jubelte, stellte den Kuchenteller auf den Küchentisch und nahm mich in die Arme. »Herzlichen Glückwunsch zu deinem Geburtstag, Ina.« Sie gab mir einen Kuss auf die Wange.

Ich erwiderte ihre Umarmung, und mit einem Mal musste ich lachen. Ich hatte meinen eigenen Geburtstag komplett vergessen. Weil er mir nicht wichtig erschien. Nein, mehr noch, weil ich ihn nicht hatte wahrhaben wollen mit all dem, wofür er stand. Aber Henrike hatte daran gedacht. Sie hatte sich Mühe gegeben, einen kleinen Kuchen gebacken. Für mich. Um mir eine Freude zu machen.

»Warte«, sagte sie und griff nach hinten in ihre Schlafanzughose. »Ich habe noch was für dich.« Sie zog ein flaches Päckchen hervor und reichte es mir.

Ich nahm es entgegen, löste die Klebestreifen und entfernte das Geschenkpapier. Ein Buch kam zum Vorschein. Erst auf den zweiten Blick erkannte ich, dass es kein gewöhnliches Buch war, sondern eines dieser selbst gemachten Fotoalben, die man online erstellen und drucken lassen konnte.

»Ich dachte, das gefällt dir vielleicht. Hab ich selbst gemacht.« Sie schaute mich erwartungsvoll an.

Ich öffnete das Fotobuch. Auf der ersten Seite grinsten mich zwei kleine Mädchen an. Eine hatte den Arm um die andere gelegt. Mit festem Stand und dem wilden Blick der Piraten, die sie bis vor einer Minute noch gewesen waren, schauten sie in die Kamera. Ich erinnerte mich an diesen Moment vor mehr als vierzig Jahren, sehr gut sogar. Ich schluckte, legte meinen Arm um Henrike und spürte, wie mir die Tränen kamen. Das war ich mit meiner besten Freundin Andrea, Henrikes Mutter. Auf den nächsten Seiten fand ich Bilder von gemeinsamen Klassenfahrten und Ausflügen in der Schulzeit, die aus Andreas Beständen stammen mussten, denn einige davon hatte ich bisher nie gesehen. Schnappschüsse von uns beiden als junge Frauen, mit anderen gemeinsam oder allein. Ein Bild von Henrikes Taufe vor fünfzehn Jahren. Ich halte sie im Arm, Andrea steht neben mir, strahlend, eine Hand auf meiner Schulter, die andere streicht über den Kopf des Babys.

»Das ist toll, Henrike.« Ich legte das Buch auf den Tisch, nahm sie in die Arme und drückte sie ganz fest an mich. Ich konnte nur ahnen, wie schwer es für sie gewesen war, die Bilder ihrer toten Mutter anzusehen. Dass sie es trotzdem getan, sich den schmerzhaften Erinnerungen gestellt hatte, um mir ein Geschenk zu machen, berührte mich tief. Ich wischte mir mit dem Handrücken die Tränen aus den Augenwinkeln.

»Weinst du?«

»Ja.«

»Schön.« Sie kuschelte sich in meine Arme.

»Ja.«

»Ich habe gedacht, wenn man so alt wird wie du, dann freut man sich über Erinnerungen von früher.«

»Wenn man so alt wird wie ich?« Ich ließ sie los und lachte. »Ich bin keine neunzig geworden.«

Henrike grinste.

»Aber du hast recht. Ich freue mich. Und ich habe wirklich schon lange nicht mehr an die Fotos gedacht. Irgendwo habe ich selbst noch Alben und Tüten mit den Bildern von damals. Aber was nicht mehr aktuell ist, landet irgendwann in Schubladen, und man vergisst, dass es da ist.«

»Oder man schmeißt es fort. Und ärgert sich nachher drüber.« Henrike schaute auf ihr Handy. »Oh Mist. Ich muss mich beeilen, sonst komme ich zu spät.«

Sie rannte raus und verschwand im Bad. Ich sah ihr hinterher. Sie hatte recht. Wie vieles aus meinen fünfzig Lebensjahren hatte ich vergessen, wie viel weggeworfen? Weil es nicht mehr wichtig erschien. Weil ich nicht mehr daran erinnert werden wollte. Weil mir das ein oder andere vielleicht sogar peinlich oder unangenehm war? Ich griff nach dem Buch, schlug es auf und verharrte. Henrike hatte die Orte und Jahre, in denen die Fotos gemacht worden waren, unter die Bilder geschrieben. Die Steckbriefe der Frauen auf Corinna Eckbachers Website waren ebenfalls datiert, mit Monat und Jahr. Wie weit reichten sie zurück?

Ich öffnete die Seite erneut und suchte.

»Mist«, murmelte ich. Keiner der Einträge war älter als sechs Monate. Aber da es das Institut schon länger gab, musste es Einträge aus früheren Zeiten geben. Wo waren sie?

»Ich bin jetzt weg.« Henrike stand im Türrahmen, ihre Jacke halb angezogen, den Riemen der Schultasche über der Schulter.

»Sag mal, weißt du, wie man Daten, die von Homepages gelöscht wurden, wiederfinden kann?«

»Ja, ich glaube schon. Es gibt so Seiten, die in regelmäßigen Abständen Snapshots von Webseiten machen.«

»Und das heißt bitte was?«

»Sie machen so eine Art Foto und können dann später sehen, was zu dem Zeitpunkt auf der Seite drauf war.« Sie ging zur Wohnungtür. »Aber was Genaues kann ich dir dazu nicht sagen.«

»Wer könnte –«

»Frag Max. Den mit den Filmen. Der weiß so was«, unterbrach sie mich, ging hinaus und ließ die Tür hinter sich ins Schloss fallen.

***

»Spätschicht«, antwortete der junge Mann mit dem zerknitterten Gesichtsausdruck verschlafen auf meine Frage, warum er noch nicht auf der Arbeit sei. Er trat einen Schritt zurück und gab den Weg ins Haus frei, nachdem ich ihm meinen Ausweis gezeigt und ihn auf seine filmischen Aktivitäten angesprochen hatte. Ich folgte ihm in die Küche. Seine Großmutter schien nicht da zu sein.

»Sie gehören zu Henrike, richtig?«

»Kann man so sagen. Ja.« Ich zog meine Jacke aus, hängte sie über die Lehne eines Küchenstuhls und setzte mich unaufgefordert.

»Henrike ist nett.«

»Stimmt.«

»Sie sagt, Sie wären auch nett.«

»Manchmal.« Ich verschränkte meine Finger ineinander und legte die Hände auf den Tisch. Mal sehen, was der junge Mann von sich aus alles erzählen wollte.

»Ich hab wohl mitbekommen, dass da jemand etwas in den falschen Hals bekommen hat.« Er spielte mit einem kleinen Stück Papier, das er zwischen seinen Fingerspitzen zusammenrollte. »Meine Oma liest jeden Morgen die Zeitung. Da stand ja ein bisschen was drin über diese … Beobachtung neulich am See.« Er sah mich an.

Ich nickte, schwieg aber weiter.

»Wir haben das schon öfter gemacht.« Er senkte den Blick und betrachtete intensiv einen Fleck auf der Tischplatte. »Das mit den Filmen. Es ist auch nicht so, wie Sie vielleicht denken.«

»Was denke ich denn?«

»Wir machen keine Pornos. Ganz sicher nicht.«

»Sondern?«

»Das ist für ein Kunstprojekt.«

»Ein Kunstprojekt?«

»Die Filme haben eine Aussage. Sie haben ein Thema.«

»Und welches?« Ich erinnerte mich an mein Gespräch mit Henrike, die von »solchen Filmen« gesprochen, aber keine Details genannt hatte. Ich fand es seltsam beruhigend, dass sie mein Anschauungsmaterial möglicherweise gar nicht als das erkannt hatte, was es war.

»Gewalt im Leben von Jugendlichen.«

»Und dazu muss man so tun, als ob eine junge Frau erwürgt wird?«

»Natürlich.« Er setzte sich gerade hin. »Gewalt umgibt uns überall. Ob im echten Leben oder im Film. Wir wollten das sehr überspitzt darstellen.«

»Warum hast du dich dann nicht gemeldet, als du es in der Zeitung gelesen hast, und damit die Sache aufgeklärt?«

»Weil es verboten ist.«

»Was? Solche Filme zu machen?«

»Nein. Es ist verboten, im Nationalpark von den Wegen abzuweichen«, erklärte er mit großer Ernsthaftigkeit.

»Das hat dich aber nicht davon abgehalten, es trotzdem zu tun.«

»Nein.« Er seufzte und sah in diesem Augenblick aus wie ein kleiner Junge. »Es war wichtig, die Szene genau dort zu drehen. Aber wir haben sehr darauf geachtet, nichts zu zerstören, und ich habe alle am Dreh Beteiligten auf die Pflanzen hingewiesen, um die sie auf jeden Fall einen großen Bogen machen sollen, damit sie sie nicht zertrampeln.«

»Das scheint dir ja sehr am Herzen zu liegen.«

Max verblüffte mich. Auf der einen Seite war er ein wagemutiger junger Mann, der nicht davor zurückschreckte, für seine Kunst ein Risiko einzugehen, auf der anderen ein anscheinend überzeugter Naturschützer.

»Ich möchte gern als Ranger im Nationalpark arbeiten und hatte meine Bewerbung für die Weiterbildung gerade erst abgeschickt«, gestand er stockend. »Wenn ich zugegeben hätte, dass ich verantwortlich für dieses Missverständnis bin, hätte ich mir das auf jeden Fall von der Backe schmieren können.«

»Ich denke, du arbeitest?«

»Das ist nur ein Job, den ich übernommen habe, bis der Rangerlehrgang anfängt. Ursprünglich habe ich Gärtner gelernt.«

»Dann rechnest du dir Chancen aus?«

»Eigentlich nicht. Die Ranger hier in der Eifel sind alle Forstwirte und haben dann die Ausbildung zum Ranger obendrauf gesetzt. Außerdem gibt es keine freien Planstellen.«

»Wozu dann das alles?«

»Weil es mein Traum ist. Und wenn es nicht hier klappt, dann vielleicht woanders.«

»Und was ist mit den Filmen? Mit den Kunstprojekten?«

»Die sind nur ein Hobby.« Er stand auf, ging zur Spüle und ließ Leitungswasser in ein leeres Glas laufen.«

Ich betrachtete ihn. Anfang zwanzig, motiviert und mit Sicherheit ein cleveres Bürschchen.

»Was hältst du von einer Praktikumsstelle im Nationalpark? So für den Anfang. Das schafft zwar keine Planstellen, aber du bist jung und hast noch Zeit, um dich beruflich zu sortieren.«

Er sah mich an, und zum ersten Mal während unseres Gesprächs lächelte er. »Das wäre vom Prinzip her schon mal ein sehr guter Anfang«, bestätigte er und stellte das Glas ab. »Was muss ich tun?«

»Erst einmal mir einen Gefallen.«

***

»Wo treibst du dich rum?«, murmelte ich und trommelte ungeduldig mit den Fingern auf die Tischplatte. Judith ging weder an ihr Dienststellentelefon noch an ihr Handy.

Nach dem zwanzigsten Klingeln informierte mich eine elektronische Stimme, dass der Teilnehmer zurzeit nicht zu erreichen sei.

Genervt öffnete ich mein E-Mail-Programm, schrieb die Infos auf, die ich dank Max' Computerkenntnissen nun über Natalya Verkovas Schwester hatte, und leitete ihr das Foto weiter, das wir in den Tiefen des Internets gefunden hatten.

Sie hieß Irina, war anderthalb Jahre jünger, und die Ähnlichkeit zu Natalya war unübersehbar. Auch sie hatte Corinna Eckbachers Dienste in Anspruch genommen, und zwar vor etwa zwölf Monaten. Ob mit Erfolg, konnte ich nicht beurteilen. Es wurde definitiv Zeit, die Dame zu einem intimeren Gespräch einzuladen. Corinna Eckbacher hatte auf vieles eine Antwort. Für meinen Geschmack auf zu vieles. Aber nur, wenn man sie fragte. Von sich aus gab sie nichts preis.

Allerdings konnte ich nicht davon ausgehen, dass die Heiratsvermittlerin wusste, dass es sich bei diesen beiden um Schwestern handelte. Auf der anderen Seite sprach auch nichts dagegen. Wir sollten es überprüfen. Aber das musste Judith machen. Nicht ich.

Die Tür zu meinem Büro öffnete sich, und Hansen trat ein, ohne vorher angeklopft zu haben. Irritiert blieb er stehen.

»Was machst du hier, Ina?«

»Wonach sieht es aus? Arbeiten?« Ich wedelte mit einem Stapel Papier.

»Nein. Das meine ich nicht. Du hast doch heute Urlaub, weil du …« Er verstummte. »Ach, ich Bauer.« Er kam mit ausgestreckter Hand auf mich zu.

Ich lächelte, stand auf und schob meinen Stuhl ein Stück zurück.

»Meinen allerbesten Glückwunsch zum Geburtstag, Ina.« Er schüttelte meine Hand, zog mich an sich und umarmte mich kurz. »Jetzt habe ich noch nicht mal ein paar Blumen. Die wollte ich morgen besorgen, genau wie das Geschenk der Kollegen für dich.« Er wirkte völlig überrumpelt. »Aber warum bist du denn auch hier?«

»Warum nicht?«

»Weil du heute, wie schon gesagt, Urlaub hast. Du hast ihn selbst eingetragen.«

»Hab ich?« Ich kramte in meinem Gedächtnis. »Stimmt.« Ich schlug mit der Hand gegen meine Stirn und lachte. »Ich hab es echt vergessen. Da sieht man mal. Das Alter.«

Ich setzte mich wieder. Ich hatte wirklich nicht daran gedacht, dass ich mir vor Wochen diesen Tag freigenommen hatte. »Egal. Den kann ich nachholen. Wir stecken mitten in einem Mordfall. Da kann ich nicht einfach einen Tag zu Hause bleiben.« Ich griff demonstrativ zum Telefon. »Ich muss unbedingt die Kollegin Bleuler erreichen. Ich habe neue Informationen, die ich ihr zwar schon gemailt habe, aber –«

»Ina.« Hansen nahm mir den Hörer aus der Hand und legte ihn zurück auf den Apparat. »Es ist nicht ›dein‹ Fall. Du bist lediglich unterstützend in die Ermittlungsarbeiten eingebunden. Wenn du die Informationen weitergeleitet hast, ist deine Pflicht damit erledigt, und du kannst deinen Urlaubstag antreten.« Er setzte sich auf die Kante meines Schreibtisches und verschränkte die Arme vor der Brust.

Ich schob meinen Stuhl ein Stück vom Schreibtisch weg, lehnte mich nach hinten und sah zu ihm hoch. »Du weißt, dass ich keine halben Sachen mache. Wenn ich drin bin, bin ich drin. Wenn du mich nicht hier haben willst, fahre ich eben nach Bonn.«

»Ach verdammt, Ina« Er stand auf. »Ich hatte auf deine Einsicht gehofft, aber anscheinend nutzt das bei deinem Dickschädel nichts. Deswegen jetzt offiziell: Du wirst diesen Urlaubstag heute nehmen, die Dienststelle augenblicklich verlassen und auf keinen Fall nach Bonn fahren. Hast du mich verstanden?«

Ich schloss die Augen und atmete langsam durch die Nase. Mein Herz raste, und ich hatte Mühe, meine Wut zu unterdrücken. Vor meinem inneren Auge lief ein Film ab. Ich sah, wie ich aufsprang und rumbrüllte. Wie ich die Akte vom Schreibtisch fegte. Wie ich meine Sachen packte und, laut mit den Türen knallend, einfach ging. Wie ich in mein Auto stieg und nach Bonn raste. Egal, was Hansen sagte.

Es tat gut, in der Vorstellung zu schwelgen, mich innerlich auszutoben. Aber über allem lag wie ein feiner Nebel die Erkenntnis über den wahren Grund meiner Wut. Nicht Hansen. Nicht seine Dienstanweisung. Es lag an meiner Unzufriedenheit mit mir. An meinem Seelenzustand, der kein halber und kein ganzer war. Den niemand ändern konnte außer mir. Ordnen, Prioritäten setzen, Wahrheiten, Wünsche und Bedürfnisse eingestehen. Entscheidungen fällen, die neue Wege öffneten und mir halfen, nicht weiter verpassten Chancen nachzutrauern.

»Ja.« Ich nickte langsam. »Ich glaube, ich habe verstanden.« Ich zog meine Tasche zu mir heran, öffnete sie und nahm den Umschlag mit der Gutscheinkarte heraus, die Hermann und Amalie mir geschenkt hatten. Ich wusste, was darin war, weil ich gestern Abend noch hineingeschaut hatte. Ein Wellnesstag mit allem Drum und Dran: Sauna, Massage und andere Nettigkeiten auf einer Schönheitsfarm hinter Euskirchen. Ich war eigentlich nicht der Meinung gewesen, ihn so schnell nutzen zu können.

SECHZEHN

Monate verstreichen, in denen du arbeitest, schläfst, isst und wartest. Du hast im Internet nach deiner Schwester gesucht. Hast Euskirchen gefunden und dich gewundert, warum sie sich nicht für eine größere Stadt entschieden hat. Hast die Seiten der Heiratsvermittlungen durchforstet, die dort und in der Nähe ihren Firmensitz haben, bis sie dir auf einem Foto entgegenlächelte. Geschminkt wie ein Filmstar, auf einem zweiten Bild im Badeanzug. Sie ist dünn geworden, stellst du fest, fast hager. Auf dem Bild ist sie nicht mehr schwanger. Was ist mit dem Kind geschehen?

Du nimmst Kontakt zu der Agentur auf, ohne deine Schwester zu erwähnen. Vielleicht hättest du ihre Telefonnummer von der Vermittlerin bekommen können, aber du bist dir nicht sicher. Nicht sicher, ob du sie willst. Wenn deine Schwester erfährt, dass du auf dem Weg zu ihr bist, wird sie vielleicht weiterziehen, weggehen und fliehen vor dir. Also schweigst du. Präsentierst dich als eine von vielen, die den Traum von einem besseren Leben im Westen träumen. Preist dich an wie eine Ware. Die Frau ist freundlich und zuvorkommend, sie hilft dir, den Antrag zu stellen, und empfiehlt dir, bereits während der Wartezeit Deutsch zu lernen.

Du folgst ihrem Rat, schreibst dich in einen Sprachkurs ein, lernst Vokabeln und übst, die fremden Laute auszusprechen: »Guten Tag, ich freue mich, Sie kennenzulernen«, »Danke schön, das ist sehr nett von Ihnen« und »Ja, ich möchte sehr gern eine Familie haben«.

Du hast eine Familie. Deine Schwester und ihr Kind.

Die Frau schickt dir Broschüren über die Orte der Gegend. Die Fotos zeigen viel Wald und viel Natur. Die bergige Landschaft ist dir fremd, aber sie gefällt dir. Moosbewachsene Bäume, steil abstürzende Felsen und Waldquellen. Man kann durch diese Wälder wandern und die Natur erleben. Du lernst die Sätze der Broschüren genauso wie die Sätze aus deinen Lehrbüchern.

»Willkommen im Nationalpark Eifel«, liest du laut, formst konzentriert die Lippen zu Wörtern und stellst dir vor, du würdest dorthin in Urlaub fahren. Der Gedanke gefällt dir. In den Momenten, in

denen die Suche nach deiner Schwester nicht dein ganzes Wirken vereinnahmt, freust du dich darauf, das alles bald zu sehen.

Die Frau meldet sich. Ein Mann möchte dich unbedingt als Erster kennenlernen und kommt für deinen Flug auf. Doch du zögerst. Hörst auf einmal Geschichten von Frauen, denen der Westen angepriesen wurde und die dann zur Prostitution gezwungen wurden. Was, wenn das hinter all dem steckt? Aber in den Berichten ist von Schleppern die Rede, die die Mädchen zuhauf in Bussen über die Grenzen bringen. Nicht in Einzelflügen und mit offiziellen Visa.

Du stellst den Antrag und wartest auf den Bescheid. In dieser Zeit des Wartens vergisst du allmählich, warum du deiner Schwester folgen wolltest. Die Bilder von Deutschland ziehen dich mehr und mehr in ihren Bann. Du schaust dir die Straßen und die Häuser an. Die Landschaft, die eine Heimat sein kann, weil sie dich birgt. Siehst den Wohlstand der Menschen, ihre Mienen, die Glück ausstrahlen, und kannst deine Schwester verstehen. An einem Punkt schließlich wirst du ihr nicht mehr um ihretwillen folgen, sondern weißt, du wirst um deinetwillen gehen. Du wirst den Schritt, den sie dir voraus ist, einholen. Und vielleicht wird das Frieden zwischen euch bringen.

Als es so weit ist und du in den Flieger steigst, hast du Angst vor dem, was kommt, fürchtest dich vor dem Fremden, Unbekannten, aber es gibt kein Zurück mehr. Du wirst in den Sitz gepresst.

Es ist das erste Mal, dass du fliegst, so wie alles, was du ab jetzt tun wirst, das erste Mal sein wird.

***

Die Watte in und um ihren Kopf herum verschwand nicht. Judith stöhnte. Sie konnte sich nicht konzentrieren. Jeder einzelne Gedanke entglitt ihr, sobald sie ihn weiterspinnen wollte, und verlor sich im Nichts.

Sie beugte sich zu ihrem Computer hinunter und schaltete ihn an. Übelkeit schwappte aus ihrem Magen gegen ihre Kehle, als sie sich aufrichtete.

»Verdammt. Nicht schon wieder.« Sie stand auf, ging zum Fenster ihres Büros und riss es auf. Die Luft erfrischte sie, und die Kälte vertrieb die Müdigkeit und den Brechreiz ein wenig.

Aber es reichte nicht. Unterschwellig blieb das Gefühl. Es war nicht genug, um sie auf die Toilette zu treiben, aber ausreichend, um sie einzuschränken. Sie musste sich zusammenreißen, um fünfundsiebzig Prozent dessen, was sie eigentlich leisten konnte, abzurufen. Aber jedes Prozent mehr hätte sie an den Rand der kompletten Erschöpfung gebracht.

Nach ihrem Streit mit Kai hatte der Schlaf sie überrascht und mit sich genommen. Tief und lang und traumlos. Sie hatte den Wecker nicht gehört. Als Kai sie geweckt hatte – viel zu spät, um noch an eine Dusche oder an ein Frühstück denken zu können –, war sie aufgestanden und hatte sich eilig fertig gemacht. Wie ein Roboter. Eine Bewegung nach der anderen. Eingespielte Abläufe. In Zeitlupe, wie es ihr erschien. Der Eindruck, nicht sie selbst zu sein, wie ein Beobachter neben sich zu stehen, hatte sich mit jeder Minute verstärkt, machte sie unsicher und wütend, lähmte sie. Wenn es in Zukunft so sein würde, bräuchte sie den Gedanken, den sie vor ihrem Wegdämmern erwogen hatte, nicht weiter zu verfolgen. Die vage Vorstellung davon, wie es sein könnte, wenn Kais Wunsch wahr und das Kind geboren werden würde.

Sie hatte keine Eltern gehabt, die es wichtig gefunden hätten, ihre eigenen Ziele für die Bedürfnisse ihrer Kinder zurückzustellen. Ihre Mutter hatte immer gearbeitet und nie die Kinder als Mittelpunkt ihres Seins empfunden. War es das, was sie abschreckte? Ihre Trauer, die sie als Kind empfunden hatte, wenn die Mütter ihrer Freundinnen Zeit gehabt hatten, um an den Nachmittagsaktivitäten in der Schule teilzunehmen, und nur sie allein dagestanden hatte? Wenn sie nicht zum Musik- oder Schwimmunterricht gefahren werden konnte? Wie viele Dinge hatte sie nicht mitgemacht, weil niemand da gewesen war, der sich um ihre Wünsche gekümmert hätte? Weil die Arbeit wichtiger war als das Kind?

Sie wollte das einem Kind nicht antun, wollte nicht Ursache sein für die Trauer und das Gefühl des Verlassenseins, weil sie es selbst so gut kannte.

Judith massierte ihre Stirn. Langsam, um die Dumpfheit zu vertreiben. Um ein Stück neben sich zu treten und sich zu beobachten. In was für Kategorien dachte sie da? Nur eine ständig verfügbare Mutter war eine gute Mutter? So ein Unsinn. Aber das kleine Mädchen in ihr weinte.

Sie ballte die Fäuste. Jetzt war sie hier. Im Präsidium. Jetzt galt es, einen Fall zu lösen. Alles andere musste warten. Sie sah auf die Uhr. Sie war selbst einige Minuten zu spät gekommen, aber immer noch allein. Was war mit Nils?

Sie drehte sich um, ging zur Pinnwand und blieb davor stehen. Alle Fakten, die sie bisher gesammelt hatten, hingen hier. Für alle sichtbar. Bilder der toten Natalya Verkova. Orte. Infos zu den Verdächtigen. Mark Räuter. Der Unbekannte, dessen Identität sie noch immer nicht hatten feststellen können. Corinna Eckbacher. Immer wieder Corinna Eckbacher. Sie stand mit ihrer Agentur im Mittelpunkt der Ereignisse, bei ihr liefen alle Spuren zusammen. Und alle Hinweise kamen von ihr. Sollte es wirklich so einfach sein? Aber was für ein Motiv konnte sie haben? Welchen Vorteil hätte sie durch den Tod der jungen Frau?

Der Computer kündigte den Eingang einiger Mails an. Judith ging zum Schreibtisch und öffnete das Programm. Ina hatte ihr geschrieben. Kurz. Prägnant.

Natalya Verkovas Schwester hieß Irina. Auch sie war Kundin bei Corinna Eckbacher gewesen. Ein Foto. Die gleiche Augenform wie Natalya. Die gleichen hohen, ausdrucksstarken Wangenknochen. Das gleiche Lächeln. Die beiden hätten Zwillinge sein können. Nur der Zug von Nachdenklichkeit, der Judith an Natalya Verkovas Bildern aufgefallen war, fehlte um Irinas Mund.

Auch Artem Rudenko hatte ihr geschrieben. Die Betreffzeile beinhaltete nur zwei Worte: »Bitte Anruf«. Ansonsten war die Mail leer. Judith griff zum Hörer, zögerte. Konnte sie ihn von ihrem offiziellen Dienststellenapparat aus anrufen? Sie legte den Hörer zurück auf den Apparat, nahm ihr Handy aus der Tasche und öffnete den Videorufkanal.

»Die junge Kollegin aus Deutschland. Wie schön«, meldete er sich, nachdem sich die Kameras eingeschaltet hatten. »Gut.«

»Wie geht es Ihnen?«

»Wenn es Sie wirklich interessiert, freue ich mich und antworte gern mit Danke, es geht mir persönlich gut. Ich bin weit genug weg von allem, was unser Land in Unruhe stürzt. Aber das zu besprechen, würde nun deutlich zu weit führen, und Sie wollen doch eigentlich etwas anderes von mir wissen.«

»Ja«, erwiderte Judith leise und überlegte, wie sie darauf reagieren sollte. Er nahm ihr die Entscheidung ab.

»Die Schwester heißt –«

»Irina«, warf Judith ein.

»Sie brauchen mich wohl nicht mehr, Frau Kollegin? Wenn Sie das alles bereits allein herausgefunden haben.«

»Doch. Mehr habe ich nämlich nicht.«

Rudenko lachte leise. »Ich aber.«

Judith hörte ihn mit Papieren rascheln. Dann rasselte er in schneller Folge einige Informationen herunter, und Judith hatte Mühe, alles mitzuschreiben. Es waren die üblichen Randdaten, Geburtstag, Schulausbildung, Familienstand. Nichts, was sie hätte aufhorchen lassen.

»Irina Verkova ist nach Ablauf ihres Visums nicht in die Ukraine zurückgekehrt. Das steht fest«, schloss er.

»Wird sie dann nicht polizeilich gesucht?«

»Es gibt keine Vermisstenanzeige oder Ähnliches, wenn Sie das meinen. Sie hat hier keine Verwandten mehr.«

»Ich dachte, der Staat …«, entgegnete Judith, aber Rudenko lachte bitter auf.

»Glauben Sie, wir würden unsere Geheimdienste jungen Frauen hinterherschicken, die nichts Besseres zu tun haben, als sich einen Mann aus einem westeuropäischen Land zu suchen, weil unsere Männer ihnen nicht genügen, junge Kollegin?« Er gab ein Geräusch von sich, das wie eine Mischung aus Lachen und Husten klang. »Ganz sicher haben wir gerade wirklich andere Probleme. Und deswegen werde ich jetzt auch dieses interessante Gespräch mit Ihnen beenden. Es war mir wie immer ein großes Vergnügen.«

Es knackte im Hörer, und noch bevor Judith sich verabschieden konnte, war das Gespräch unterbrochen. Sie legte ebenfalls auf und betrachtete ihre Notizen. Es wurde Zeit, noch mal nach Euskirchen zu fahren. Aber nicht ohne Nils.

Das Telefon klingelte.

»Polizeipräsidium Bonn, Bleuer, guten Tag«, meldete sie sich hochoffiziell, weil im Display eine unterdrückte Nummer angekündigt wurde.

»Judith?«

»Ja.« Es dauerte einen Moment, bis sie die Stimme richtig zugeordnet hatte. »Nils?«

»Richtig. Es tut mir schrecklich leid, aber ich werde mich verspäten. Ich hatte heute Morgen Kinderdienst. Jetzt ist die Kleine krank und hat Fieber. Sie kann nicht zur Tagesmutter gehen. Mischa ist schon zur Arbeit, heute steht eine Teamsitzung an, bei der persönliche Anwesenheit Pflicht ist. Ich muss also auf die Oma warten, damit sie übernehmen kann. Moment.« Es raschelte. »Mäuschen, der Papa kommt sofort, und wir schauen die Fotos weiter«, klang es gedämpft durch den Hörer, gefolgt von der Antwort einer hellen Kinderstimme. »Worüber ich mit dir noch sprechen wollte«, sagte Nils dann, und Judith musste kurz überlegen, ob die Worte an sie oder an seine Tochter gerichtet waren.

»Ja?«

»Die Kleine von Corinna Eckbacher.«

»Was ist mit ihr?«

»Ich habe die ganze Zeit überlegt, was mich irritiert.«

»Und zu welchem Ergebnis bist du gekommen?«

»Also, eigentlich ist es mir eben erst richtig bewusst geworden, als ich hier saß und mit meiner Kleinen die Fotos in unserem Familienalbum durchgeschaut habe.« Wieder wurde er von seiner Tochter unterbrochen. »Ja, Schätzchen. Wenn ich fertig telefoniert habe, koche ich dir einen Kakao. So lange musst du warten.« Judith hörte die Kleine etwas antworten, dann wieder Nils. »Also. Wenn das Mädchen wirklich erst acht Monate alt ist, ist sie sehr clever.«

»Ich dachte, deine Tochter wäre schon drei Jahre alt.«

»Nicht Marie. Die Kleine von Corinna Eckbacher. Josefine.«

»Wieso?« Judith stutzte. Diese Art der Kommunikation machte sie völlig wirr. Sie wusste nicht, ob er mit ihr oder seiner Tochter sprach.

»Wie sie sich bewegt. Und wie sie spricht. Unsere konnte das noch nicht so gut in dem Alter.«

»Vielleicht ist es einfach ein sehr schlaues Kind, und Marie entwickelt sich etwas langsamer?« Sie biss sich auf die Lippen. Auch wenn sie keine Erfahrung mit Kindern hatte, so etwas hörte niemand gern. »Also, ich meine –«, versuchte sie, die Situation zu retten, aber Nils Memmert ging dazwischen.

»Nein, nein. Das ist es nicht. Auch die anderen Kinder in Maries Spielgruppe waren in dem Alter noch nicht so weit.«

»Und was bedeutet das?«

»Dass die Kleine älter sein muss.«

»Wie alt?«

»Etwa ein Jahr. Vielleicht noch älter.«

»Warum sagt Corinna Eckbacher dann, sie wäre erst acht Monate alt?«

»Ich weiß es nicht.«

»Immer wieder Corinna Eckbacher«, sagte Judith und seufzte. »Sie hat uns übrigens tatsächlich die Schwester verschwiegen. Auch Irina Verkova, so heißt sie, hat sich von ihr nach Deutschland vermitteln lassen. Ina hat ihr Datenblatt im Internet gefunden.« Sie brachte Nils auf den neuesten Stand. Er hörte zu, schwieg und wartete, bis sie ihm alle Informationen gegeben hatte.

»Reicht das für einen Durchsuchungsbeschluss?«

»Ich bin nicht sicher. Wir haben nur Verdachtsmomente, nichts wirklich Greifbares.«

»Mischas Mutter müsste in spätestens zwanzig Minuten hier sein. Fahr schon mal nach Euskirchen und warte dort auf mich. Ich komme direkt dorthin. Wir treffen uns vor dem Haus. Und werden ihr jetzt mal ein bisschen auf die Pelle rücken. Diese Frau hat auf alles eine Antwort. Allein das macht mich schon misstrauisch. Wir werden sie gemeinsam in die Mangel nehmen. Komm bloß nicht auf die Idee, ohne mich zu ihr reinzugehen. Hast du verstanden?«

»Ja, Papa.« Judith grinste und beendete das Gespräch.

***

Es roch nach Lavendel. Leise Musik plätscherte durch die Eingangshalle. Die Dame am Empfang begrüßte mich mit einem freundlichen Lächeln. Ich überreichte ihr den Gutschein.

»Und jetzt möchten Sie gern einen Termin ausmachen?« Sie tippte einige Befehle in den Computer und wandte sich dem Bildschirm zu. »In der nächsten Woche habe ich …«

»Nein. Ich möchte ihn gern sofort einlösen«, unterbrach ich sie. »Normalerweise habe ich keine Zeit. Ich kann nur heute.« Jetzt war ich einmal hier und würde mich auch so schnell nicht abwimmeln lassen.

Sie musterte mich. Vermutlich sahen die Frauen, die diesen Schönheitstempel normalerweise besuchten, anders aus als ich. Mit meiner eher rustikalen Kleidung passte ich jedenfalls nicht in das Bild der eleganten Kundin, die das fortschreitende Alter mit Cremes und allen möglichen Behandlungen aufhalten wollte.

»Sie können natürlich unsere Saunaanlage nutzen, wenn Sie möchten«, erwiderte die Empfangsdame mit echter Freundlichkeit, was mich überraschte. »Aber Ihr Gutschein umfasst auch Behandlungen, und dafür benötigen Sie einen Termin. So leid es mir tut.«

Das Telefon blinkte, sie bat kurz um Verzeihung und nahm das Gespräch entgegen.

»Sie haben Glück«, sage sie dann. »Gerade hat eine Kundin ihren Termin abgesagt. Entschlackung und Massage. Wenn Ihnen das recht ist?«

Ich nickte. Mir war es egal, was sie mit mir machten. Beides hörte sich so an, als würde es der Entspannung dienen und mir Zeit lassen, um nachzudenken.

Ich folgte ihr durch die Gänge bis zu einem kleineren Raum, an dessen Tür mich eine freundliche junge Frau in Empfang nahm. Sie trug einen weißen Kittel und diese Art von Make-up, die aussah, als ob sie keines trüge. Sie drückte mir einen Bademantel und zwei Handtücher in die Arme und zeigte mir die Umkleidekabine.

In meiner Tasche vibrierte mein Handy. Hatte Hansen es sich doch anders überlegt? Oder gab es neue Erkenntnisse bei

Judith? Ich kramte das Telefon aus den Tiefen hervor und nahm das Gespräch an, ohne auf das Display zu schauen.

»Herzlichen Glückwunsch zum Geburtstag, Ina.« Steffen.

»Danke.« Ich streifte meine Schuhe ab und schob sie unter das Sitzbänkchen aus weißem Holz.

»Ich wollte dir nur schnell gratulieren und dir alles Gute für dein neues Lebensjahr wünschen.« Ich hörte die Unsicherheit in seiner Stimme. Solche Plattitüden loszulassen, war normalerweise nicht seine Art.

»Das ist nett. Danke schön.« Ich öffnete den Reißverschluss meiner Jeans, klemmte das Telefon zwischen Ohr und Schulter und zog die Hose aus.

»Störe ich dich irgendwie?«

»Nein, natürlich nicht, ich …« Das Handy rutschte aus seiner Position und plumpste auf den Boden.

»Ina?«

Hastig hob ich es auf und setzte mich auf die Bank.

»Alles okay. Mir ist nur das Telefon runtergefallen.« Ich sah mich im Spiegel der Umkleidekabine. Das Licht war nicht sehr freundlich zu mir. Die Haut auf meinen Beinen war blass und hatte schon glattere Zeiten erlebt. Mit Daumen und Zeigefinger zog ich daran und kniff hinein. Die Dellen machten einem zerklüfteten Straßenbelag nach einem harten Eifelwinter alle Ehre. Vielleicht war diese Entschlackungssache nicht nur eine Notlösung, sondern eher eine Notwendigkeit. In Anbetracht dieser sichtbaren Tatsachen sollte ich dankbar sein, dass mir deutlich jüngere Männer zum Geburtstag gratulierten. »Ich freue mich, dass du an mich denkst und anrufst«, sagte ich und stellte fest, dass das sogar der Wahrheit entsprach. »Es ist nur so, dass ich gerade halb nackt in einer Umkleidekabine sitze und draußen eine junge Dame darauf wartet, mich zu verschönern.

»Dann will ich dich nicht aufhalten.« Er lachte leise. »Auch wenn ich finde, dass ein Spaziergang an der frischen Luft deutlich mehr bringt für die Gesundheit. Vielleicht kann ich dich ja noch mal dazu überreden? Wir haben lange nichts mehr zusammen gemacht.«

»Außer nach Tatortspuren suchen und uns angiften«, murmelte ich undeutlich und sagte dann, als Steffen nachfragte: »Ich stecke mitten in einem Fall und bin eigentlich knapp mit der Zeit. Aber wenn das erledigt ist, komme ich gern auf den Vorschlag zurück.« Ich zögerte kurz. Sein Anruf war ein Schritt auf mich zu, und ich wollte ihn weder vor den Kopf stoßen noch falsche Erwartungen in ihm wecken. »Ich würde dir auch gern einen sehr naturbegeisterten jungen Mann vorstellen, der auf der Suche nach einem Praktikumsplatz ist. Vielleicht können wir das ja miteinander verbinden?«

»In Ordnung. Melde dich einfach. Und dann sehen wir weiter.«

Er beendete die Verbindung. Ich legte das Handy zur Seite und zog mein Oberteil aus, ohne einen weiteren Blick in den Spiegel zu riskieren. Es gibt Wahrheiten, denen man nicht ständig ins Gesicht sehen möchte.

Wieder klingelte das Handy.

»Thomas«, begrüßte ich den Anrufer. Doch statt einer Antwort tönte Gesang aus dem Hörer.

Vor einiger Zeit war Thomas dem Gemünder Männergesangverein beigetreten. Das Singen bedeutete für ihn einen guten Gegenpol zu den anstrengenden Tagen in seiner Praxis, und er machte hörbare Fortschritte.

»Kannst du auch zweistimmig?«, frotzelte ich, als er geendet hatte.

»Ich arbeite daran.« Es raschelte in der Leitung, dann hörte ich die ungeduldige Stimme einer seiner Arzthelferinnen und Thomas' Antwort, ohne genau zu verstehen, was sie sagten. Anscheinend hatte er den Hörer mit der Hand abgedeckt. »Wie du merkst, habe ich eigentlich keine Zeit, um mit dir zu sprechen. Im Wartezimmer stapeln sich die Leute«, sagte er, als er sich mir wieder zuwandte. »Deswegen auch nur kurz den Glückwunsch. Alles Gute, Liebe, Schöne und eine Einladung zu einem Abendessen.«

»Ich –«

Er ließ mich nicht zu Wort kommen. »Überleg es dir einfach und sag mir Bescheid, wann.«

»Frau Weinz?« Die Kosmetikerin schob den Vorhang im

oberen Teil zur Seite und verzog das Gesicht. »Wir müssten so langsam …«, flüsterte sie.

»Ich ruf dich an, Thomas. Dann können wir –«

»Nichts anderes wollte ich hören. Frohes Schaffen weiterhin.« Die Verbindung brach ab. Verblüfft blickte ich auf mein Handy, das in diesem Moment wieder losging. Eine unterdrückte Nummer. Die Kosmetikerin hustete vernehmlich. Ich wies den Anruf ab, schaltete das Telefon stumm und packte es wieder in meine Tasche.

Eine halbe Stunde später fand ich mich, bedeckt mit einer dicken Schicht Creme und eingewickelt in Folie, unter Decken auf einer Ruheliege. Wärme breitete sich in meinem Körper aus, und ich merkte, wie meine Muskeln locker ließen, wie ich mich entspannte und langsam schläfrig wurde. Die massierenden Hände der Kosmetikerin auf meinem Gesicht, im Nacken und auf den Schultern taten ein Übriges, um mich in diesen Dämmerzustand gleiten zu lassen, in dem die Gedanken fließen konnten, ohne von einer ganzen Armada von Wenn und Aber aufgehalten zu werden.

Ich sinnierte über das, was ich in der Vergangenheit losgelassen hatte. Über meine Gegenwart. Und über den Weg, den ich in Zukunft gehen wollte. Steffen. Thomas. Meine grundsätzliche Einstellung zu einer Beziehung. Zu meinem Beruf. Was war mir wichtig? Wie hing das alles zusammen? Wollte ich wirklich wieder in der Kölner Mordkommission arbeiten? Weg aus der Eifel? Warum neidete ich Judith und Mattes ihre Karrieren? Weil ich das Gefühl hatte, selbst versagt zu haben? Weil ich mir selbst mit dem, was ich erreicht hatte, nicht genügte? Nach welchen Maßstäben war das zu beurteilen? Geld? Statussymbole? Eine Ehe, die mir, wenn schon nicht Glück, dann doch so etwas wie Sicherheit und Schutz vor Vereinsamung im Alter versprach? Wenn ich mir im Spiegel in die Augen schaute, erschrak ich regelmäßig über die Falten, die sich dort ansammelten, Jahr um Jahr. Nicht, weil ich sie hässlich fand. Sondern weil sie mir zeigten, dass ich alterte. Dass mein Körper mit der Zeit ging, auch wenn mein Verstand, mein Denken und meine Wünsche mir etwas anderes sagten. Diese Diskrepanz quälte mich. Die Unzufriedenheit mit den äußeren Umständen war in Wirklichkeit nur ein Symptom. Die Ursache lag tief in mir verwurzelt. Ich musste bis zum Kern vorstoßen. Alles andere wäre bloße Makulatur.

***

Von ihrer Position aus konnte Judith den Hauseingang gut sehen, ohne selbst allzu auffällig zu sein. Sie hatte den Wagen fünfundzwanzig Meter entfernt in einer Parknische auf der gegenüberliegenden Straßenseite hinter einer Litfaßsäule abgestellt und beobachtete das Haus über den Rückspiegel. Nils Memmert dürfte nicht mehr allzu lange auf sich warten lassen. Judith griff nach ihrem Notizbuch, das aus ihrem Rucksack gerutscht war und auf dem Beifahrersitz lag. Einige lose Blätter fielen ihr entgegen. Sie hatte den ausführlichen Bericht der Rechtsmedizin über Irina Verkova sofort, nachdem er ihr zugeschickt worden war, kopiert und eingesteckt. Jetzt faltete sie die Blätter auseinander und überflog die Angaben. Vielleicht hatten sie doch irgendetwas übersehen?

Der Körper war in einem schrecklichen Zustand gewesen. Trotzdem konnten die Ärzte mit vielen Erkenntnissen aufwarten, weil der Rumpf nahezu unbeschädigt geblieben und alle verstreuten Körperteile wiedergefunden worden waren. Alter, Größe und Gewicht waren hochgerechnet oder auf Basis eindeutiger Merkmale geschätzt worden. Irina Verkova war der Blinddarm entfernt worden, und sie hatte ein Kind geboren. Ihre Weisheitszähne steckten noch im Oberkiefer, und irgendwann in den nächsten Jahren hätte sie furchtbare Schmerzen bekommen, weil einer dieser Zähne quer im Kiefer lag und die anderen nach vorn geschoben hätte. Links wies sie eine leichte Hüftdysplasie auf, die in ihrer Kindheit nicht behandelt worden war und vermutlich im Alter zu einer Arthrose geführt hätte.

Judith ließ die Papiere sinken und schaute über die Straße. Keine Spur von Nils. Sie überlegte, wie sie am besten vorgehen sollten. Solange sie kein Motiv hatten oder zumindest eine Idee, was ein mögliches Motiv sein könnte, kamen sie nicht weiter.

Was, wenn es doch Prostitution war? Nichts sprach dafür. Außer vielleicht die Tatsache, dass und vor allem wie vehement Corinna Eckbacher diesen Verdacht in einer ihrer früheren Unterhaltungen von sich gewiesen hatte. Auf diese Weise hatte sie dafür gesorgt, dass Judith diese Möglichkeit nie ganz ausgeschlossen hatte.

Nils' Vermutung über das Alter von Corinna Eckbachers Tochter konnte das fehlende Puzzleteil sein, mit dem das ganze Bild auf einmal einen Sinn ergab. Was, wenn es um das Kind ging? Nicht um die Frauen, die sich ein besseres Leben versprachen, oder um die Männer, die auf die Liebe hofften, die sie bisher nicht gefunden hatten? Aber wieso? Wie konnte ein Kind zu einem Mordmotiv werden? Judith schloss die Augen und lehnte sich zurück. Was war mit Corinna Eckbachers Tochter? Sie schien nicht krank zu sein, ganz im Gegenteil. Nur sehr weit für ihr Alter. Judith griff wieder nach dem Obduktionsbericht, fuhr mit dem Finger über die Zeilen, stoppte an der Stelle, die ihr vor ein paar Sekunden noch bedeutungslos erschienen war.

Irina Verkova hatte ein Kind bekommen. In dem Bericht stand nichts darüber, wie lange diese Geburt schon her war. Aber Artem Rudenko hatte nichts von einem Kind gesagt. Das hieß, das Kind war in der Ukraine nie gemeldet, sonst hätte er es erwähnt. Was, wenn Irina Verkova das Kind hier bekommen hatte? Was, wenn Corinna Eckbacher dieses Kind hatte haben wollen und alles dafür getan hatte? Auch, die Mutter des Kindes vor einen Zug zu stoßen?

Wenn die Tochter von Corinna Eckbacher aber in Wirklichkeit die Tochter der Toten Irina Verkova war, wie passte dann deren Schwester Natalya ins Bild? Hatte sie sich auf die Suche nach den beiden gemacht? Wusste sie überhaupt von dem Kind? Oder war sie erst hier misstrauisch geworden?

Judith wurde schummrig. Vor ihren Augen tanzten bunte Punkte, und ihr Magen krampfte sich zusammen. »Bitte nicht jetzt«, murmelte sie und öffnete die Wagentür. Ihr wurde kurzzeitig schwarz vor Augen. Mühsam schälte sie sich aus dem Sitz, stützte sich mit beiden Händen auf die Autotür. Sie würgte. Erbrach sich. Hustete. Die Übelkeit überrollte sie, und sie spürte, wie ihre Knie nachgaben.

»Frau Bleuler?« Eine Frau kniete sich neben sie, hielt ihren Kopf. Verschwommen erkannte Judith einen Kinderwagen. »Kommen Sie. Ich helfe Ihnen.«

***

»Frau Weinz?« Eine leise Stimme an meinem Ohr. Eine Hand an meiner Schulter. Mühsam kämpfte ich mich an die Oberfläche.

»Hmm?« Mein Mund gehorchte mir noch nicht.

»Ich würde Sie jetzt gern von der Entschlackungspackung befreien.«

Ich spürte, wie jemand die Decke von meinem Körper entfernte, und öffnete die Augen.

Die Kosmetikerin lächelte mich an. »Geht es Ihnen gut?«

Ich nickte.

Sie redete freundlich weiter, während sie mir half, mich aufzurichten, und befreite mich nach und nach von meiner Verpackung. Ich folgte ihr in einen Waschraum, dessen Stirnseite komplett aus Spiegeln bestand. Sie zeigte mir eine Dusche, in der ich die Cremereste und den Schweiß abwaschen konnte. Ich grinste bei der Vorstellung, wie einige ihrer Kundinnen sich nach der Behandlung vielleicht kritisch in den Spiegeln begutachteten, riskierte aber trotzdem einen Seitenblick und erstarrte.

Ich ging näher an den Spiegel. Blinzelte. Mein Blick flog über meinen Bauch und meine Beine. Meine Haut glühte rot von der angestauten Hitze.

Feine weiße Striemen überzogen meinen Körper überall dort, wo die Folie Falten geworfen hatte.

SIEBZEHN

Der Empfang ist herzlich. Corinna Eckbacher holt dich am Flughafen ab, du fährst mit ihr über Autobahnen, liest die Ortsnamen. Köln. Aachen. Es dauert nicht lange, und trotzdem kommt es dir unendlich vor. Der Flug und deine Ängste haben dich angestrengt. Ihr haltet vor einem Haus in einer Straße mit grünen Vorgärten, sie steigt aus, nimmt dein Gepäck aus dem Kofferraum und trägt es vor dir her ins Haus.

»Ich bin wieder da!«, ruft sie die Treppe hinauf, und eine junge Frauenstimme antwortet etwas, das du nicht verstehen kannst. Getrappel über euren Köpfen, dann ein glucksendes Lachen.

»Josefine, mein Schatz!« Corinna Eckbacher steigt die Treppe hoch und breitet die Arme aus. Als sie wieder herunterkommt, trägt sie ein Baby auf dem Arm, das seine Arme um ihren Hals geschlungen hat und sein Gesicht an ihrem Hals versteckt. Hinter ihr siehst du die junge Frau, deren Stimme du vorhin gehört hast. Sie lächelt dir zu, zupft am Fuß des Kindes und winkt, als es kurz aufschaut.

»Ich bin dann mal weg«, sagt sie, nimmt ihre Jacke vom Haken und geht zur Haustür. »Abrechnen können wir beim nächsten Mal.«

Corinna Eckbacher nickt und lächelt. Sie lächelt viel, mit immer unterschiedlichen Facetten, bei denen du nicht sicher bist, wo Privates beginnt und Geschäftsmäßiges aufhört. Nur die Kleine, Josefine, entlockt ihr ein vollkommen ehrliches und herzliches Lachen. Diese Frau liebt ihr Kind über alles, und es wärmt dich, das zu sehen.

»Bitte.« Sie weist mit der Hand in Richtung einer offenen Tür. Mit der anderen hält sie das Kind fest.

Sie führt dich in ihr Wohnzimmer, bietet dir Kaffee und ein Stück Kuchen an. Du nimmst dankbar an, weil du Hunger hast.

»Sie haben bereits gut Deutsch gelernt, Frau Verkova«, lobt sie dich und füttert die Kleine mit winzigen Stückchen des Kuchens. »Das wird Ihnen sehr zugutekommen.«

»Danke schön, ich gebe mir Mühe«, antwortest du und bist direkt ein wenig stolz auf dich. Du beugst dich zu dem Mädchen hinunter, streckst deine Hand aus und wartest geduldig darauf, dass die Kleine sie ergreift. Sie sieht dich an, und du erstarrst.

Kann das sein? Du hältst den Atem an, siehst genauer hin.

Das Mädchen gluckst, umfasst deine Hand und zieht sie zu sich. Du spürst die Wärme der kleinen Finger, leicht klebrig, und riechst den Geruch nach süßer Bettschwere, den nur kleine Kinder haben, wenn sie gerade erwacht sind.

»Josefine?«, fragst du und nickst der Kleinen zu, obwohl du willst, dass deine Ahnung dich trügt.

»Ja, so heißt mein Schatz«, antwortet Corinna Eckbacher, »nicht wahr, Josefine?« Sie drückt ihre Tochter an sich und herzt und küsst sie. »Sie ist acht Monate alt«, erklärt sie dann und stellt das sich heftig windende Kind auf den Boden. »Es ist anstrengend, sich mit ihr zu beschäftigen, aber ich kann mir nichts Schöneres vorstellen.«

»Sie hat sehr hübsche Augen.« Du schaust Corinna Eckbacher direkt ins Gesicht. Sie muss es sehen, wenn sie deinen Blick erwidert. Diese dunklen Sprenkel im ansonsten hellen Blau, die Josefines Augen so strahlend machen. Sie sind dir sofort aufgefallen. Weil du sie kennst. Du hast diese Sprenkel. Und deine Schwester hat sie auch.

Corinna Eckbachers Mund wird schmaler, das für dich reservierte Lächeln eine Nuance kühler, aber sie sagt nichts. Rutscht nur unruhig auf ihrem Platz hin und her.

Du bist sicher, dass sie es gesehen hat.

»Frau Verkova, es gibt inzwischen mehrere Herren, die sich sehr gern mit Ihnen treffen möchten. Wir sollten uns um die Termine kümmern.« Sie reicht dir eine Liste mit Namen und Telefonnummern. Du überfliegst sie und stutzt, doch sie lässt dir keine Zeit, weiter nachzudenken. »Aber die können warten. Wichtig ist zunächst dieser Herr. Mark Räuter. Er hat Ihren Flug bezahlt und wird Sie darum als Erster kennenlernen dürfen.« Sie legt ein Foto und ein Blatt mit den Kontaktdaten des Mannes auf den Tisch. Die Kleine greift danach, aber Corinna Eckbacher ist schneller und hält ihren Arm fest.

Du nickst, und sie nennt dir die Adresse, obwohl sie auf dem Blatt steht.

***

»Wieso gehst du nicht ran, Judith?« Ich warf das Handy auf den Beifahrersitz, kramte das Navisystem aus dem Handschuhfach und zögerte. Es machte keinen Sinn, wo auch immer hinzufahren, wenn ich nicht vorher mit Judith gesprochen hatte. Aber weder am Festnetzanschluss in ihrem Büro noch an ihrem Handy konnte ich sie erreichen. Vielleicht klappte es ja bei Nils Memmert? Er meldete sich sofort.

»Memmert.«

»Nils. Ina hier. Ich weiß jetzt, woher die Streifen kommen, die in Natalya Verkovas Totenflecken waren. Ich versuche schon die ganze Zeit, Judith darüber zu informieren, aber ich bekomme sie nicht an den Apparat.«

»Sie ist nach Euskirchen gefahren. Vielleicht hat sie da keinen Empfang?«

»In Euskirchen ist es eigentlich kein Problem. Nur in der Eifel.«

»Wir haben vor ungefähr einer Stunde miteinander gesprochen. Sie müsste also inzwischen dort sein und vor Corinna Eckbachers Haus auf mich warten«, sagte er. »Was ist denn mit den Streifen?«

»Sie stammen von einer kosmetischen Behandlung. Man wird in so eine Art Frischhaltefolie eingewickelt. Dort, wo die Folie nicht ganz glatt auf der Haut liegt, verursacht sie Streifen am Körper.«

»Natalya Verkova ist also nach ihrem Tod in diese Folie eingewickelt worden?«

»Nein. Nicht nach ihrem Tod. Denk an die Cremereste. Das passt. Sie ist gestorben, als sie zur Behandlung eingewickelt war.«

»Keine Abwehrspuren«, murmelte Nils Memmert nachdenklich.

»Weil sie sich gar nicht wehren konnte. Sie war außerstande, sich zu rühren.«

»Wird bei so was auch der Kopf eingewickelt?«

»Normalerweise nicht. Aber die Erstickungsanzeichen deuten alle darauf hin, dass sie nicht gewürgt wurde, sondern dass die Sauerstoffzufuhr unterbrochen wurde.«

»Ein Kissen auf dem Gesicht.«

»Oder die Folie.«

»Scheiße«, fluchte Nils Memmert verhalten. »Die Eckbacher

hat doch erwähnt, dass sie Kosmetikerin gelernt hat und ihre Kunden für die Fotos zurechtmacht. Vermutlich bietet sie auch solche Behandlungen an. Wir wollten gleich noch mal mit ihr sprechen, um ein mögliches Motiv abzuklopfen.« Er fasste seine Erkenntnisse über Josefines Entwicklungsstand zusammen.

»Wo bist du jetzt?«

»Ich stehe im Stau und brauche bestimmt noch über eine halbe Stunde, bis ich da bin. Hier ist so eine bescheuerte Baustelle, an der sie immer nur einen Wagen durchlassen. Aber Judith hat mir versprochen, nicht allein zu Corinna Eckbacher reinzugehen.«

»Warum geht sie dann nicht an ihr Handy?«

»Ich weiß es nicht. Aber langsam fürchte ich, es bedeutet nichts Gutes.«

Ich schaltete das Navi ein. Auch wenn ich glaubte, mich sehr gut auszukennen, wollte ich sicherheitshalber die schnellste Strecke bis zu Corinna Eckbachers Wohnung nehmen.

Nils Memmert diktierte mir die Adresse.

»Ich bin in einer Viertelstunde dort.« Ich startete den Motor, ohne auf eine Antwort zu warten. Es war nicht Judiths Art, mitten im Einsatz nicht erreichbar zu sein.

***

»Sie sind schwanger, stimmt's?« Corinna Eckbachers Gesicht erschien über ihr, ein freundliches Lächeln auf den Lippen. Judith blinzelte. Sie lag auf dem Rücken. Ihr war immer noch übel, aber der Schwindel hatte sich gelegt, und die Welt drehte sich langsamer. »Sie hatten einen kleinen Kreislaufkollaps da draußen auf der Straße, und ich habe mir erlaubt, Ihnen zu helfen.« Sie streckte die Hände aus, und Judith spürte, wie sie an beiden Seiten ihres Körpers in etwas feststeckte. Eine Decke. Anscheinend lag sie auf einem Sessel oder einer Art Liege. Aber es war nicht das Wohnzimmer, wie Judith nach einem schnellen Rundumblick erkannte. Der Raum war deutlich kleiner. Helle Wände, ein kleiner Schreibtisch. Hochglänzende Frauenporträts an den Wänden. Corinna Eckbachers Kundinnen?

Judith wollte sich aufrichten und versuchte, sich zu bewegen. Es ging nicht. Etwas hielt ihre Arme fest an ihren Körper gepresst.

»Schschsch«, machte Corinna Eckbacher und legte beschwichtigend eine Hand auf ihre Schulter. »Ich habe Sie in Decken gepackt, damit Sie nicht frieren. Bleiben Sie ruhig liegen, bis es Ihnen wieder besser geht.«

»Es geht mir schon deutlich besser, danke«, erwiderte Judith. Wieder versuchte sie, ihre Arme zu bewegen und so die enge Wickelung der Decke zu lockern. Vergeblich. Je mehr sie sich bewegte, umso enger zogen sich der Stoff der Decke und ihre eigene Kleidung um ihre Arme und Beine. »Bitte nehmen Sie die Decken weg.«

»Sie haben meine Frage noch nicht beantwortet, Frau Bleuler.«

»Welche Frage?«

»Ob Sie schwanger sind.«

»Das ist meine Privatsache.« Judith zog die Schultern hoch und spreizte die Finger gegen den Widerstand, in der Hoffnung, eine Schwachstelle in ihrem wollenen Gefängnis zu finden.

»Natürlich.« Corinna Eckbacher nickte, blieb aber weiter reglos vor Judith stehen und sah auf sie hinunter. »Soll ich Sie ein wenig aufrichten?« Sie machte einen Schritt nach vorn, und leises Motorbrummen ertönte.

Unter Judith veränderte sich die Position ihrer Liegefläche. Ihr Oberkörper wurde leicht nach oben geschoben. Durch die Beugung zog sich die Decke enger um sie. Jetzt erkannte sie, dass sie auf einem Stuhl lag, wie sie ihn aus Kosmetikstudios kannte. Panik erfasste sie. Was hatte Corinna Eckbacher vor? Ahnte sie, warum sie draußen vor der Tür gewartet hatte? Judiths Herz begann zu rasen. Schweiß rann ihren Rücken hinunter und durchfeuchtete ihre Achselhöhlen. Sie atmete konzentriert durch den Mund, um sich nichts anmerken zu lassen. Die Dienstwaffe. Sie steckte gesichert im Holster. Judith wand sich und drehte die Hüften.

»Vielen Dank, Frau Eckbacher«, sagte sie mit leiser Stimme. Freundlich. »Sie haben mir wirklich sehr geholfen. Jetzt möchte ich bitte aufstehen.«

»Zuerst will ich, dass Sie mir zuhören, Frau Bleuler.«

»Das mache ich gern, aber –«

»Seien Sie still.« Corinna Eckbachers Stimme klang schrill. »Ich weiß, warum Sie in Ihrem Wagen gesessen haben und nicht ausgestiegen sind. Ich habe Sie beobachtet.«

»Sie …« Judith rang nach Luft. Die Angst, die Hitze in der Decke und die Enge nahmen ihr den Atem.

»Sie denken, ich habe Natalya umgebracht, ist es nicht so?« Corinna Eckbacher drehte sich um, ging zu einer Terrassentür und schaute in ihren Garten hinaus.

Judith schwieg. Kämpfte weiter um ein kleines Stück Bewegungsfreiheit. Millimeterweise lockerte sich das Gewebe um ihre Händen.

»Aber so war es nicht. Das müssen Sie mir glauben.« Sie schaute über ihre Schulter hinweg zu Judith. »Ich habe sie nicht umgebracht. Es war ein Unfall.«

»Frau Eckbacher. Ich möchte Ihnen sehr gern zuhören. Aber in dieser Lage kann ich das nicht«, sagte Judith leise.

Corinna Eckbacher reagierte nicht. »Ich habe ihr angeboten, sie für ihre Verabredung schön zu machen, und sie hat zugestimmt.« Sie ging zu einem Schrank, öffnete ihn und nahm eine längliche Schachtel heraus, die sie Judith vors Gesicht hielt. »Body-Wrapping.« Sie öffnete den Karton. Die Rolle glitt mit einem leisen Surren heraus. Corinna Eckbacher versuchte, sie aufzufangen, bekam aber nur eine lose Ecke zu fassen. Mit einem kreischenden Geräusch wickelte sich die Folie ab, die Rolle polterte dumpf auf den Boden.

Corinna Eckbacher griff nach der Folie, versuchte, sie an sich zu ziehen, aber Teile des Materials klebten aneinander und an ihren Händen fest. Sie fluchte, riss hektisch an dem Kunststoff, bis sie ihn gelöst und zu einem Knäuel zusammengepresst hatte.

»Verstehen Sie mich bitte, Frau Bleuler. Wenn ich Ihnen nicht zeige, was passiert ist, halten Sie mich für eine Mörderin, und das kann ich nicht zulassen. Wenn Sie mich einsperren, was wird dann mit meiner Kleinen?« Sie sah Judith an. Schweißperlen standen auf ihrer Stirn. Die Konturen des Make-ups verliefen. Judith erkannte die Angst in ihrer Miene.

Corinna Eckbacher rang um Fassung. Atemlos redete sie weiter. Die Worte kamen immer schneller, und Judith hatte Mühe, alles zu verstehen. »Ich hab sie eingecremt, mit Folie umwickelt und dann in Decken eingepackt. So, wie ich es jetzt bei Ihnen gemacht habe. Verstehen Sie?« Sie ging hastig zu einem Regal und schaltete einen CD-Player ein. Sphärenmusik klang aus versteckten Lautsprechern. »Dann bin ich gegangen. Es ist wichtig, dass man etwas Ruhe hat bei so einer Behandlung.«

Judith spannte ihre Muskeln, winkelte die Beine an und wand sich. Die Hitze ließ ihren Kreislauf immer mehr absacken.

»Und als Sie wiederkamen?«

»Da war sie tot.« Corinna Eckbacher war mit zwei Schritten bei ihr. Sie legte ihre Hände auf Judiths Schultern und drückte sie fest auf den Stuhl. »Sie atmete nicht mehr«, rief sie und schüttelte Judith. »Ich habe ihren Namen gerufen, aber ihre Augen waren weit aufgerissen. Ihr Mund stand offen. Sie hat mich nicht gehört.« Corinna Eckbachers Stimme wurde immer lauter. »Sie hat mich nicht gehört«, wiederholte sie schluchzend. »Lag da. Stumm und reglos.« Sie schlug mit der Faust auf Judiths Brustbein. Wieder und wieder. »Aber ich hatte ihr doch nichts getan. Sie war einfach tot.« Tränen liefen über ihr Gesicht. »Das müssen Sie doch verstehen.«

Sie erstarrte, atmete stoßweise, beruhigte sich zitternd. Ihr Tonfall wurde sanfter, die Stimme wieder leiser. »Ich muss Ihnen das klarmachen, damit Sie mir nicht die Kleine wegnehmen. Denn dazu sind Sie doch hergekommen, Frau Bleuler. Oder nicht?« Sie sah sich um, bückte sich und hob das Folienknäuel auf. »Aber ich kann nicht zulassen, dass Sie mich und meine Tochter trennen.« Sie hob das Knäuel hoch und näherte sich damit Judiths Gesicht.

»Frau Eckbacher.« Judiths Herz raste. Sie drehte und wand sich in ihrem Stoffgefängnis. Ihre Fingerspitzen stießen an hartes Leder. Fieberhaft tastete sie sich vor. Der Druckknopf. Die Lasche. Judith schloss die Augen, streckte den Arm, so weit es ihr in dieser Lage möglich war. Aber sie schaffte es nicht. »Bitte. Legen Sie das weg. Helfen Sie mir auf. Wir können über alles reden.«

»Sie glauben mir nicht, richtig?« Für einen kurzen Moment schien es, als ob Corinna Eckbacher wieder die Fassung verlieren würde. Das Folienknäuel in ihren Händen zitterte und verursachte ein knisterndes Geräusch. Sie ließ es fallen. »Aber was soll ich denn sonst tun?«

Corinna Eckbacher weinte. Die Tränen liefen über ihre Wangen, zogen weitere dunkle Spuren durch den Puder. Langsam kam sie einen Schritt näher. Einen zweiten. Einen dritten. Am Kopfende des Stuhls blieb sie stehen.

Ein ohrenbetäubender Knall füllte den Raum. Glas klirrte. Splitter flogen durch das Zimmer. Judith kniff die Augen zusammen, um sich davor zu schützen.

»Frau Eckbacher, lassen Sie sie los!«, brüllte eine Frauenstimme. Ina Weinz stand im Raum, packte Corinna Eckbacher und zog sie weg von ihr.

Nils Memmert, der das Glas der Terrassentür mit seiner Dienstwaffe zerschossen hatte, riss die Decke fort und half Judith, sich aufzurichten. Sie zitterte.

»Alles in Ordnung?«

Sie nickte. Tastete mit den Füßen nach dem Boden, während Nils Memmert sich bemühte, die Folie um ihren Oberkörper zu lösen, damit sie ihre Arme freibekam. Stellte sich aufrecht hin, obwohl der Boden unter ihr zu schwanken schien.

Ina hatte Corinna Eckbacher die Hände auf den Rücken gedreht und ihr Handschellen angelegt. Die Heiratsvermittlerin weinte hemmungslos.

»Meine Kleine«, wimmerte sie. »Was wird mit meiner Kleinen?«

»Wir kümmern uns.« Judith war froh, dass ihre Stimme gehorchte.

***

Die Menschen auf dem Bildschirm wirkten wie Darsteller in einem Sonntagabendkrimi. Aber es war kein Film, den ich da sah. Corinna Eckbacher saß Judith gegenüber. Der Tisch trennte die beiden voneinander, und doch könnten sie sich berühren, wenn sie ihre Hände ausstrecken würden. Sie taten es nicht. Corinna Eckbachers Wasserglas stand unberührt, seitdem sie danach gefragt hatte. Nils Memmert hielt sich im Hintergrund. Er hatte seinen Stuhl ein Stück vom Tisch weggeschoben und beobachtete, hoffte vermutlich genau wie ich auf Zwischentöne, die uns helfen würden, in diesem Stück die Wahrheit ans Licht zu bringen.

»Schildern Sie uns doch bitte noch einmal genau, wie es gewesen ist, Frau Eckbacher.«

»Wo haben Sie Josefine hingebracht?«

»Sie ist in guten Händen. Eine Kollegin kümmert sich um sie.«

»Sie dürfen sie mir nicht wegnehmen«, bat Corinna Eckbacher verzweifelt. »Sie will doch zu ihrer Mama.«

»Frau Eckbacher.« Nils Memmert beugte sich ein Stück vor. »Sie helfen uns und der Kleinen, wenn Sie mit uns zusammenarbeiten.« Er lächelte. »Also, wie war das?«

»Ich hab doch schon gesagt, wie es war.« Sie schaute von einem zum anderen. Judith und Nils schwiegen.

Ich beobachtete Corinna Eckbacher. Sie schien wirklich verzweifelt zu sein, weil sie merkte, dass die beiden ihr nicht glaubten. Und sie hatte Angst. Aber nicht davor, als Mörderin überführt zu werden. Weil sie keine Mörderin war?

Trotzdem stand die Angst greifbar im Raum. Davor, dass man ihr das wegnehmen würde, was ihr am wichtigsten war. Das Kind. Sie biss sich auf die Lippen und senkte den Kopf.

»Sie sagten, Ihre Tochter sei acht Monate alt, richtig?«

»Ja.«

»Sie kann schon eine Menge. Ich war sehr beeindruckt.« Nils Memmert lächelte.

»Sie ist schlau, und ich achte darauf, sie immer zu fördern.« Corinna Eckbacher schaute an den beiden vorbei in die Kamera. Sah unbewusst mich an, die unsichtbare Dritte im Bunde.

»Wussten Sie, dass Natalya Verkova eine Schwester hatte?«, fragte Judith.

Corinna Eckbacher zögerte. »Ja.«

»Irina Verkova hat Ihre Dienste ebenfalls in Anspruch genommen.«

»Ja.«

»Warum haben Sie uns das nicht gesagt?«

»Sie haben nicht danach gefragt.«

»Haben Sie noch Kontakt zu Irina Verkova?«

»Nein. Schon lange nicht mehr.«

»Seit wann?«

»Das muss jetzt mehr als ein Jahr her sein.«

»Frau Eckbacher.« Nils rückte seinen Stuhl nah an den Tisch. Er saß nun genau neben Judith. »Vor etwas mehr als zehn Monaten wurde die Leiche einer jungen Frau in die Kölner Rechtsmedizin eingeliefert. Die Frau hat Selbstmord begangen, indem sie sich vor einen Zug warf. Lange Zeit war es nicht möglich, die Identität der Toten zu klären. Bis vor Kurzem. Da ergab ein DNA-Abgleich, dass es sich bei der unbekannten Toten um Irina Verkova handelt, Natalya Verkovas Schwester.«

Corinna Eckbachers Hände fuhren über ihre Oberschenkel. Sie krallte die Finger in den Stoff ihres Kleides, schob ihn hin und her.

»Der Rechtsmediziner hat uns gesagt, dass ein Fremdverschulden nicht ausgeschlossen werden konnte.«

Corinna Eckbacher weinte. Kroch in sich zusammen wie ein in die Enge getriebenes Tier.

»Er hat auch gesagt, dass Irina Verkova ein Kind geboren hatte. Aber in ihrer Heimat ist davon nichts bekannt.«

»Nein«, flüsterte sie. »Nein.« Sie wiegte den Oberkörper vor und zurück.

»Sagen Sie uns, wie es war, Frau Eckbacher«, forderte Judith in weicher Tonlage. Sie schob ihre Hände über die Tischplatte auf Corinna Eckbacher zu, zögerte dann aber und lehnte sich in ihrem Stuhl zurück.

»Das machst du gut, Judith«, murmelte ich leise. »Lass sie kommen. Sie will es erzählen. Will es loswerden.« Ich beugte mich vor und horchte auf das Schweigen, das zwischen den Menschen in dem kleinen Raum entstand.

Es aushalten. Die Stille ertragen. Das konnten die wenigsten jungen Ermittler. Judith und Nils Memmert schafften es. Sie waren interessiert, aber nicht aufdringlich. Fordernd, aber nicht bedrängend. Wie oft hatte ich erlebt, dass ein Verhör an genau dieser Stelle mit nur wenigen Worten zerstört und der Wunsch des Verdächtigen, sich zu öffnen, zerschlagen wurde. Hier war es nicht so. Drei Menschen in einem Raum. Ihr Atem synchronisierte sich. Ein. Aus. Ein. Aus. Warten. Nicht bewegen. Stille. Einatmen.

»Sie war schwanger, als sie hier ankam. Stand kurz vor der Geburt. Sie wollte das Kind nicht. Wollte es weggeben. An ein Heim. An ein Amt. Weil es nicht in ihr Leben passte. Sie fragte nach einer Babyklappe, weil sie davon gehört hatte.« Corinna Eckbacher sah Judith an. Jetzt sprudelte alles aus ihr heraus. Der Quell ihrer Angst. »Können Sie das verstehen? Eine Frau, die ihr Kind nicht will? Weil es ihr im Weg ist? Ihren Wünschen und Plänen?« Sie lachte bitter. »Ich konnte es nicht. Ich wollte ein Kind. So dringend. So lange. Und es hat nie geklappt. Ich bin einfach nicht schwanger geworden, egal, was ich angestellt habe. Es war mein sehnlichster Wunsch.«

»Wie ging es weiter?«

»Ich habe ihr angeboten, das Kind zu nehmen, ihr eine Art Startkapital zu zahlen und ihr zu helfen, einen Mann zu finden.«

»Und sie ist auf das Angebot eingegangen?«

»Ja.« Corinna Eckbacher richtete sich auf. »Ich war die bessere Mutter für die Kleine. Ich konnte ihr alles bieten. Ein Zuhause. Liebe. Irina war …« Sie brach ab.

»Was war sie?«

»Sie war seltsam.«

»Glauben Sie, dass sie Probleme mit Drogen hatte?«

»Nein. Aber sie wirkte so zwiegespalten. Sie war nicht richtig einzuschätzen.«

»Warum haben Sie behauptet, Josefine sei erst acht Monate alt?«

»Es hat gedauert, bis ich die notwendigen Papiere hatte.«

»Eine gefälschte Geburtsanzeige, um sie anzumelden.«

»Ja.«

»Und niemand hat Verdacht geschöpft?«

»Nein.«

»Hatten Sie da noch Kontakt zu Irina Verkova?«

»Sie hat sich nicht mehr bei mir gemeldet.«

»Sie wollte doch mit Ihrer Hilfe einen Mann finden.«

»Ich hatte ihr einige Kontakte vermittelt. Sie hat sich wohl auch mit einem oder zwei Herren getroffen. Aber weiter ist nichts daraus geworden.«

»Das hat sie nicht misstrauisch gemacht?«

»Nein. Es kommt vor, dass die Frauen sich nicht mehr melden.«

»Und da forschen Sie nicht nach?«

»Nein. Die Frauen haben mir gegenüber keine Verpflichtung.«

»Und Irina Verkova? Sie hatte Ihnen das Kind gegeben.«

»Wenn ich ehrlich bin, war ich ungeheuer erleichtert. Ich hatte gehofft, sie wäre wieder in die Ukraine zurückgegangen.«

»Oder ist sie zu Ihnen gekommen, hat das Kind zurückgefordert, und Sie haben sie dann vor einen Zug gestoßen?«, fragte Nils Memmert beinahe beiläufig.

»Was?« Sie schaute ihn entsetzt an. »Nein. Das habe ich nicht getan.«

»Haben Sie noch die Namensliste mit den Adressen der Herren, die Sie Irina Verkova gegeben haben?«, wollte Judith wissen.

»Da muss ich an meinen Computer. Das Programm generiert die Vorschläge aufgrund der Eckdaten, die ich eingebe. Ich kann sie Ihnen ausdrucken.«

»Wir werden es nachprüfen, Frau Eckbacher.« Judith veränderte beinahe unmerklich ihre Sitzposition. Das Vertraute verschwand. Jetzt saß Corinna Eckbacher wieder die Polizistin gegenüber. Wieder zur Sache. Wieder auf den Punkt kommen. Wieder zu dem Mord an Natalya Verkova. »Als Sie festgestellt haben, dass Natalya Verkova tot war, warum haben Sie da nicht die Polizei gerufen?«

»Weil ich Angst hatte, dass man mir das Kind wegnimmt.«

»Wie ging es weiter?«

»Ich war panisch.« Corinna Eckbacher knetete ihre Finger. »Ich wusste nicht, was ich mit ihr machen sollte. Sie lag da. Eingepackt in die Folie und die Decken. Die Kleine wurde wach, und ich musste zu ihr. Ich habe die Terrassentür geschlossen, das Rollo runtergelassen und bin zu Josefine.«

»Wann sind Sie wieder in das Zimmer gegangen?«

»Erst am Abend.« Sie senkte den Blick. »Ich habe sie in mein Auto gebracht. Sie wog nicht viel. Und ich bin stark. Ich war immer sehr sportlich.« Sie sprach wie ein Roboter. Mechanisch. Ein Detail nach dem anderen abrufend und reproduzierend. »Dann bin ich gefahren. Ohne Ziel. Einfach immer weiter. Ich hatte gedacht, ich könnte sie im Wald ablegen. Aber es war dunkel, und ich hatte Angst, in einen Waldweg einzubiegen.« Sie lachte und schaute zu Judith. »Können Sie sich das vorstellen? Da fahre ich mit einer Leiche in meinem Kofferraum durch die Nacht und habe Angst vor dem, was *mir* draußen im Dunkel passieren könnte.«

»Was geschah dann?«

»Irgendwann habe ich diesen kleinen Weiher vor mir gesehen. In den Häusern brannte kein Licht. Ich hab angehalten, Natalya auf dem kleinen Stück Wiese ausgeladen und die Folie abgemacht.«

»Warum haben Sie die Folie abgemacht?«

»Weil ich nicht wollte, dass man sie mit mir in Verbindung bringt.«

»Was haben Sie mit der Folie gemacht?«

»In eine Mülltonne am Straßenrand gestopft. Später. Genau wie die Kleider.« Corinna Eckbacher fasste sich mit beiden Händen an die Stirn, rieb ihre Schläfen und stöhnte leise. »Bitte«, sagte sie, »kann ich zu Josefine? Sie vermisst mich sicher und hat Angst, wenn ich nicht komme.«

»Eine Kollegin kümmert sich um die Kleine. Sie müssen sich keine Sorgen machen«, erwiderte Judith sachlich.

Nils Memmert sah sie an und schüttelte unmerklich den Kopf.

»Was?«, formte Judith lautlos mit den Lippen.

Nils wies mit einer knappen Geste auf Corinna Eckbacher und dann auf die Tür.

Judith nickte. »Wir brechen die Vernehmung an dieser Stelle erst einmal ab. Sie können sie sehen. Aber die Beamtin bleibt dabei. Wir haben das Jugendamt informiert. Jemand wird Josefine holen und für einen Platz im Kinderheim sorgen, bis klar ist, was mit Ihnen geschieht.«

»Ein Heim? Kann sie nicht bei mir bleiben?«

»Es tut mir leid.« Nils Memmert ging zur Tür. »Aber Kinder sind im Gewahrsam nicht erlaubt.«

***

»Sie sagt die Wahrheit.« Ich schwenkte den Kaffee in meiner Tasse. Er schmeckte nicht und war mittlerweile kalt geworden. »Sie hat Natalya Verkova nicht umgebracht.«

»Wieso denkst du das?«, wollte Judith wissen.

»Sie hatte die Gelegenheit und ein Motiv«, warf Nils Memmert ein, ohne auf meine Antwort zu warten. »Irina Verkova verlässt die Heimat und geht nach Deutschland. Schwanger. Dann, nach einer Weile, meldet sie sich nicht mehr. Ihre Schwester Natalya beschließt, sie zu suchen, und geht denselben Weg, den ihre Schwester genommen hat. Sie kontaktiert Corinna Eckbacher, gibt vor, ebenfalls einen Mann zu suchen, und kommt nach Deutschland. Hier begegnet sie der kleinen Tochter von Corinna Eckbacher und stellt fest, dass das Mädchen eigentlich ihre Nichte ist. Sie will sie wiederhaben, aber Corinna Eckbacher weiß das mit allen Mitteln zu verhindern. Sie bringt Natalya in eine wehrlose Lage und erstickt sie.« Er sah abwechselnd von Judith zu mir. So, wie er aussah, erwartete er Bestätigung für seine Theorie.

»Sie hat gesagt, sie hat die Folie und die Kleidung in einer Mülltonne entsorgt. Das stimmt. Ich habe die Kleider gefunden.«

»Und die Folie?«

»War da.« Ich biss mir auf die Lippen. »Ich habe sie gesehen. Aber den Zusammenhang nicht erkannt. Ich hielt es für Anstreicherfolie mit weißer Farbe.«

»Die Cremereste.«

»Vermutlich.« Ich stellte die Tasse ab. »Wir haben keine Chance, sie jemals wieder in die Finger zu bekommen. Alles, was in diesen Containern war, ist mittlerweile in der Müllverbrennungsanlage gelandet.«

»Trotzdem. Dass sie über das, was sie zugibt, keine Lügen erzählt, ist doch kein Beweis dafür, dass sie bei dem, was sie leugnet, die Wahrheit sagt.

»Das nicht. Aber ich denke trotzdem, dass sie Natalya Verkova nicht getötet hat.«

»Ich stimme Ina zu«, mischte sich Judith ein. Sie hatte bisher schweigend unserer Diskussion gelauscht und nur hin und wieder in ihren Notizen geblättert. Jetzt schob sie ihren Stuhl zurück, stand auf und ging zu der Wand, an der die Notizen, Bilder und Anmerkungen zu unserem Fall hingen. »Sie wollte die Leiche loswerden. Und zwar so, dass keine Verbindung zu ihr gezogen werden kann. Aber sie hat das nicht geplant. Sie hat die Leiche unversehrt gelassen. Das ist fallanalytisch ein sehr wichtiger Aspekt. Mörder, die ihre Tat planen, machen sich Gedanken darüber, wie sie die Identität ihrer Opfer verschleiern können. Sie verstümmeln die Fingerspitzen, um die Abdrücke zu zerstören. Oder sie entfernen die Zähne, um zu verhindern, dass die Leiche anhand des Zahnstatus identifiziert wird. Corinna Eckbacher hat zu keinem Zeitpunkt direkte Gewalt ausgeübt. Nichts, was in das Schema eines geplanten Mordes passt. Ihr einziges Ziel war und ist es, das Kind behalten zu dürfen.« Judith nahm ein Foto der Kleinen von der Pinnwand und betrachtete es nachdenklich. »Corinna Eckbacher würde alles tun, damit es der Kleinen gut geht. Damit sie sie weiter beschützen kann. Großziehen kann. Da passt es nicht ins Konzept, wegen Mordes ins Gefängnis zu gehen.«

»Aber Natalya wäre in der Lage gewesen, ihr das Kind wegzunehmen«, beharrte Nils auf seiner Version.

»Wer sagt denn, dass sie das gewollt hat? Das ungewollte Kind ihrer Schwester? Machen wir uns nichts vor. Ihr wäre das Kind genauso im Weg gewesen wie Irina.«

»Corinna Eckbacher hat gesagt, sie hätte Irina Geld gegeben«, dachte ich laut nach.

»Hat sie.« Nils schob einen Stapel Papier über Judiths Schreibtisch in meine Richtung. »Ich habe Corinna Eckbachers Bankauszüge angefordert. Es gibt eine größere Abhebung zu dem von ihr genannten Zeitpunkt.«

»Wäre es dann nicht am wahrscheinlichsten, wenn sie versucht hätte, auch Natalya mit Geld abzuspeisen?«

»Und die es genommen hätte?« Judith nickte.

»Wir müssen es überprüfen«, warf ich ein.

»Aber wenn ihr beiden recht habt, und Corinna Eckbacher hat Natalya Verkova nicht umgebracht«, sagte Nils Memmert, ohne auf meinen Einwand einzugehen, und sah abwechselnd Judith und mich an. »Wer war es dann?«

ACHTZEHN

Du willst keine Zeit verlieren, willst alle Informationen sammeln, die dir helfen können, deine Schwester zu finden. Das Blatt mit den Daten der Männer steckst du ein, bevor du gehst, nicht ohne zu beteuern, wiederzukommen und dich für deinen großen Auftritt verschönern zu lassen. Sie bietet dir ein Zimmer in dem Apartment an, das sie schon am Telefon erwähnt hat, aber du lehnst ab. Sagst, du hättest eine Freundin hier in der Nähe, bei der du wohnen möchtest.

Sie glaubt dir nicht. Misstrauen steht ihr ins Gesicht geschrieben, aber sie spricht es nicht aus. Nickt nur ohne eine weitere Bemerkung, fragt dich nach deiner Telefonnummer, damit sie dich erreichen kann, und bestellt dir ein Taxi. Du reichst ihr einen Zettel mit deiner Handynummer aus der Ukraine und steckst ihre Karte ein. Du wirst dir hier eine neue SIM-Karte für das Telefon kaufen müssen. Zum Abschied, als der Wagen schon vor der Tür wartet, lächelst du die Kleine an, willst ihr über die Wange streichen, aber Corinna Eckbacher dreht sich weg und entzieht dir das Kind.

Du verlässt das Haus, steigst ein, und als der Fahrer dich fragt, wohin, beugst du dich vor und bittest ihn, dich zum Bahnhof zu fahren. Hier wirst du eine Pension finden und dich einquartieren. Du wühlst in den Taschen deines Mantels und ziehst einen kleinen Kosmetikbeutel hervor. Hier bewahrst du deine Schätze auf. Ein Foto deiner Schwester. Einen Anhänger, den die Großmutter dir vor vielen Jahren geschenkt hat. Und das Blatt aus Irinas Wohnung, das du seither so oft auseinandergefaltet, glatt gestrichen und gelesen hast, dass es an den Rändern bereits bricht. Du findest den Namen. Zum Vergleich legst du Corinna Eckbachers Liste daneben. Du hast dich nicht getäuscht. Es ist derselbe Mann. Ihn wirst du zuerst anrufen.

Dein Herz klopft, während du die Nummer wählst und auf den Anschluss wartest. Der Fahrer beobachtet dich im Rückspiegel. Seine Blicke taxieren dich. Du fühlst dich unwohl.

Als er sich meldet, bringst du zuerst keinen Ton über die Lippen. Räusperst dich. Legst dir deutsche Sätze zurecht, um sie auszusprechen.

»Hallo«, sagst du, dann verlässt dich der Mut, und unter den misstrauischen Blicken des Taxifahrers wechselst du ins Englische. Stellst dich vor. Sagst, warum du anrufst und dass du dich darauf freust, ihn zu treffen.

Er will dich schon heute kennenlernen, so schnell wie möglich. Lädt dich auf einen spontanen Kaffee ein. Seine Stimme klingt freundlich und warm.

»Ja«, sagst du, wie du es im Sprachkurs gelernt hast. »Sehr gern.«

***

»Ich muss jetzt was zwischen die Rippen bekommen.« Ina fasste mit beiden Händen an ihren Bauch, und Judith hörte Inas Magen laut und deutlich knurren. »Ich kann nicht mehr denken, wenn ich nicht schnell was bekomme.« Sie stand auf, nahm die Geldbörse aus ihrer Handtasche und ging zur Tür.

»In der Kantine bekommst du sicher noch was. Nimm dir eines von den Sandwichs. Die sind klasse«, rief Judith ihr hinterher und überlegte kurz, ob sie Ina bitten sollte, ihr etwas zu essen mitzubringen, entschied sich aber dagegen. Sie konnte nichts essen. Nicht jetzt.

»Was haben wir falsch gemacht?« Sie stützte den Kopf in ihre Hand und trommelte mit den Fingern auf ihren Lippen.

»Wir haben nichts falsch gemacht. Wir sind nur noch nicht fertig mit der Arbeit.« Nils Memmert nahm einen Stuhl, drehte die Lehne nach vorn und setzte sich rittlings darauf, stand aber sofort wieder auf und ging zur Pinnwand. »Wer ist noch da?« Er griff nach dem Bild von Mark Räuter und nahm es ab. »Wir haben ihn überprüft. Es fehlt das Motiv. Warum sollte er oder einer der anderen Männer Natalya Verkova ermorden? Sie kannte doch niemanden hier.«

»Im Zusammenhang mit den Männern haben wir von Anfang an noch kein brauchbares Motiv auf den Tisch bringen können. Die eigentlich zu klärende Frage ist ja auch, wie Natalya auf der Liege sterben konnte, wenn Corinna Eckbacher nichts damit zu tun hatte.«

»Sie ist erstickt. Sie ist nicht an einem Hitzestau, an Herzversagen oder etwas Ähnlichem gestorben. Laut Rechtsmedizin wurde ihr die Luftzufuhr abgeschnitten.«

»Also Gewalt von außen. Durch wen?«

»Der Unbekannte, von dem wir nichts haben außer dem Foto?« Er zog das Bild samt Pinnnadel von der Wand, ging damit zum Schreibtisch und legte es vor sich hin. »Vielleicht hat sie sich mit ihm getroffen? Womöglich gibt es sogar einen Zusammenhang zwischen ihr, dem Unbekannten und ihrer Schwester? Wir müssen die Liste mit den Namen der Männer bekommen, die sich für Irina interessierten.«

»Meinst du nicht, dass die längst vom Markt sind? Nach so langer Zeit?«

»Sie suchen ja nicht ohne Grund eine Heiratsvermittlung auf.«

»Aber das macht keinen Sinn«, widersprach Judith. »Das würde ja bedeuten, derjenige hätte Verantwortung für Irinas Tod.«

»Nicht zwingend. Auch wenn ein Fremdverschulden nicht auszuschließen ist«, warf Nils Memmert ein und tippte mit dem Finger auf die Akte, doch Judith hob abwehrend die Hand.

»Das ist es nicht, da hast du recht. Aber es wäre trotzdem nicht nachvollziehbar. Warum sollte derjenige sie dann bei Corinna Eckbacher umbringen? Und vor allem, wie? Sie war tot, als Corinna Eckbacher zurück ins Zimmer kam. Das heißt, er müsste sie dort getötet haben.«

»Wie sagt Sherlock Holmes immer so schön? Das Unwahrscheinliche ausschließen.« Nils Memmert verzog das Gesicht.

Judith stand auf. »Pack deinen Kram zusammen. Wir fahren nach Euskirchen, sobald Ina aus der Kantine zurück ist. Die besten Antworten auf Fragen gibt immer noch der Tatort.«

***

»Geht es?« Ina trat dicht neben Judith. »Oder ist es dir zu viel?«

»Nein.« Judith unterdrückte die aufkommende Übelkeit und versuchte, das Zittern zu stoppen, das sie beim Anblick von Corinna Eckbachers Haus überkommen und bis ins Innere begleitet hatte. Noch vor wenigen Stunden hatte sie in einer ähnlich hilflosen Situation dagelegen wie das Mordopfer. »Ich muss nicht nur, ich will mich dem stellen. Mir ist nichts passiert. Vielleicht helfen meine Erlebnisse uns sogar weiter. Ina, macht es dir etwas aus, das Opfer zu spielen?«

Ina ging zu dem Stuhl und setzte sich.

Judith trat an ihre Seite und suchte nach einer Möglichkeit, die Liegeposition zu verändern. Sie drückte einige Knöpfe. Ein Motor surrte. Der Stuhl fuhr höher, und die Rückenlehne kippte nach hinten.

»Das Opfer war eingewickelt.« Nils Memmert nahm eine Decke aus einem Regal an der Seite und breitete sie aus. »Steh bitte noch mal auf und leg die Arme an«, forderte er Ina auf und wickelte, nachdem sie der Bitte nachgekommen war, die Decke fest um ihren Körper. Dann half er ihr auf den Stuhl zurück, trat an das Regal und schaltete den CD-Spieler ein. Dezente Musik drang aus den versteckten Lautsprechern.

»Ich bin das Opfer. Ich kann mich keinen Millimeter rühren. Ich bin völlig hilflos«, sagte Ina und verzog das Gesicht. »Und ich schwitze.«

»Hast du Angst?«

»Nein.«

»Warum nicht?«

»Weil das hier eine kosmetische Behandlung ist. Ich habe die Augen geschlossen und lausche der Musik. Vielleicht schlafe ich sogar ein bisschen ein.«

»Was denkst du?«

»Ich denke über die Männer nach, die ich hier treffen werde. Oder die ich schon getroffen habe. Sie sind nett und höflich. Aber ich will nichts von ihnen. Ich bin auf der Suche nach meiner Schwester.«

»Aber sie denken, du bist auf der Suche nach einem Partner. Was machst du, um die Lage zu klären?«

»Ich sage ihnen, dass ich nicht interessiert bin. Ich versuche, ebenfalls nett zu sein. Vor allem, wenn sie sehr bemüht sind.«

Nils Memmert ging zur Tür und trat in den Flur. Judith schloss die Tür hinter ihm.

»Corinna Eckbacher hat dich allein gelassen, damit du deine Behandlung genießen kannst. Wie geht es dir?«

»Ich bin völlig entspannt.«

Nils Memmert öffnete die Tür und trat ein.

Ina öffnete träge die Augen. »Ich habe das Geräusch gehört und will sehen, wer da kommt.«

»Es ist nicht Corinna Eckbacher, sondern ein Mann.«

»Ich erschrecke.« Ina gelang es, sich trotz der eng gewickelten Decke aufzusetzen. Sie versuchte, sich zu befreien, verlor das Gleichgewicht und kippte zur Seite. Judith fing sie mit Mühe auf.

»Wenn du gefallen wärst, wärst du vermutlich hier aufgeschlagen.« Sie zeigte auf die Ecke einer Kommode. »Das hätte zumindest einen dicken blauen Fleck ergeben müssen, wenn nicht sogar eine Platzwunde.«

»Es gab keine Hinweise am Körper der Toten, dass sie gestürzt ist«, sagte Ina und legte sich wieder auf den Stuhl.

»Das heißt, sie hat ihren Mörder nicht bemerkt.« Nils Memmert ging um den Stuhl herum und stellte sich ans Kopfende.

Ina legte den Kopf in den Nacken und sah ihn an.

»Nein. Leg dich mal so hin, als ob du entspannst.«

Ina nickte, senkte den Kopf und neigte ihn ein wenig zur Seite. »Wenn ich jetzt die Augen öffne, kann ich dich nicht sehen.«

»Mach sie bitte zu«, bat Nils Memmert. Er ging einige Schritte nach hinten bis an die Wand des Zimmers. Er sah sich um, nahm ein Handtuch aus einem Regal und schlich sich langsam, Schritt für Schritt, an Ina heran.

»Ich habe die Augen geschlossen und lausche der Musik.«

Nils Memmert hob die Hände mit dem Handtuch über Inas Kopf und drückte es auf ihr Gesicht. Sie zuckte zusammen, krümmte und wand sich. Nils Memmert drückte fester und presste dabei Inas Kopf für ein paar Sekunden auf die Unterlage. Dann lockerte er seinen Griff. Ina schnappte nach Luft.

»Ich konnte mich nicht wehren, keine Chance. Ich habe dich nicht kommen gehört.«

»Es kann kein Handtuch gewesen sein. Es gab keine Faserspuren«, gab Judith zu bedenken. Sie zog eine Schublade der Kommode nach der anderen auf, betrachtete die Dinge darin und schloss sie wieder. In der untersten wurde sie fündig. »Die Folie.« Sie nahm die Rolle aus der Schublade. »Wenn sie kurz vorher gebraucht wurde, ist es möglich, dass Corinna Eckbacher sie noch nicht wieder zurückgetan hatte.«

Sie legte die Rolle auf die Kommode, Nils Memmert ging auf seine Ausgangsposition. Er griff nach der Rolle, zog behutsam ein Stück davon ab. Ein reißendes Geräusch entstand. Wieder schreckte Ina hoch. Aber ehe sie sich umwenden konnte, war Nils Memmert bei ihr und bedeckte ihr Gesicht mit der Folie, während er sie gleichzeitig in den Stuhl presste. Inas Augen wurden weit, und er riss die Arme hoch.

»Das ist es«, sagte sie. »Wenn du sie nicht sofort weggenommen hättest …« Sie pfiff leise durch die Zähne. »Ich habe überhaupt keine Luft mehr bekommen.«

»Das passt zu den Befunden des Rechtsmediziners. Erstickt, aber nicht erwürgt oder erdrosselt.«

Nils Memmert nickte. »Euch ist aber klar, dass das alles immer noch nicht den Verdacht von Corinna Eckbacher nimmt, oder?« Er begab sich auf seine Ausgangsposition am Kopfende des Stuhls. »Sie ist diejenige, die Zugang zu diesem Raum hatte. Sie ist diejenige, vor der Natalya Verkova sich nicht erschrocken hätte. Vielleicht hat sie sogar erst begriffen, was los war, als die Folie bereits auf ihrem Gesicht lag und sie nicht mehr atmen konnte.«

Judith hob die Hand und legte nachdenklich ihren Finger an den Mund. »Corinna Eckbacher hat doch erwähnt, dass sie die Terrassentür geschlossen und das Rollo heruntergelassen hat, nachdem Natalya Verkova tot war, damit niemand in das Zimmer sehen konnte.«

Sie ging zu der Tür an der Seite des Zimmers, zog die Gardine zur Seite und öffnete sie. Frische Luft strömte in den kleinen Raum.

»Das heißt aber auch, dass sie vorher, während der Behandlung, offen gewesen ist«, fuhr sie fort. »Und das bedeutet, dass der Mörder über die Terrasse in das Zimmer gekommen sein kann.«

Nils Memmert trat ins Freie. »Hier ist ein schmaler Plattenweg«, hörten Judith und Ina ihn sagen. Nach einer Minute kam er wieder, blieb aber draußen stehen. »Der Weg führt um das Haus herum.« Er sah in Richtung Haustür und zog das Bild des unidentifizierten Mannes aus der Innentasche seiner Jacke. »Er kommt, klingelt an der Haustür.«

»Warum kommt er?«

»Weil er sich beschweren will? Weil die Frau, die Corinna Eckbacher ihm geschickt hat, nicht seinen Vorstellungen entspricht?«

»Weil sie ihn abgewiesen hat.«

»Warum ruft er sie nicht an, um sich zu beschweren?«

»Vielleicht denkt er, dass es wirkungsvoller ist, die Sache persönlich zu regeln.«

»Aber Corinna Eckbacher öffnet nicht, weil sie die Klingel abgestellt hat, damit das Kind nicht geweckt wird. Sie hat die Klingel bei unserem ersten Besuch auch nicht gehört.«

»Also geht er um das Haus herum und entdeckt die offene Terrassentür.«

»Ruft er?«

»Nein, er horcht zuerst, ob er jemanden hören kann. Er hat ja keine schlechte Absicht.«

»Wie kann eine Abfuhr zum Mordmotiv werden?«

»Er belauscht das Gespräch zwischen den beiden Frauen. Sie unterhalten sich über das letzte Treffen, bei dem die Frau gewesen ist.«

»Das Treffen mit ihm.«

»Natalya Verkova redet zu Corinna Eckbacher nicht so nett wie zu ihm. Sie sagt ihr, was sie wirklich über den Mann denkt.«

»Er ist verletzt. Es ist nicht die erste Abfuhr, die er in seinem Leben bekommen hat. Jede hat die Wunde ein Stück weiter aufgerissen. Jetzt ist seine Schmerzgrenze überschritten. Als er hört, dass Corinna Eckbacher den Raum verlässt, betritt er das Zimmer, sieht Natalya wehrlos daliegen …« Nils Memmert war mit zwei schnellen Schritten bei der Kommode, griff nach der Rolle, riss ein Stück Folie ab und ging auf Ina los. Er presste die Folie über ihren Mund und ihre Nase. Ina stöhnte.

»Ja.« Judith hob die Hand und stoppte ihn in der Bewegung. »Das reicht, Nils.«

Sie half Ina auf und befreite sie aus der Decke. Ina stellte sich neben den Stuhl, schüttelte die Beine aus und streckte Rücken und Arme.

»Meine Herren. Das war anstrengender, als ich dachte. Mir ist regelrecht schwindelig.« Sie holte tief Luft und wandte sich an Judith. »Jetzt haben wir eine Vorstellung von dem Wie und dem Warum. Bleibt nur noch das Wer.«

Nils Memmert griff in seine Tasche und holte das Foto heraus. »Einen falschen Namen und eine falsche Adresse gibt man nicht ohne Grund an. Von denen, die in Frage kommen, halte ich ihn für den wahrscheinlichsten Kandidaten.«

Er reichte Ina das Bild. Sie betrachtete es mit ausdrucksloser Miene, schwankte und knickte in den Knien ein.

Judith und Nils fingen sie auf, bevor sie zu Boden ging.

NEUNZEHN

Er ist sehr nett zu dir gewesen. Zuvorkommend. Du hattest Enttäuschung auf seiner Seite erwartet, vielleicht Ärger über deine Absage, aber er ist freundlich geblieben und hat dir angeboten, dich am nächsten Abend noch einmal zu treffen. Natürlich hatte er Verständnis für deine Müdigkeit nach der Reise. Selbstverständlich wollte er nicht, dass du dir seinetwegen Stress machst. Er hat dir einen schönen Abend und eine gute Nacht gewünscht und dich dann zum Bahnhof gebracht.

Deine Erleichterung über das Ende des Abends hat dich überrascht. Du bist verwirrt. So viele Eindrücke stürzen auf dich ein. Du versuchst, dir darüber klar zu werden, was du wirklich willst, und stellst fest, dass du es nicht kannst. Was ist dein Ziel? Deine Schwester zu finden? Oder selbst den Weg zu gehen, den sie vor dir eingeschlagen hat, um dir hier ein neues Leben aufzubauen? Du findest keine Antwort.

Die Freundlichkeit des Mannes ängstigt dich. Sie löst in dir das Gefühl aus, ihm etwas schuldig zu sein. Eine Gegenleistung für sein Interesse an dir. Aber er ist nicht der Typ Mann, der dir gefällt. Du willst dich nicht verkaufen. Nicht um deiner Zukunft willen und nicht, um an Informationen über Irina zu kommen. Seine Nähe ekelt dich, obwohl du weißt, dass es der Ekel vor dir selbst ist.

Jetzt stehst du am Fenster deines Zimmers in der kleinen Pension und beobachtest die Straße vor dem Haus. Den Bahnhof. Deine Schwester ist vor ihren Problemen fortgelaufen. Immer weiter und weiter. Vielleicht ist sie gar nicht mehr hier?

Aber ihr Kind hat sie hiergelassen. Bei Corinna Eckbacher, die sich um das kleine Mädchen kümmert, als ob es ihre eigene Tochter wäre.

Die Fensterscheibe kühlt deine Stirn und vertreibt den pochenden Schmerz aus deinem Kopf, als du dich dagegenlehnst. Es hilft, die Gedanken zu ordnen.

»Josefine«, murmelst du leise. »Josefine.«

Ein schöner Name, auch wenn deine Schwester ihn nie ausgesucht hätte, wie sie das Kind nicht ausgesucht hat. Stattdessen hat sie es weg-

gegeben, weil sie keine Mutter sein wollte. Deine Nichte wird ein gutes Leben haben. Behütet, geliebt. Sie wird eine gute Ausbildung bekommen, einen Beruf. Vor allem wird sie hier in Deutschland aufwachsen wie in einem fremden gemachten Nest. Wie ein Kuckuckskind. Aber anders als der Vogel hat deine Nichte niemanden vertreiben müssen. Das Nest war leer und hat sie willkommen geheißen. Selbst wenn du es wolltest, könntest du Josefine nicht das bieten, was sie hier erwartet, das weißt du, auch wenn in dir für einen kurzen Moment Bilder von dir und Josefine und einem gemeinsamen Leben aufflackern. Du möchtest das Beste für sie. Trotzdem wird sie es vielleicht irgendwann bemerken, ihr Anderssein, und nach ihren Wurzeln fragen. Dann soll sie es wissen dürfen. Du starrst dir in der Spiegelung der Scheibe in die Augen und nickst dir zu, bevor du deine Jacke und die Tasche nimmst, dich umdrehst und das Zimmer verlässt.

Du wirst Corinna Eckbacher sagen, dass du einverstanden bist. Dass du ihr und Josefine wünschst, glücklich zu werden. Dass du sie nicht verraten, nicht trennen willst. Dann wird sie dir vielleicht helfen, deine Schwester zu finden.

Zunächst misstraut sie dir, scheut sich, offen zu sprechen, weil sie Angst hat, dass du von deiner Schwester geschickt wurdest, um ihr das Kind wegzunehmen.

»Warum?«, fragst du, und ihre Antwort kommt zögernd.

»Weil sie es schon einmal versucht hat. Ein paar Wochen nach der Geburt.«

Corinna Eckbacher sitzt dir in ihrer Küche gegenüber. Du spürst ihre Angst. »Was wollte sie?«, fragst du.

»Sie kam und sagte, sie hätte es sich überlegt. Sie hatte rot geweinte Augen, sah schlecht aus.« Corinna Eckbacher sieht dich nicht an, sondern blickt auf ihre Hände, die vor ihr auf der Tischplatte liegen. »Aber sie hatte nichts. Keine richtige Wohnung, kein Geld. Ich weiß nicht, wie sie überlebt hat. Sie hatte sich mit ein paar der Männer getroffen, und bei einem hatte es auch zunächst so ausgesehen, als ob es passen könnte. Er war ganz begeistert von ihr. Ich weiß nicht, was dann zwischen den beiden vorgefallen ist. Sie hat es mir nicht gesagt. Sie saß nur da und sagte, sie wolle Josefine wiederhaben.«

»Wohin wollte sie mit ihr?«

»Ich weiß es nicht.« Corinna Eckbacher beginnt zu weinen. »Und sie wusste es auch nicht. Ich habe versucht, ihr klarzumachen, dass es das Beste für Josefine ist, wenn sie bei mir bleibt. Weil sie hier Chancen hat. Weil ich ihr ein gutes Leben bieten kann. Weil sie mir keine Last, sondern eine Freude ist.« Sie redet nun sehr schnell, und du hast Mühe, ihren Sätzen zu folgen.

»Was ist dann passiert?«

»An einer Stelle unseres Gesprächs ist sie plötzlich aufgestanden und gegangen. Sie war sehr blass.« Corinna Eckbacher schaut dich an. »Seitdem habe ich nichts mehr von ihr gehört.«

»Ich werde versuchen, meine Schwester zu finden«, sagst du und spürst, dass deine Suche vergeblich sein wird, ohne zu wissen, warum. »Ich weiß nicht, was dann passiert, ob sie ihre Tochter wiederhaben möchte oder nicht. Aber bis dahin wird es Josefine hier sehr gut gehen.«

»Ich bin Ihnen so dankbar, dass Sie mir die Kleine lassen wollen.« Corinna Eckbacher lächelt und wischt sich die Tränen ab. »Ich würde Ihnen so gern etwas Gutes tun. Möchten Sie denn auf mein Angebot eingehen und ein bisschen entspannen?«

Du haderst kurz, willigst ein und folgst ihr in ein kleines Zimmer. Die Tür zum Garten steht offen. Frische Luft füllt den Raum und der Duft nach den Rosen vor der Tür. Corinna Eckbacher cremt dich am ganzen Körper ein, wickelt dich in eine Folie und breitet eine Decke über dich, nachdem du dich in den Sessel gelegt hast. Wie eine Mutter stopft sie die Enden der Decke an den Seiten fest, bis nur noch dein Kopf herausschaut, schaltet leise Musik an und verlässt den Raum. Du schließt die Augen. Die Wärme kriecht durch deine Muskeln. Du dämmerst weg. Träumst von deinem alten Leben. Von deiner Schwester. Wie es war zwischen euch. Ihre Unbekümmertheit und deine Missgunst. Dein Neid, der wie ein steter Begleiter für dich war und der dich jetzt verlassen hat. Du fühlst dich befreit, und zum ersten Mal bist du glücklich.

Ein Luftzug weckt dich aus deinem Dämmerzustand. Ein kreischendes Geräusch. Du reißt die Augen auf. Du siehst den Himmel und ein Gesicht. Undeutlich. Für einen Augenblick ein verzerrter Mund, ein Lächeln? In den Augen Fragen, die du nicht mehr beantworten wirst. Du erkennst deine Umgebung, die sanften Farben, das helle Licht. Nicht hier, denkst du, nicht jetzt. Es ist falsch, es ist ein Irrtum. »Lass mich reden, mich erklären, dir sagen«, willst du dem Schatten zurufen. Zu spät. Die Lippen bewegen sich, du hörst jemanden murmeln, abgehackt. Die Worte gehören zu der Fratze, zu dem Hass, zu der Verletzung, zu dem, was da über dir schwebt. Als du begreifst, was geschieht, weißt du, dass du in fünfzehn Minuten tot sein wirst.

***

Ich klopfte an. Wartete. Legte meine Hand auf die Klinke und hielt mich daran fest. Sie fühlte sich kühl an. Mein Kopf dröhnte, und ich hatte große Schwierigkeiten, mich zu konzentrieren. Vielleicht hätte ich besser auf Judith und Nils Memmert hören sollen, die mich gedrängt hatten, in ein Krankenhaus zu gehen. Vielleicht wäre es besser gewesen, noch einmal über alles nachzudenken, alle Fakten zu berücksichtigen, das Puzzle neu zusammenzusetzen und alles auf Anfang zu drehen. Wir waren in die Irre gelaufen. Hatten uns blenden lassen vom offensichtlich Scheinenden. Waren blind gewesen für die Zwischentöne. Nein, nicht wir. Ich war es. Blind. Und taub. Es war Zeit, alle Sinne zu schärfen und die Wahrheit zu sehen.

»Ina?« Mattes lächelte, als er mich erkannte. »Endlich jemand, der nichts von mir will.« Er deutete mit beiden Händen auf die Aktenberge, die sich auf seinem Tisch stapelten, und verdrehte die Augen. »Sei froh, dass du den Job nicht hast. Der Papierkram ist noch schrecklicher, als ich dachte.«

»Es sind immer Dinge da, die getan werden müssen, obwohl man es nicht will.« Ich ging zur Kaffeemaschine, nahm eine Tasse vom Regal und goss mir einen Kaffee ein. Vertraute Handbewegungen. Rituale. Erst der Kaffee. Dann das Denken. Mattes und ich hatten unzählige Stunden so verbracht. Es tat gut, sich in der Gewohnheit sicher zu fühlen. Aufgehoben. Und es tat weh, zu wissen, dass es nicht mehr so war und auch nie wieder so werden würde. Weil die Zeit weitergeht. Weil nichts stehen bleibt. Weil sich alles verändert. Vor allem die Menschen. Wer verharrt, sich selbst belügt und nur das sieht, was er sehen will, gerät auf einen falschen Weg. Trotzdem gönnte ich mir diese Pause. Diesen Augenblick des Vertrauten. »Auch einen?«, fragte ich Mattes.

Er nickte. »Wie du.«

»Ich weiß.«

»Wir haben Corinna Eckbacher im Mordfall Natalya Verkova verhaftet«, sagte ich, reichte ihm die Tasse und zog mir einen Besucherstuhl heran.

»Ah.« Er schlug die Akte, die er gerade bearbeitete, zu und trank einen Schluck Kaffee. »Und?«, fragte er mich über den Tassenrand hinweg.

»Natalya Verkova ist mit einer Frischhaltefolie erstickt worden. Der Mörder hat sie über ihr Gesicht gelegt und festgehalten.«

»Hat Corinna Eckbacher gestanden?«

»Nein. Sie behauptet, Natalya Verkova allein gelassen zu haben. Als sie zurückkam, habe sie die junge Frau tot aufgefunden.«

»Glaubst du ihr?«

»Sie hatte die Gelegenheit *und* ein Motiv.«

»Dann ist doch alles bestens«, sagte Mattes in ruhigem Ton und stellte die Tasse zur Seite. »Ein weiterer abgeschlossener Fall.«

»Interessiert es dich nicht, was sie für einen Beweggrund hatte?«

»Du wirst es mir sicher gleich sagen.«

»Corinna Eckbachers Kind ist nicht ihre leibliche Tochter. Die Tote, die so lange unidentifiziert in eurer Rechtsmedizin gelegen hat, ist die Mutter der Kleinen. Sie wollte sie nicht, und Corinna Eckbacher hat sie angenommen, um ihren übergroßen Kinderwunsch zu erfüllen.«

»Hat sie Irina Verkova umgebracht?«, wollte Mattes wissen.

Ich zögerte kurz. Schloss für einen Moment die Augen, um den Schmerz nicht übermächtig werden zu lassen. Atmete ruhig.

»Nein.«

»Wenn alles klar ist, warum bist du unsicher?«

»Bin ich nicht. Es gibt eine Alternative.« Ich sah ihn an.

»Für die ihr Beweise habt?« Er beugte sich zu mir. »Du weißt, wie sehr es nach hinten losgehen kann, wenn man einen Verdacht nur auf Vermutungen stützt.«

»Wir haben den Tathergang vor Ort nachgestellt. Es ist sehr plausibel.«

»Ina, lass dich bloß nicht auf Spekulationen ein. Das hast du noch nie gemacht.« Er wischte mit der flachen Hand über die Tischplatte.

Ich nickte und lächelte matt. Meine Kopfschmerzen hatten sich in ein gleichmäßiges Pochen verwandelt. Meine Augen schmerzten.

»Es sind keine Spekulationen. Judith hat mit Methoden der Fallanalyse gearbeitet.«

»Die da wären?«

»Sie hat nach der Tatplanung und den Faktoren geschaut, die die Tat ausgelöst haben.« Seine Begriffsstutzigkeit ging mir auf den Nerv. Judith hatte sich in allem, was sie tat, danach gerichtet. Ich hob meine Hand und zählte an den Fingern ab: »Sie hat die Tötungshandlung an sich analysiert, hat sich Gedanken darüber gemacht, wie die Leiche beseitigt wurde, und zum Schluss noch das mögliche Verhalten des Täters nach der Tat analysiert.«

»Hast du das jetzt auswendig gelernt?«

»Blödsinn. Am Ende hat uns das neue Aspekte eröffnet«, sagte ich schärfer als beabsichtigt und verstummte schlagartig, als mir klar wurde, warum ich hier war.

»Sagt die, die das vor wenigen Tagen noch als den größten anzunehmenden Unsinn in der Polizeiarbeit bezeichnet hat.«

»Das mag sein. Aber jetzt habe ich meine Meinung geändert.«

»Die alte Ina.« Er lachte. »Ja, da bist du gut drin. Im Meinungen-Ändern. Im Augenverschließen vor dem, was du nicht sehen willst.«

»Weil es mir unendlich wehtut, wenn ich es nicht mache. Ja.« Ich bückte mich, hob meine Handtasche auf meinen Schoß und öffnete sie. Tastete mit den Fingerspitzen, fand und holte das, nach dem ich gesucht hatte, hervor. Hielt es einen Moment in meiner hohlen Hand verborgen. Sah Mattes an. Meinen Kollegen, meinen Freund, meinen Weggefährten, der einmal mein Leben gerettet hatte. »Ich habe gelernt, meine Augen zu öffnen, Mattes«, flüsterte ich heiser und legte das Bild auf die Schreibtischplatte. Mit spitzen Fingern schob ich es auf ihn zu, ließ es nicht los.

Die Farbe war auf seine Wangen zurückgekehrt. Sie glühten. Er beugte sich vor, griff nach dem Foto und zuckte zurück, als seine Hand meine berührte. Wir schwiegen. Sahen uns über das Bild hinweg an. Der Schmerz in meinem Kopf wich einem Gefühl der Leere. Um mich herum war Watte. Zu schwer zum Atmen. Zu dicht, um sich zu rühren. Warum, Mattes?, dachte ich und wollte es aussprechen, ihn bitten, ihn schlagen und es aus ihm herausprügeln. Dabei wusste ich es doch. Ich kannte seine Antwort auf meine Frage an ihn. Ich kannte sie schon lange. Und das war der Teil der Schuld, der auf mir lastete.

»Seit wann weißt du es?« Er sah aus dem Fenster. Mied meinen Blick.

»Seit Judith und Nils Memmert mir vor zwei Stunden dieses Foto gezeigt haben. Das Foto des Mannes und Verdächtigen, der sich unter falschem Namen bei Corinna Eckbacher angemeldet hat.«

»Hast du es ihnen gesagt?«

»Nein.«

»Du wolltest es nicht wahrhaben.« Er nickte. »Meine alte Ina. Aber eben warst du dir sicher. Warum?««

»Weil du einen Fehler gemacht hast. Du hast Irina Verkova gesagt. Obwohl du den Namen nicht kennen konntest.«

»Ich kannte Irina.« Er kämpfte mit den Tränen. »Sie war wunderbar.«

»Was ist passiert?«

»Sie ist gegangen. Wollte mich nicht haben. Ich war ihr nicht gut genug.«

»Sie war sich nicht gut genug, Mattes. Sie hat sich umgebracht«, sagte ich leise, aber er hörte mich nicht.

»Es hat Überwindung gekostet, mich an so ein Institut zu wenden. Es ist, als ob man sein Versagen eingesteht. Aber eine kleine Hoffnung bleibt. Dass man jemanden findet, der einen liebt, so, wie man ist. Für den man liebenswert ist.«

»Was ist passiert?«

»Nichts. Wir haben uns getroffen. Wir haben gelacht, hatten Spaß. Ich fand sie wunderbar und hatte gedacht, es ginge ihr mit mir auch so. Aber als ich sie dann fragte, wann wir uns das nächste Mal sehen würden, hat sie abgelehnt.«

»Warum?«

»Das Übliche. Sie würde mich mögen, ich wäre nett, ein Freund. Aber kein Ehemann.« Mattes griff nach seiner Tasse und schleuderte sie mit einem Wutschrei gegen die Wand. Scherben klirrten auf den Boden. Kaffee spritzte an die Wand, braune Schlieren rannen über das Linoleum und liefen zu einer Pfütze zusammen. Mattes sprang auf, trat mit dem Fuß gegen seinen Schreibtisch. Es knallte, und die Schubladen schepperten auf. Er schlug danach. Riss den Inhalt heraus. Wühlte darin herum. Blätter segelten durch die Luft. Eine Dose Büroklammern.

Ich ließ ihn toben. Sich erschöpfen. Hielt ihn aus. Komplett reglos. Eine stumme Zeugin seiner Wut über die Ungerechtigkeit, die ihm widerfuhr.

Heftig atmend blieb er stehen, ließ seine Arme sinken, sah aus dem Fenster, senkte den Kopf.

»Warum dann Natalya?«

»Sie hatte ihre Jacke vergessen.« Er drehte sich zu mir um und lachte laut. »Verstehst du, Ina? Ihre verdammte Jacke. In diesem blöden Café, in dem wir uns am Tag davor kurz getroffen hatten. Ich wollte nett sein und sie ihr bringen, wusste aber nicht, wo sie wohnte. Also bin ich zu Corinna Eckbacher. Der nette Mattes. Nein, es macht mir nichts, dass wir uns nicht wiedersehen. Nein, es macht mir auch nichts, wenn du mich zwar sympathisch findest, aber leider nicht mehr. Nett.« Er schlug mit der Faust auf den Tisch. »Nett«, brüllte er, sank auf seinem Stuhl zusammen und weinte.

Ich stand auf, ging um den Schreibtisch herum und nahm ihn in den Arm.

Er schob mich weg, wischte sich mit dem Ärmel über die Augen. »Du kannst gleich die Kollegen rufen, Ina. Nur noch einen Moment.« Er richtete sich auf. »Kann ich mir das Gesicht waschen gehen? Ich will nicht, dass sie mich so sehen.«

»Du –«

»Keine Angst. Ich werde nicht fortlaufen. Und ich werde auch niemanden als Geisel nehmen oder sonst eine üble Sache.« Er grinste sein schiefes Grinsen, und es zerriss mir das Herz. »Hey, ich bin dein Kumpel Mattes. Und außerdem«, er hob den Zeigefinger, »bist du mir noch einen Gefallen schuldig. Den fordere ich jetzt ein.«

Ich nickte.

Er ging an mir vorbei zur Tür des Büros, öffnete sie und blieb stehen. »Danke, Ina«, sagte er über seine Schulter hinweg. »Danke. Für alles. Du warst die beste Kollegin, die ich jemals hatte.« Er trat hinaus auf den Flur, schaute mich noch einmal an. »Und die beste Freundin.«

Ich sah ihm hinterher und hörte seine Schritte auf dem Flur leiser werden. Am Garderobenhaken neben der Tür hing sein Mantel. Drunter, halb versteckt, der Waffengürtel. Er war leer.

»Verdammt. Du Idiot!« Ich sprang auf und eilte zum Schreibtisch. Solange ich Mattes kannte, bewahrte er seine Dienstwaffe ungeachtet sämtlicher Vorschriften in der mittleren Schublade auf, wenn er im Dienst war. Ich durchwühlte das Chaos. Nichts.

Meine Absätze knallten ein lautes Stakkato auf den glatten Boden des Flurs. Zehn Meter bis zu den Toiletten. Eine halbe Ewigkeit. Ich rannte, schlidderte und riss die Tür auf. Der Vorraum war leer. Zwei Schritte bis zu dem abgetrennten Raum. Vier Kabinentüren. Alle geschlossen. Ich ging in die Hocke, spähte unter den Türen hindurch. Die letzte Kabine war besetzt. Mattes.

Langsam ging ich bis zur Tür vor. Hielt den Atem an. Lauschte. Horchte nach einem Lebenszeichen. Es blieb still. Ich schloss die Augen, lehnte meine Stirn an die Tür. Was sollte ich tun? Reden? Schweigen? Ihn das tun lassen, was er tun wollte, weil ich wusste, dass er nicht damit würde leben können? Ihn aufhalten? Mein Herz raste.

»Mattes.« Heiser. Stockend. Tastend nach dem einen Punkt, an dem ich ihn erreichen konnte. »Als ich damals auf dem Dom stand und Weber mich hinunterstoßen wollte, hatte ich keine Furcht davor, tot zu sein.« Ich legte meine Handflächen auf das Türblatt. »Ich hatte Angst, dass es wehtun könnte, zu sterben. Fragte mich, ob ich es spüren würde, wenn ich unten aufschlage. Ob es mein Herz zerreißen würde, wenn ich falle. Vor Angst und Furcht und Panik. Es ist dieser eine Schritt. Dieses Dazwischen.«

Ich drehte mich um, lehnte mich mit dem Rücken gegen die Tür und rutschte langsam nach unten, bis ich saß.

»Ich hatte mich getäuscht in ihm. Hatte ihm vertraut.« Ich zog die Knie an und schlang meine Arme darum. »Ich war so verletzt wegen dem, was er mir angetan hat.« Ich presste die Fingerspitzen gegen die Stirn. »Ich hätte ihn aufhalten können. Aber ich habe ihn springen lassen. Weil er mich seelisch verwundet hat.«

»Ich weiß.« Mattes. Leise. Brüchig. Schweigen. Lautes Atmen. »Vor diesem Wissen bist du all die Jahre weggelaufen.«

»Ja.«

»Ich habe gehört, was sie gesagt hat. Ich bin um das Haus herumgegangen. Die Jacke in der Hand. Wollte sie auf der Terrasse ablegen, damit niemand sie stehlen kann. Verstehst du? Ich habe es gut gemeint.« Er schnaubte. »Die Tür stand offen. Frau Eckbacher hat mich nicht bemerkt. Wegen der Gardine. Sie haben geredet. Sie hat noch nicht einmal meinen Namen erwähnt. Mich nur ›den Mann, mit dem ich mich getroffen habe‹ genannt. Sie wollte mich nicht. Sie auch nicht.« Er schlug gegen die Kabinenwand.

Ich zuckte zusammen.

»Corinna Eckbacher ist dann gegangen. Natalya lag da, mit einem Lächeln auf dem Gesicht. So schön. Sie sah aus wie ihre Schwester. Ich wollte mit ihr reden. Wollte ihr sagen, wie weh sie mir tat mit dem, was sie über mich dachte und sagte. Wie groß der Schmerz war. Mein Schmerz. Und dann war da die Folie.« In der Kabine raschelte es. Er stand auf. Ein metallisches Geräusch, wie wenn man eine Waffe entsicherte.

»Mattes?« Ich drehte mich um, stand auf, rüttelte an der Tür. »Mattes!«

»Ich hab die Folie festgehalten und auf ihr Gesicht gedrückt. Ihr Körper hat gezuckt und gekrampft. Lange. Ich habe ihr in die Augen gestarrt und die ganze Zeit gedacht, dass ich aufhören könnte. Dass ich einfach die Folie hochheben und sie atmen lassen könnte. Ein Teil von mir wollte das. Ich wollte kein Mörder sein. Aber ich habe es nicht getan.«

Ich hörte ihn weinen. Die Enge in meiner Brust machte mich stumm.

»Ich habe eine Frau getötet, Ina.«

»Du bist ein wundervoller Mensch, Mattes. Du bist ein großartiger Polizist. Du bist …« Ich brach ab.

Stille. Zeit versickerte. Ich atmete. Horchte. Stand vor der geschlossenen Tür. In meinem Inneren spulte sich ein Film ab. Wie ich Anlauf nahm. Wie ich die Tür eintrat. Wie ich Mattes die Waffe aus der Hand schlug.

Ich blieb reglos. Starr. Hilflos. Ich konnte nichts tun. Nur die Wahrheit sehen. Nicht die Augen verschließen.

Wieder raschelte es. Mein Herz setzte einen Schlag aus. Das Schloss drehte sich zögernd. Die Klinke bewegte sich. Unendlich langsam öffnete sich die Tür. Mattes' Haut war aschgrau.

»Ich bin ein Mörder.«

»Ja. Du hast einen Menschen getötet. Und bleibst mein bester Freund«, flüsterte ich leise.

ZWANZIG

»Was machst du jetzt, Ina?« Judith schloss die Tür ihres Büros, kam zum Tisch, an dem bereits Nils Memmert und Ina saßen, und setzte sich dazu. Sie hatte mehrere Tage gezögert, bis sie Ina nach Bonn gebeten hatte, weil sie ihr Zeit lassen wollte, bevor sie den Fall endgültig abschlossen. Nach wie vor war sie unsicher, wie sie ihr begegnen sollte, denn auch wenn Judith Matthias Driesch nicht direkt kannte, hatte es sie getroffen, erkennen zu müssen, dass auch ein langjähriger Freund, ein guter Kollege, zum Täter werden konnte. Das schockte sie, auch wenn ihr vom Verstand her klar war, dass so etwas natürlich vorkommen konnte. Die Grenze war hauchdünn, wie eine feine Haut, die nur eines kleinen Stiches bedurfte, um zu reißen. Niemand war gefeit davor. Wer das glaubte, belog sich selbst. Wenn der Schmerz, die Verletzung und die Bedrohung der eigenen Existenz groß genug waren, fielen die Schranken. Es erschreckte und faszinierte sie gleichermaßen.

»Mattes' Stelle als Kommissariatsleiter muss neu besetzt werden. Die Ausschreibung wird bald kommen. Ich werde mich bewerben.« Inas Antwort beantwortete Judiths unausgesprochene Frage, wie sie mit ihr umgehen sollte. Vordergründige Normalität.

»Du willst nach Köln zurückgehen?«

»Wenn sie mich nehmen. Ja.« Ina griff nach den Unterlagen und schlug wahllos eine Seite auf. »Wobei es ganz und gar nicht sicher ist, dass ich die Stelle bekomme. Wer wartet schon auf eine Fünfzigjährige, die die letzten Jahre damit verbracht hat, sich vor allem zu verstecken?«

Judith betrachtete sie. Ina hatte sich verändert. Es war nichts, was sie an einer konkreten Sache hätte festmachen können. Eher an ihrer Haltung, ihrem Blick, ihrer Art zu sprechen. Sie hätte gern mit ihr über das alles gesprochen. Wie sie damit klarkam. Oder auch nicht. Hätte ihr gern zur Seite gestanden. Als Freundin. Nicht als Kollegin.

»Wir werden sehen«, sagte Ina mit einem schmalen Lächeln. »Es gibt einige Probleme in meinem Leben, vor denen ich viel zu lange die Augen verschlossen habe und die ich nun endlich angehen muss. Das ist wohl das Entscheidende. Es anzugehen.« Sie straffte den Rücken und wechselte das Thema: »Was geschieht jetzt mit Corinna Eckbacher und Josefine?«

»Das ist der wichtigste Punkt auf meiner Liste der Dinge, die ich gern mit euch besprechen möchte«, sagte Judith. »Wenn wir die Sache mit dem gefälschten Geburtsschein aktenkundig machen, wird Josefine auf keinen Fall bei ihr bleiben dürfen. Das Jugendamt wird sie vermutlich in eine Pflegefamilie oder ein Kinderheim geben, weil sie dann offiziell als Waise gilt. Unter Umständen schicken sie sie sogar zurück in die Ukraine.«

»Aber für Josefine ist Corinna Eckbacher ihre Mutter. Sie kennt nichts anderes. Und es geht ihr gut bei ihr. Corinna Eckbacher tut alles für die Kleine«, wandte Nils Memmert ein. »Man kann sie nicht einfach trennen.«

»Sie wird dafür zur Verantwortung gezogen werden, dass sie Natalya Verkova fortgeschafft hat. Und in diesem Zusammenhang müssten auch ihr Motiv und der Geburtsschein zur Sprache kommen.«

»Eine Leiche fortzuschaffen, kann eine Art Panikreaktion sein. Immerhin hat sie gedacht, es sei ein Unfall und sie trage die Schuld daran. Da kann man schon mal den Kopf verlieren«, sagte Judith und schaute nacheinander Ina und Nils Memmert an.

Nils Memmert senkte den Kopf, holte tief Luft und ließ sie mit einem leisen Zischen entweichen. Dann nickte er. »Gut.«

»Nein«, widersprach Ina. »Es ist nicht gut. Corinna Eckbacher hat sich strafbar gemacht, indem sie den Geburtsschein gefälscht hat«, sagte sie scharf.

Judith sah sie erstaunt an. »Aber sie ist eine tolle Mutter und das Kind ansonsten Vollwaise.«

»Das ändert nichts. Das darf nichts ändern, auch wenn es uns schwerfällt, dem nicht nachzugeben. Aber wer garantiert dir, dass Corinna Eckbacher bei nächster Gelegenheit, wenn sie glaubt, ihre Entscheidung sei die einzig richtige, nicht erneut eine Straftat begeht?«

»Ich glaube nicht, dass sie das –«

»Das sagst du nach ihrem Ausraster? Nachdem sie dich so verpackt hat, dass du dich nicht selbst befreien konntest? Diese Frau ist unberechenbar, Judith. Die Mitarbeiter des Jugendamtes sind gefragt. Und sie werden sicher nicht das Risiko eingehen, dass etwas schiefgeht.«

»Ich würde auch ausrasten, wenn es um mein Kind ginge, Ina. Hältst du mich deswegen für unberechenbar?«, wollte Nils wissen. »Noch sind sie nicht zuständig. Nur, wenn wir es ihnen sagen.«

»Wenn ihr es nicht tut, werde ich dafür Sorge tragen.« Sie schob ihren Stuhl mit einem Ruck nach hinten, stand auf und ging zum Fenster. Mit hängenden Armen blieb sie davor stehen und schaute hinaus.

Judith wechselte einen Blick mit Nils.

»Sie hat recht«, sagte er leise. »Wenn wir uns …« Ein Klopfen unterbrach ihn.

»Herein.« Judith stand ebenfalls auf, ging zur Tür und öffnete sie. »Ja bitte?«

Ein kleines Mädchen wollte an ihr vorbeiflitzen, wurde allerdings von einem Mann festgehalten, der mit einem sympathischen Lächeln vor ihr stehen blieb, während er sich eine Strähne seines dunklen Haares aus der Stirn strich.

»Sind Sie Frau Bleuler? Wir sind auf der Suche nach …«, begann er und redete gleichzeitig mit dem Kind. »Nun warte doch, Marie. Wir müssen erst fragen, ob wir hier richtig sind.«

»Das seid ihr«, sagte Nils Memmert, kam ebenfalls zur Tür, ging in die Hocke und breitete die Arme aus. »Komm her, mein Schatz.«

Das Mädchen flog ihm um den Hals, er hob sie hoch und stand auf.

»Darf ich vorstellen«, sagte er strahlend zu Judith und Ina. »Dieser nette Herr ist Mischa, und dieser kleine Irrwisch hier ist Marie, meine Tochter.«

***

»Was machst du nun mit Amerika?«, fragte ich Judith, nachdem Nils mit Mann und Kind in Richtung Kantine verschwunden war, um Marie den versprochenen Kakao zu besorgen. Wir hatten uns auf eine halbe Stunde Pause geeinigt und würden danach weiterarbeiten. Ich war froh über die Unterbrechung unseres Gesprächs, weil ich keine Lust hatte, mich mit Judith und Nils zu streiten, was mit Josefine zu geschehen hatte. Und erst recht hatte ich keine Lust, sie zu belehren, was passieren konnte, wenn sie in der Sache ein Auge zudrückten und Corinna Eckbacher nicht dem Jugendamt meldeten.

Ich konnte gut verstehen, dass sie darüber nachdachten. Eine funktionierende Mutter-Kind-Beziehung auseinanderzureißen, schien auf den ersten Blick hart und herzlos. Aber die Fakten sprachen für sich. Ich war mir sicher, dass die beiden das auch erkennen und dementsprechend handeln würden.

Judith lehnte sich auf ihrem Stuhl nach hinten.

»Ich bin schwanger«, sagte sie unvermittelt. »Ich wollte das Kind nicht und bin mir immer noch nicht ganz sicher, ob ich es behalten soll.«

»Aber?«

»Wenn ich die Kinder sehe …« Sie brach ab und wies mit einer fahrigen Geste in Richtung der Tür, durch die eben Marie stolziert war. »Aber es gibt so vieles, was ich nicht weiß und von dem ich nicht einschätzen kann, wie es werden wird.«

»Was ist mit dem Vater?«

»Kai?« Judith lächelte. »Er ist ganz begeistert davon, will Hausmann werden mit allem Drum und Dran.«

»Wo ist dann das Problem?«

»Das Problem bin ich. Ich habe Angst vor einer Entscheidung, die ich nicht rückgängig machen kann. Vor der Verantwortung.«

»Die wirst du auf jeden Fall fällen müssen. So oder so.«

»Was würdest du an meiner Stelle tun?«

»Das kann ich dir nicht sagen, Judith.« Ich horchte in mich hinein, versuchte, mir vorzustellen, wie es wäre, wenn ich eine solche Wahl zu treffen hätte. »Ich war nie in der Situation und bin sehr froh darüber. Es hätte sicher Zeiten gegeben, in denen ich mich dagegen entschieden hätte. Aber ich kann dir noch nicht einmal sagen, ob ich es nicht furchtbar bereut hätte.«

»Wieso glaubst du das?«

»Seit Henrike bei mir ist, stelle ich bei allen Kämpfen, die wir miteinander austragen, fest, wie sehr mich das Zusammenleben mit ihr bereichert. Ich lerne eine Menge von ihr, und sie zwingt mich, mich ehrlicher mit mir auseinanderzusetzen, als ich es tun würde, wenn ich nur mir selbst gegenüber Rede und Antwort stehen müsste. Es ist hart, aber wirkungsvoll, weil ich von ihr nur das verlangen kann, was ich ihr auch vorlebe.«

»Also Kinder als Mittel zum Zweck der Selbstverbesserung?« Judith schmunzelte. »Ist das etwa nicht egoistisch?«

»Doch, ich denke schon.« Ich grinste.

»In Amerika arbeiten die Frauen bis kurz vor der Geburt. Wenn Kai mitgeht, könnte es klappen. Es ist nur für eine überschaubare Zeit, und danach müssen wir weitersehen.«

Ich nickte. Judith hatte recht. Alles war nur für eine begrenzte Zeit. Wenn sie ablief, wurden die Weichen neu gestellt. Das galt nicht nur für sie. Das galt auch für mich. Die Frage war nur, ob man selbst die Richtung bestimmte.

Nachwort und Danksagung

Die Idee zu einer der ersten Szenen dieses Buches entstand im direkten Anschluss an die Pressekonferenz zum Erscheinen des Vorgängers »Eifler Zorn« im Herbst 2012. Kurz entschlossen wurde ich in einen Wagen gesetzt und zur noch im Entstehen begriffenen »Bird Watching Station« am Rande des Urftsees verfrachtet. Die Planungen beeindruckten mich, und als ich im Sommer letzten Jahres mit einem geliehenen E-Bike den Ausflug machte, fand ich alles so vor, wie ich es mir vorgestellt hatte: Durch Fernrohre mit fünfzehnfacher Vergrößerung sieht man sehr gut, was sich in weiter Entfernung abspielt. Dass die Figuren in meinem Buch allerdings keine Graureiher, Haubentaucher oder Kormorane beobachten würden, lag auf der Hand.

Trotzdem dauerte es noch fast ein Jahr, bis ich mich an Ina Weinz' vierten Fall machen und den Roman auf die Seiten bringen konnte.

Meine Begeisterung für die »mörderischen« Möglichkeiten der Bird Watching Station war ungebrochen, ebenso wie die Faszination für das titelgebende Thema – den Neid. Er begegnet uns in vielen Formen und Facetten, und nicht immer ist er offensichtlich. Neid ist universell. Er steckt in jedem von uns – auch wenn wir es nicht zugeben. Wir sind neidisch auf den Kollegen, der die Gehaltserhöhung bekommt, obwohl wir selbst doch länger und härter arbeiten. Auf den Nachbarn, der das größere Auto sein Eigen nennt. Aber oft sind es nicht die materiellen Dinge, die unseren schlimmsten Neid entfachen, sondern Persönliches wie Jugend, Bildung und Liebe.

Aus diesen Zutaten einen Kriminalroman zu entwickeln, hat bei aller Ernsthaftigkeit des Themas wieder einmal viel Spaß gemacht. Auch die Lebenswege meiner Hauptfiguren weiterzuverfolgen. Zu sehen, welche Richtungen sie einschlagen und welche Entscheidungen sie treffen, hat für mich gleich viel Einfluss auf die Handlung des Romans wie der Kriminalfall selbst. Denn ein Ermittler ist niemals nur Polizist, ein Täter niemals »nur« Mörder. Es sind immer die Menschen, die Figuren mit ihrem kompletten Lebenshintergrund, die den Weg der Handlung bestimmen. Und die Frage nach dem Warum ist oft aufschlussreicher als die nach dem Wie.

Und so wollte ich »Eifler Neid« als einen Krimi schreiben, der den handelnden Figuren nahekommt und ihre Schatten auszuleuchten versucht. Der über die Grenzen der Personen und der Region hinausgeht, um wieder an den Ausgangspunkt zurückzukehren: der Suche nach einer Heimat – seelisch und an einem realen Ort.

Ob es mir gelungen ist, überlasse ich dem Urteil des Lesers und kann nur hoffen, dass Ihnen das Lesen so viel Freude macht wie mir das Schreiben.

Bedanken möchte ich mich natürlich auch wieder …

… bei Michael Lammertz vom Nationalpark Eifel für den Tipp zur Bird Watching Station. Er passt hervorragend in die Reihe »schöne Tatorte im Nationalpark«.

… bei meinem Vater, der sich auf ein E-Bike geschwungen hat und wieder einmal mit mir auf Recherchetour gegangen ist – und mich auf viele Details der Region hingewiesen hat.

… bei meinen Testleserinnen Anke, Corinna und Heike. Eure verschiedenen Sichtweisen auf den Text, eure Kritikpunkte und vor allem die aufmunternden Worte, wenn ich – wie immer – in der Hälfte des Manuskriptes davon überzeugt bin, dass alles Mist ist, sind ungeheuer wertvoll.

… bei meiner Lektorin Marit Obsen, die nun schon zum fünften Mal mit viel Feingefühl für den Text und einem wunderbaren Gespür für die Dinge, die zwischen den Zeilen stehen, mit mir gefeilt, gefeilscht, gerungen und gelacht hat.

… beim gesamten Team des Emons Verlages – weil ein Buch mehr braucht, als es »nur« zu schreiben.

… bei Bert van Londen für das wunderbare Coverfoto.

… bei meinem Agenten Peter Molden, der nicht nur in kaufmännischen, sondern auch in literarischen Dingen immer ein offenes Ohr und einen guten Rat zu bieten hat.

… und vor allem bei meinem Mann und meinen Töchtern. Für die Geduld (»Ja, ja. Ich komme gleich. Ich muss nur noch eben diesen Satz zu Ende …«), das Verständnis (»Ach Mist, das hab ich vergessen, weil ich diese eine Frage für das fünfte Kapitel doch noch …«) und die Leidensfähigkeit (»Es gibt heute nur Reste, weil das Geschäft schon zu war, als ich die Szene fertig …«). Ich verspreche euch: Beim nächsten Buch wird alles anders.

Elke Pistor
GEMÜNDER BLUT
Broschur, 208 Seiten
ISBN 978-3-89705-739-5
eBook 978-3-86358-017-9

»Elke Pistor hat mit der Kommissarin eine Hauptfigur geschaffen, die zur Identifikation einlädt. Gemünd ist eine wunderbare Kulisse. Man merkt, dass Elke Pistor sich hier auskennt.« Top Magazin Köln

»Landschaft und Leute werden liebevoll gezeichnet und der Leser ist gefesselt von der Handlung.« www.krimi-kiosk.de

www.emons-verlag.de

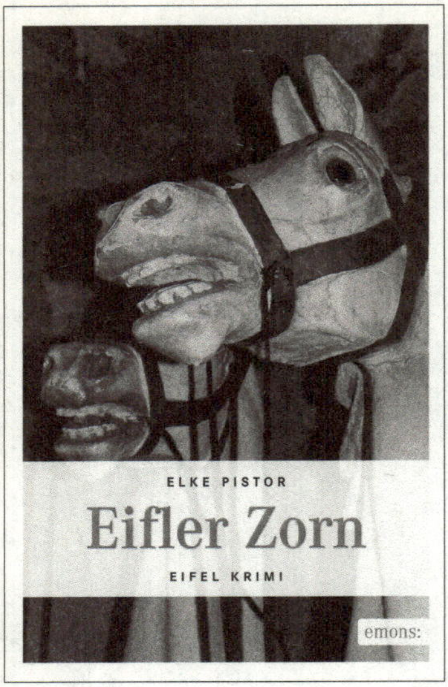

Elke Pistor

EIFLER ZORN

Broschur, 224 Seiten

ISBN 978-3-95451-013-9
eBook 978-3-86358-127-5

»In ihrem dritten Kriminalroman brilliert die Kölner Autorin Elke Pistor mit liebevollem Lokalkolorit und punktgenauer Komik. Ein spannendes Lesevergnügen, nicht nur für Krimi- und Eifelfans!«

Prinz Köln

Elke Pistor
KRAUT UND RÜBCHEN
Broschur, 256 Seiten
ISBN 978-3-95451-179-2
eBook 978-3-86358-295-1

»Man nehme eine junge Journalistin mit Katze, einen unangenehmen Chefredakteur, eine tote Tante, ein kleines Dorf mit sehr eigenen Bewohnern, dazu ein großes Geheimnis und ein noch größeres aktuelles Problem, gebe ordentlich Spannung sowie nicht zu wenig Situationskomik und witzige Dialoge hinzu, rühre alles einmal mit vielen außergewöhnlichen Koch- und Backrezepten um … und schon hat man vor sich ein ausgesprochen gelungenes, frisches Werk einer Autorin, die seit drei Jahren die Landschaft der Eifel-Krimis gehörig aufmischt.« Krimiforum